Beach Read

Emily Henry

愛在字裡行間

艾蜜莉・亨利——作

獻給喬伊：
你是我最愛的人。

一 房子

我有個致命缺陷。

我寧願相信大家都是如此。至少這樣想的話，會讓我在寫作時更容易一點。我的男女主角都是建立在這種自我破壞的傾向之上。發生在他們身上的一切，都與這項特徵有關：他們學會某種保護自己的方式之後，即使這招不再管用，他們也無法放棄。

比方說，也許你小時候無法決定自己的生活，因此為了避免失望，你學會不去問自己真正想要的是什麼；這一招長久以來都很管用，只不過當你現在理解，你沒有得到連自己都不知道自己想要的東西，就會開著一輛中年人開的跑車，載著裝滿鈔票的旅行箱，後車廂裡還載了一個瘋狂粉絲。

也許你的致命缺陷，就是不打方向燈。

或者也許你跟我一樣，是個無可救藥的浪漫主義者，你無法停止對自己說故事——關於自己生命的故事——搭配煽情的背景音樂和從車窗射入的金黃色光線。

故事要從我十二歲時說起。我爸媽要我坐下，並告訴我這個消息：我媽剛拿到第一次的診斷結果，發現左邊乳房有可疑細胞。她一再對我說不用擔心，次數多到讓我懷疑要是被她發現我在擔心，她就會罰我禁閉。我媽是個充滿行動力、笑口常開、樂觀積極的人，不會沒事亂擔心，不過我看得出她很害怕，而我也一樣。我僵坐在沙發上，不知道該說什麼才不會讓事情變得更糟。

然而此時，我那個書呆子氣的宅男老爸卻做出意想不到的舉動。他站起來，一手握住媽媽的手，一手握住我的手，對我們說：妳們知道該怎麼擺脫壞心情嗎？我們應該來跳舞！

我們住的郊區沒有舞廳，只有一家還算可以的牛排餐廳，每週五會有拷貝團駐唱；不過媽媽卻很開心，彷彿爸爸剛剛提議要搭乘私人飛機到巴西的科帕卡瓦納海灘。

她穿上奶油黃色的禮服，戴上隨著她的動作閃閃發光的錘痕金屬耳墜。爸爸替他們兩人點了二十年的蘇格蘭威士忌，替我點了無酒精雞尾酒，然後我們三人搖頭晃腦地跳舞，直到我們都頭暈目眩，一邊笑一邊跌跌晃晃走路。我們笑到幾乎站不直，而我那素來含蓄的老爸跟著范・莫里森的〈棕眼女孩（Brown Eyed Girl）〉哼歌，渾然不顧室內的人都在看我們。

最後我們筋疲力竭地上車，在靜默中開車回家。媽媽和爸爸在座椅之間緊握彼此的手，我則把頭靠在車窗上，看著閃過車窗的街燈，心想：一定會沒事。我們永遠都會沒事。

在那個時刻，我理解到：當這世界感覺黑暗而可怕，愛情能夠驅使你去跳舞，笑聲能夠減緩一些痛苦，美能夠瓦解恐懼。我當時下定決心，我的生命要充滿這三者。不只是為了我自己，也是為了媽媽，還有我身邊的每一個人。

我的生命會有目標，會有美好事物，會有燭光和佛利伍麥克樂團輕柔的背景音樂。

重點是，我開始對自己編織關於我的生命、關於命運、關於未來的美好故事，而到了二十八歲，我的故事臻於完美。

完美（沒有癌症）的雙親每週會打幾通電話給我，陶醉於葡萄酒或彼此的陪伴；完美（隨興，能說多國語言，身高六呎三）的男友在急診室工作，擅長做紅酒燉雞；我們住在完美的紐約皇后區老舊典雅風格公寓；我有一份完美的工作——替珊蒂・蘿出版社寫（受到完美雙親和完美男友啟發的）浪漫小說。

完美的生活。

但這只是虛構故事，一旦情節出現漏洞，整個世界就會開始崩壞。故事就是這樣。

現在我二十九歲，窮困潦倒，幾近無家可歸，單身，正把車停靠在迷人的湖畔房屋前，而這棟房屋的存在本身讓我感到厭惡。過度浪漫化自己的人生對我已經沒有作用，然而我的致命缺陷仍舊坐在我這臺表面凹陷的 Kia Soul 汽車前座，對我敘說眼前發生的事：

珍妮艾莉・安德魯斯注視著車窗外憤怒地拍打在黃昏湖岸的波浪。她試圖說服自己，來到這裡不是錯誤。

這鐵定是個錯誤，不過我別無選擇；當一個人沒錢的時候，不會拒絕免費居所。

我把車停在路邊，仰望這棟過大的度假屋門口，看著它閃耀的窗戶與童話故事般的門廊，蓬亂的岸邊雜草在溫暖的微風中搖曳。

我比對了GPS上的地址和掛在門鎖上的手寫地址。就是這裡沒錯。

我僵立一分鐘，或許在等待毀滅世界的小行星，讓我在我被迫走進去之前就喪命。接著我深深吸了一口氣又吐出來，從後座費力抬出我那塞得太滿的旅行箱，以及裝滿半加侖瓶琴酒的紙箱。

我撥開眼前的一撮深色頭髮，仔細觀察矢車菊藍的屋頂板和雪白鑲邊。就假裝這裡是

Airbnb 的民宿吧。

我腦中立即浮現假想中的 Airbnb 描述：三房三衛的迷人湖畔度假屋，證明妳爸是個爛人，而妳的生命是個謊言。

我開始爬上穿過雜草叢生的斜坡的階梯，血液在耳中奔騰，就好像消防水管一樣；雙腳顫抖，等候地獄之口張開，世界從我腳下墜落。

那種事已經在去年發生過了，而我並沒有死掉，所以這次也不會死。

當我來到門廊，體內各種感覺變得更加強烈——臉上的刺痛、胃中的翻攪、脖子冒出的汗水。我把裝琴酒的紙箱支撐在腰際，將鑰匙插入門鎖，心中有些期待鑰匙會卡住，也期待這一切都是爸爸在死前為我們精心設計的惡作劇。

或者更好的情況是，他根本沒有死掉。他會從灌木叢後方跳出來，大喊：「騙到妳了！妳沒想到我有祕密的另一個生活吧？妳沒想到我有另一棟屋子、跟妳媽媽以外的女人住在這裡吧？」

鑰匙輕易地轉動，門往裡面打開。

屋內悄然無聲。

我感到一陣痛楚。自從媽媽打電話告訴我爸爸中風、並啜泣著說「珍妮，他走了」，我至少每天都會感受到一次這樣的痛楚。

爸爸不在了。不在這裡，不在任何地方。接著我感受到第二陣痛楚，就好像有人在我傷口上灑鹽：反正妳認識的父親從來不曾存在。

我從來沒有真正擁有過他。就好像我從來沒有真正擁有過我的前男友雅各或他的紅酒燉雞。

這一切只是我一直對自己說的故事。從今以後，我只能面對醜陋的事實。我堅定信念，踏入屋裡。

我的第一個念頭是，醜陋的事實並不算超級醜陋。我爸的愛巢設計為開放式空間，客廳延伸到貼了藍色磁磚的漂亮廚房及居家風格的早餐區，更後方是整面玻璃窗，窗外則是染成深色的露臺。

如果這裡是媽媽的屋子，所有東西都會採用柔和穩重的中性色調，不過我此刻踏入的波西米亞風內裝比較適合我和雅各的舊住處，而不是我爸媽的。我想像爸爸在這裡，待在媽媽絕對不會挑選的家具（田園風的手繪早餐桌、深色的木製書櫃、放了不對稱椅墊的下沉式沙發）之間，就感到有些反胃。

我在這裡完全看不到我認識的他。

手機在我口袋中響起，於是我把箱子放在花崗岩檯面上，接起電話。

「喂？」我發出的聲音微弱而沙啞。

「怎麼樣？有沒有找到性愛地窖？」電話另一端的聲音立即詢問。

「莎蒂？」我猜測。我把手機夾在耳朵和肩膀之間，轉開一瓶琴酒的瓶蓋，喝了一大口來提振精神。

莎蒂回應：「老實說，我很擔心自己會不會是唯一打電話問妳的人。」

我提醒她：「妳是唯一知道這棟愛巢的人。」

她反駁說：「我不是唯一知道的人。」

這句話基本上沒錯。我是在去年父親喪禮上得知他有一棟祕密湖畔別墅，但是媽媽卻知道得更久。我說：「好吧，妳是我唯一說過這個祕密的人。總之，先等一下，我才剛到這裡。」

「妳真的剛進入屋子裡？」她的呼吸很急促，代表她此刻正走向餐廳去值班。由於我們的作息時間差很多，因此兩人通電話時，通常都是在她去上班的路上。

我回答：「是比喻。說真的，我到這裡已經十分鐘了，不過我感覺自己才剛到。」

「真有智慧。」莎蒂說。「真深奧。」

「噓。我正在仔細觀察。」

「去調查性愛地窖！」莎蒂連忙說，彷彿以為我要結束通話。

我並沒有結束通話，只是把手機舉在耳邊，屏住呼吸，設法平息我胸口劇烈的心跳，同時掃視我爸的祕密生活。

當我正要說服自己，爸爸不可能住過這裡，就看到掛在牆上的畫框中的東西。那是三年前《紐約時報》暢銷書排行榜的簡報。在家中的火爐上方，他也放了同樣的簡報。我的名字在最下方的第十五名，然後在可憎的命運安排之下，高我三名的是我大學時代的勁敵古斯（不過他現在都用奧古斯特這個全名），以及他那本嚴肅題材的出道作品《啟示》。這本書在榜上待了五個禮拜——我並沒有特別去數（好吧我的確去數了）。

「怎樣？妳觀察到什麼？」莎蒂催促我說話。

我轉身，看到沙發上掛的曼陀羅掛毯。

「我開始懷疑我爸在抽大麻。」我轉向屋子側面的窗戶，看到這些窗戶幾乎完全面對鄰居的窗戶。這是媽媽購屋時絕對不會忽略的設計缺失。

但這並不是她的屋子。我可以清楚看見鄰居書房裡高達天花板的書櫃。

「我的天！也許那裡是種大麻的屋子，不是愛巢！」莎蒂的聲音聽起來很開心。「珍妮艾莉，妳應該要讀那封信。這一切都是誤會。妳爸留給妳的是家族企業。那個女人是他的事業夥伴，不是情婦。」

我多麼希望她說的是事實。

不論如何，我原本就打算要讀那封信，只是在等待適當的時機，希望我最強烈的憤怒能夠平息，而爸爸最後的訊息能夠帶給我安慰；然而整整一年過去了，我害怕打開那封信的心情卻與日俱增。我感到不公平：他能夠留下最後的話，而我卻無法回應，無法吶喊或哭泣，或是要求更多答案。一旦我打開這封信就無法回頭，一切都會結束。這是最後的道別。

也因此，除非另行通知，否則這封信都會孤單快樂地待在我從皇后區帶來的琴酒箱底層。

「這裡不是種大麻的屋子。」我告訴莎蒂，並拉開後門，踏上露臺。「除非那些大麻種在地下室。」

「不可能。那裡是性愛地窖。」莎蒂反駁。

「我們別再談我悲慘的人生了。」我說。「妳最近有什麼新的進展嗎？」

「妳要問幽靈帽子的事吧？」莎蒂回應。要不是因為她在芝加哥的小套房有四個室友，我現在也許就住到她那裡了。我並不是指跟她在一起就能夠完成任何工作，而我的經濟狀況危險到不容我不完成工作。我必須在這個免房租的鳥地方完成我下一本書，這一來我或許就能夠負擔不和雅各同住的租金。

我說：「如果妳想談幽靈帽子，那就說吧。」

「他還是沒有跟我說話。」莎蒂渴切地嘆了一口氣。「不過當我們在廚房的時候，我可以『感覺』到他在看我。因為我們的心靈相通。」

「妳難道不會擔心，妳心靈相通的對象不是那個戴古董紳士帽的傢伙，而是那頂帽子之前主人的幽靈？要是妳發現自己愛上的是幽靈怎麼辦？」

「嗯。」莎蒂想了一分鐘。「我想我得更新我的 Tinder 個人檔案。」

一陣微風從斜坡下方的水面吹來，把我的棕色捲髮吹到肩膀後方。落日將金色光芒照射在萬物上，耀眼而炙熱，使我必須瞇著眼睛，眺望被夕陽染成橘色與紅色的湖畔。如果這裡只是我租的房子，就會成為我寫幾個月前就答應珊蒂蘿出版社的那本浪漫小說的最佳地點。

我知道莎蒂在說話，主要在談那個幽靈帽子。他的名字是里奇，但是我們從來不用這個名字稱呼他。我們總是用暗號來談莎蒂的戀情，像是經營一家很棒的海鮮餐廳、年紀稍長的男人（被我們稱作魚王），或是我們稱為馬克的傢伙（因為他長得很像另一個著名的馬克），現在則是這位新同事——一個每天戴著相同帽子、讓莎蒂很受不了卻無法抗拒的酒保。

當我聽到莎蒂問「七月四日的週末怎樣？我到時候可以去找妳嗎？」的時候，便立即被拉回對話。

「那還要等一個多月。」我很想說到時候我甚至可能已經不在這裡，但是我知道那是謊言。我至少要花整個夏天才能寫出一本書、清空屋子，並且賣掉這兩者；這一來我才能（但願）重返相對較舒適的生活——不是在紐約，而是較便宜的地方。

我猜想達拉斯會是我住得起的地方。媽媽不可能到那裡去找我，不過反正我們這一年來也很少去見彼此，只有在聖誕節的時候，我曾返家三天。她當時拉著我去上四堂瑜伽課、三次擁擠的果汁吧，還有某個我不認識的小孩參與演出的《胡桃鉗》，就好像只要我們單獨相處一秒鐘，就無法不談起爸爸的事並且吵起來。

從以前到現在，我的朋友一直都很羡慕我跟媽媽的關係。我們經常聊天，並且無所不談（或者至少我是這麼以為），在一起時總是很愉快；然而現在我們的關係已經變成全世界最無聊的語音留言遊戲。

我原本有慈愛的雙親和同居男友，現在只剩下離我很遠的摯友莎蒂。從紐約搬到密西根北熊岸的好處之一，就是距離她在芝加哥的住處更近一些。

我抱怨：「要等到七月四日太久了。妳距離我這裡才三小時車程。」

「是啊，可是我不會開車。」

「那妳應該退回駕照才對。」

「相信我，我在等駕照過期，這樣我就會感到很自由。我最討厭別人只因為我可以合法開車，就以為我會開車。」

莎蒂是很糟糕的駕駛，每次左轉都會尖叫。

「而且妳也知道，做我們這一行的要請假超級困難。幸運的是老闆跟我說，七月四日可以放假。就我所知，他大概希望我替他口交。」

「怎麼可能！口交應該留給重要假期。妳這個情況的交換條件頂多只需要老式的腳交而已。」

我又喝了一口琴酒，接著轉向露臺邊端，差點沒有叫出來。在我右邊十英尺外的露臺上，從戶外摺疊椅的椅背露出一顆棕色捲髮的後腦勺。我內心祈禱這個男人在睡覺，這一來我就不用整個夏天都住在聽我喊「老式的腳交」的人隔壁。

這個男人似乎讀到了我內心想法，把上半身湊向前，拿起放在他的露臺茶几上的啤酒，喝了一大口後又靠回椅背。

「妳說得很對。這樣我連 Crocs 鞋都不用脫了。」電話裡的莎蒂說。「好吧，我得去工作了。不過妳要告訴我，在地下室找到的是毒品還是皮鞭。」

我轉身背對鄰居的露臺，說：「在妳來這裡之前，我都不會去那裡調查。」

「好壞。」莎蒂說。

「這是交易。」我說。「我愛妳。」

「我更愛妳。」她說完掛斷電話。

我轉身面對那顆捲髮的頭，一邊等待他向我打招呼，一邊思索我是不是應該要自我介紹。

我在紐約和鄰居都不熟，不過這裡是密西根。根據爸爸談到他在北熊岸長大的往事，日後我很有可能必須要借這個男人砂糖（筆記：要買砂糖）。

我清了喉嚨，試圖擺出和睦的笑容。男人再度探身向前，喝了一大口啤酒。我隔著露臺間的空隙喊：「抱歉打擾了你。」

他稍稍揮手，然後把膝上的書翻到下一頁，用沙啞、厭倦的聲音懶洋洋地說：「拿腳交當交易條件，還需要擔心打擾嗎？」

我皺起臉，思索該如何回答——任何回答都可以。昔日的珍妮艾莉應該知道如何回答，但此刻我的腦筋卻像每次打開 Microsoft Word 時那樣空白。

好吧，也許這一年來我變得有些孤僻，甚至不太確定過去一整年都在幹什麼：既不是造訪媽媽，也不是寫作，當然也不是讓我的鄰居刮目相看。

我高喊：「不管怎樣，我現在搬進這裡了。」

他彷彿猜到我的想法，冷淡地揮手，咕噥著說：「如果妳需要砂糖，再跟我說吧。」不過他說話的語氣卻比較像是在說：除非妳發現我的房子失火，否則別再跟我說話。就算失火了，也要先聽聽有沒有警笛聲。

這就是中西部的待客之道嗎？至少在紐約，當我們搬到新居的時候，鄰居會送餅乾給我們。（這些餅乾不含麩質，而且加了LSD，不過重要的是心意。）

「或者如果妳想知道怎麼去最近的一家情趣用品店。」這個脾氣古怪的傢伙又加了一句。

我的臉頰發燙，因為羞愧與憤怒而臉紅。我毫不思索就脫口而出：「我只需要等你把車子開出去的時候跟上去。」

他發出驚訝而粗獷的笑聲，但仍舊不屑面對我。

「很高興見到你。」我尖銳地說完，轉身迅速走進落地窗裡，回到安全的屋內。我大概一整個夏天都得躲在屋裡。

當我用力關上門時，聽到他喃喃地說：「騙人。」

二　喪禮

我還沒有準備好檢視屋子的其餘部分，因此便坐在桌前寫作。一如往常，空白文件好像在指控般瞪著我；不論我回瞪多久，它都拒絕用文字或符號填滿自己。

寫出「從此過著幸福快樂的日子」這類故事的訣竅，就是要相信它們。

而我直到父親喪禮那一天，都相信它們。

我父母、我的家庭早已經歷過許多困難，而我們總是變得更堅強，擁有比以前更多的愛與笑聲。當我還小的時候，他們曾經短暫分離。當時媽媽開始覺得失去了自我。她開始會凝視窗外，彷彿能夠看到自己在外面生活、知道下一步該做什麼。當爸爸搬回來的時候，他們在廚房跳舞，互相親吻額頭。接著媽媽第一次被診斷出得到癌症。當她戰勝病魔之後，我們去吃非常昂貴的豪華晚餐，像大富翁一樣大吃特吃，笑到把他們昂貴的葡萄酒和我的義大利汽水從鼻子裡噴出來，彷彿我們不在乎浪費掉這些飲料，彷彿醫療費沒有什麼。等到她第二次被診斷出癌症、進行乳房切除手術之後，生活進入新的階段：我爸媽安排時間去上陶藝課、交際舞課、摩洛哥料理課，彷彿決定要盡可能在有限的時間內塞入更多生命體驗。他們會在週末長途旅行到紐約見我和雅各；搭地鐵時，媽媽會拜託我別再講我們那藥物上癮的鄰居莎琳和凱琳（兩人沒有親屬關係。她們會固定把資訊豐富的《地平說》小冊子塞到我們門縫內）的軼事給她聽，因為她擔心她會笑到失禁，而此時爸爸則低聲在對雅各闡釋「地平說」理論的矛盾。

考驗。快樂結局。磨難。快樂結局。化療。快樂結局。

然後就在最快樂的結局當中，他走了。

我站在爸媽的聖公會教堂休息室，面對成群穿黑色禮服的人對我低聲說些無用的話，感覺自己好像在夢遊，幾乎想不起搭飛機、搭車到飛機場、打包行李的過程。我在這三天以來第一百萬次想起：他走了。

當媽媽溜到洗手間、留下我一人時，我見到了她：在場的人當中我唯一不認識的女性。她穿著灰色禮服和皮質涼鞋，肩上圍著針織披巾，白髮隨風搖曳。她直視著我。

她停頓一下，然後走向我。不知為何，我的胃感覺沉到谷底，彷彿我的身體預期到一切都會改變。這個出現在爸爸喪禮上的陌生人，將和他的死亡同樣地把我的生活大幅拉離原本的軌道。

她來到我面前，遲疑地微笑。她身上散發著香草與柑橘類的氣味。「嗨，珍妮艾莉。」她的聲音帶著氣音，手指焦慮地玩弄著披肩邊緣。「我聽過許多關於妳的事情。」

在她身後，洗手間的門打開，媽媽走出來。媽媽立刻停下腳步，以我不熟悉的表情僵立在原地。這個表情代表認知還是恐懼？

媽媽不希望我們兩人對話。這意味著什麼？

「我是妳父親的老朋友。」女人說。「他對我來說很重要。我幾乎一輩子都認識他。有很長一陣子，我們要好到無所不談。一談起妳的事，他總是滔滔不絕。」她試圖用笑聲表示輕鬆，但卻差得很遠。

她用沙啞的聲音說：「我很抱歉。我答應過不會哭，可是……」

我感覺自己好像被推下高樓，彷彿永遠不會停止墜落。

她說他們是「老朋友」，沒有說是情人或情婦，可是我從她哭泣的樣子（宛若媽媽在喪禮掉淚的哈哈鏡版本）就能猜到。她的臉就跟我今天早上在眼睛底下擦遮瑕膏時一樣。爸爸的死讓她悲痛欲絕。

她從口袋掏出某樣東西。那是一個信封，上面潦草地寫了我的名字，並附帶一支鑰匙。鑰匙懸了一塊牌子，牌子上和信封上同樣鬼畫符般的筆跡，是我絕對不會認錯的爸爸的字。

「他要我把這個轉交給妳。」女人說。「這是妳的。」

她把信封塞到我的手中，稍稍握住我的手。「這是很漂亮的房屋，就在密西根湖畔。」她脫口而出。「妳一定會喜歡。他總是說妳會喜歡那裡。這封信是為了妳的生日寫的，妳可以到時候再打開，或是……隨時。」

我的生日。距離我的生日還有七個月。我爸爸已經無法再替我慶生了。我爸爸已經死了。

在她的背後，媽媽恢復活動，帶著殺氣騰騰的表情走向我們。「松雅。」她咬牙切齒地低聲說。

這時我了解了一切。

當我被蒙在鼓裡時，媽媽早已知道了。

我關閉 Word 文件，彷彿點下角落的小X也能闔上記憶。我想要轉換注意力，便瀏覽信箱，看到我的經紀人安亞寄來的最新郵件。

這是兩天前寄來的，當時我還沒有離開紐約，不過我找了各式各樣越來越離譜的理由不去看信：打包、把東西搬走、開車、嘗試在尿尿時盡可能喝很多水、「寫作」（特別加上諷刺性質的引號）、喝醉、飢餓、呼吸。

安亞以作風強硬著稱。她在面對出版社時像是一隻鬥牛犬，可是面對作者時，卻像蜂蜜般甜蜜，就好像結合了《瑪蒂達》（註1）裡親切和善的老師和性感的女巫。你會想要盡可能去取悅她，一方面是因為你覺得從來沒有人像她這樣純粹地愛慕並欣賞自己，另一方面也是因為你會懷疑，只要她願意，她可以召喚成群的蟒蛇來攻擊你。

我喝完今晚第三杯琴通寧，打開信件開始閱讀：

哈囉～～漂亮的神奇寶貝，

天使般的藝術家，我的搖錢樹，

我知道妳遭遇很嚴重的打擊，不過珊蒂又寫信給我，想要知道稿子進展到哪裡，還有是否仍舊能在夏天結束時完成。我照例非常樂意跟妳通電話（或是即時通訊、或者如果有需要也可以跳到飛馬背上），和妳腦力激盪、討論詳細情節、或者任何事，來幫助妳寫出美妙的文字，替這世界帶來無與倫比的喜悅。五年五本書，對任何人（即使是像

1　英國作家羅爾德．達爾的作品，知名著作有《巧克力冒險工廠》、《飛天巨桃歷險記》。

妳這樣才華洋溢的人）都是很困難的要求，不過我相信我們和珊蒂蘿出版社之間的關係來到突破點，所以如果可以的話，現在是帶著笑容生出這本書的時候了。

愛妳的
安亞

帶著笑容生出這本書——我懷疑也許在夏天結尾時從我的子宮生出完全成形的人類寶寶，會比寫出並賣出新書更簡單。

我決定先去睡覺，這樣明天就可以很早起床，然後生產出幾千個字。我在樓下的臥室前徘徊。我無從確定哪一張床是爸爸和那個女人睡過的。

我置身於老年不倫戀的度假屋中——要不是我在去年就失去對任何事物感到有趣的能力，這樣的情境或許滿有趣的。去年一整年，我都在寫結尾是公車司機睡著、讓所有角色從懸崖墜落的浪漫小說。

如果我真的寄那些原稿給安亞，我可以想像她會說：太有趣了！我是說，就算妳寄妳的購物清單給我，我也會一邊讀一邊笑到飆淚，可是這不是珊蒂蘿出版社要的書。親愛的，我們現在需要的是多一點的喜悅，少一點的憂鬱。

我需要協助才能在這裡睡覺。我又倒了一杯琴通寧，然後關上電腦。屋內變得悶熱，因此我脫到剩下內衣，然後在一樓繞一圈打開窗戶，喝完杯中的酒跳到沙發上。

這張沙發甚至比看起來的感覺更舒適。那個該死的女人擁有優美的折衷主義品味。我也判定這張沙發太低，不適合背部有問題的人上上下下。也就是說，這裡應該沒有被用來……做愛。

不過爸爸並不是背部一直都有問題。當我還小的時候，週末只要他在家，就常常會帶我去划船。在我看來，划船有百分之九十是在彎下腰綁上或解開繩結，百分之十是在直視太陽、張開雙臂、讓風把夾克吹拂得唰唰作響——

我的胸口產生強烈的痛楚。

在那些清晨，我們會到離家三十分鐘的人造湖，每次都只有我們兩人，而且通常是在他從旅行回來之後的早晨。有時我甚至不知道他已經回家了。我會在仍舊昏暗的房間裡醒來，爸爸搔著我的鼻子，低聲唱迪安‧馬丁（註2）的歌（他就是從這首歌替我命名）：現在是一月裡的六月，因為我戀愛了……我會立即跳起來，心中充滿欣喜，因為我知道今天我們兩人要去划船。

現在我懷疑那些寒冷清晨的珍貴回憶，實際上會不會是他為了贖罪而帶我去玩，讓他在與那個女人共度週末之後，花時間重新適應和媽媽在一起的生活。

我應該把說故事的想像力留給原稿。我把這些念頭從腦中驅趕出去，拉了一個靠枕蓋在臉上。睡意像聖經裡的鯨魚般把我吞沒。

當我驚醒過來，房間裡一片漆黑，卻聽見震耳欲聾的音樂。

我站起來緩慢行走，頭暈暈的，因為喝了琴酒而意識朦朧。我走向廚房的菜刀區。我沒

2　美國歌手及演員。這裡提到的歌是他翻唱Bing Crosby的〈June in January〉。珍妮艾莉這個名字即January（一月）的音譯。

聽說過有連續殺人犯在行凶前會播放R.E.M. 樂團的《Everybody Hurts》來吵醒被害人，不過我仍舊不能排除這個可能性。

當我走向廚房，音樂聲音變小，因此我理解到聲音來自房屋的另一邊，也就是那個壞脾氣傢伙的房子。

我望向火爐上方發光的數字。現在是晚上十二點半，而我的鄰居正大聲播放著通常在過時喜劇中、主角在雨中縮著身體孤單走回家時聽到的歌曲。

我衝到窗前，探出上半身。那個壞脾氣傢伙的窗戶也是打開的。我可以在廚房燈光中看到一群人拿著玻璃杯、馬克杯和酒瓶，慵懶地把頭靠在旁邊的人肩上，勾著脖子，熱情地一起跟著唱。

這是一場熱鬧的派對。很顯然地，那個壞脾氣傢伙並不討厭所有人，只是討厭我。我把雙手放在嘴前做成喇叭狀，朝著窗外大喊：「拜託！」

我叫了兩次，但是都沒有回應，於是我重重關上窗戶，在一樓繞一圈，把其他窗戶也都關上。當我關上所有窗戶，聲音仍舊大到彷彿R.E.M. 樂團在我的咖啡桌上開演唱會。

接著有短暫的美好時光，這首歌停下來，派對中的談笑聲與酒瓶碰撞聲也減小，只剩下低聲細語。

然而音樂又開始了。

同一首歌，甚至更大聲。哦，天哪！我重新穿上毛衣，考慮報警檢舉噪音的好處：一方面，我可以假裝不知情，否認是我報警的（喔，不是我報警的。我是個二十九歲的年輕女性，不是脾氣古怪、討厭笑聲、樂趣、唱歌和跳舞的老處女！）。另一方面，自從爸爸過世之後，我就越來越難以容忍小小的冒犯。

我迅速穿上印有披薩的運動衫，衝出大門，踏上隔壁屋子的階梯。我還來不及質疑自己的決定，就已經按了門鈴。

門鈴發出老爺鐘般強有力的男中音，壓過音樂的聲音，但歌聲沒有停止。我數到十，然後又按了一次門鈴。裡面的聲音甚至沒有動搖。那些派對參加者如果聽見鈴聲，也沒有予以理會。

我又敲了幾秒鐘的門，終於接受沒人會來應門的事實，忿忿地大步走回家。一點——我下定決心。我會忍耐到一點，然後就報警。

回到屋內，音樂甚至比我記憶中更大聲了，而且在我關上窗戶的幾分鐘，室內的溫度就上升到令人窒息。我沒別的事可做，便從袋子裡拿出一本平裝書到露臺，摸索拉門旁邊的電燈開關。

我的手指碰到開關，但卻沒有反應。室外的燈泡壞了。我必須在凌晨一點坐在我爸別墅的露臺，利用手機光線閱讀！我走到外面，從水面吹來的清爽冷風刺痛我的肌膚。

那個壞脾氣傢伙的露臺也很暗，只有一盞日光燈，被一群行動緩慢的飛蛾包圍。也因此，當我看到有東西在黑影中移動，差點就要尖叫。

我說差點就要尖叫，意思當然是我確實發出尖叫。

「我的天！」那團黑影倒抽一口氣，從原本坐著的椅子上跳起來。我說的一團黑影，當然就是指在黑暗中乘涼、結果被我嚇得要死的男人。「發生什麼事了?」他問話的方式，就好像準備聽我告訴他，他身上爬滿了蠍子。

如果真是如此，眼前的局面就不會這麼尷尬了。

「沒事，我只是沒有看到你在那裡。」我說話時仍舊因為驚恐而呼吸急促。

「妳沒有看到我在這裡?」他重複一次，發出懷疑的刺耳笑聲。「真的?妳沒有看到我在自己的露臺上?」

正確地說，我現在也沒有看到他。門口的燈在他身後幾英尺的上方，把他映照成高大的人形剪影，在他蓬亂的深色頭髮周圍形成光環。到這個地步，我最好想辦法整個夏天都不要跟他有眼神接觸了。

「妳是不是在高速公路上有車子開過去、或是從餐廳窗戶看到有人的時候，也都會尖叫?妳是不是要把我們完全對齊的窗戶都封起來，免得不小心看到我拿著菜刀或刮鬍刀?」

我凶狠地把雙臂交叉在胸前。或者應該說我試圖這麼做。琴酒仍舊讓我有些意識朦朧而行動遲緩。

我想要說的是(以前的珍妮艾莉會說的是)，你可以把音樂關小聲一點嗎?事實上，以前的珍妮艾莉也許會在身上抹金粉，穿上最喜歡的絲絨樂福鞋，拿著一瓶香檳酒到門口，打算要說服這個壞脾氣傢伙。

然而截至目前為止，今天是我人生當中第三糟的日子，而以前的那個珍妮艾莉大概和以前的泰勒絲埋葬在同一個地方了，因此我實際上說出口的是:「你可以把那個展現悲傷男孩焦慮的配樂關掉嗎？」

剪影發出笑聲，一手拎著啤酒瓶，靠在自己家的露臺扶手上。「我看起來像是在播放音樂清單的人嗎？」

「不像。你看起來像是在自己舉辦的派對獨自坐在黑暗中的人。」我說。「可是當我去按你家門鈴，要求你那些兄弟會朋友降低音量，他們大概忙著玩果凍摔角，聽不見我的聲音，所以我才來拜託你。」

他在黑暗中端詳我片刻——或者至少我猜想他在這麼做。畢竟我們都看不到彼此的樣子。

最後他說：「聽我說，如果今晚的派對能夠結束，每個人都離開我家，我會比誰都更高興。可是現在是星期六晚上，又是夏天，在到處都是度假屋的街上，除非整個社區都被空運到《渾身是勁》（註3）中的小鎮，否則這個時間播放音樂不算太誇張。也許——只是也許——在自己陽臺高喊『腳交』、嚇跑一群小鳥的這位新鄰居，能夠寬大為懷地容許派對舉辦到比她樂見的更晚吧？」

現在輪到我去瞪這個黑暗的人影了。

老天，他說得沒錯。他是個壞脾氣的傢伙，但是我也一樣。凱琳和沙琳的維他命粉直銷派對舉辦到更晚，而且是在平日的晚上，通常是在雅各隔天早上要到急診室值班的時候。有時候我甚至也會參加這些派對，而現在我卻無法容忍星期六晚上的KTV合唱？

3　《渾身是勁》——Footloose，一九八四年的電影。故事背景發生在中西部的一座小鎮，當地因為有幾名高中生在舞會結束後出車禍身亡，因此禁止搖滾樂及舞會等。

最糟糕的是，我還來不及想到要說什麼，壞脾氣傢伙的屋子就神奇地安靜下來。從他亮著燈的後門，我可以看到眾人準備解散，彼此擁抱道別，放下杯子並穿上外套。

我毫無來由地和這傢伙爭吵，而且在接下來的幾個月，我必須住在他的隔壁。如果我需要砂糖，應該是不能指望他了。

我想要為先前的「悲傷男孩焦慮」評語道歉，或至少為身上這條不成體統的褲子道歉。這陣子我的情緒反應總是過大，當陌生人不幸碰上的時候，我很難對他們解釋。

我想像自己說：抱歉，我並不想要當個脾氣古怪的老太婆，只是因為我爸過世了，而且我發現他和情婦另築愛巢，我媽也知道，卻從來沒有告訴過我，就連現在也不跟我談這件事。當我終於崩潰，我男友決定他不再愛我，我的事業也停滯不前，而我最要好的朋友又住得太遠。順帶一提，這裡就是我剛剛提到的愛巢。我本來很喜歡派對，可是最近我不喜歡任何東西，所以請原諒我的行為，祝你有個美好的夜晚。謝謝你，晚安。

然而我的內心產生刀刺般的疼痛，淚水讓我的鼻子感到酸酸的。「我好累。」我沒有對任何特定對象說出這句話，聲音顫抖到可憐的地步。

即使只看到剪影，我仍看得出他的身體變得僵硬。我現在已經知道，當人們直覺到女人即將情緒崩潰，常常會出現這樣的反應。在我和雅各交往的最後幾個星期，他就像一條能夠感應到地震的蛇，每當我的情緒變得激動，他就會全身緊繃，然後說我們需要從酒窖裡拿些東西並衝出門。

我的鄰居沒有說話，但他也沒有衝到別的地方，只是笨拙地站在原地，在黑暗中瞪著我。我們對峙了足足有五秒鐘，等候哪種情況會先發生：是我的眼淚先掉下來，還是他會先逃走。

接著大音量的音樂再度響起，這回是卡莉・蕾・潔普森的舞曲。如果是在別的情境之下，我很喜歡這首歌。壞脾氣傢伙被嚇到了。

他回頭看拉門內，然後又轉向我，清清喉嚨，僵硬地說：「我會把他們趕走。」他說完就轉身走進去。廚房裡的那群人看到他便同時歡呼：「埃弗列特！」

他們的聲音聽起來就好像準備要把他抬起來，讓他頭下腳上從酒桶喝酒；不過我看到他俯身對一名金髮女孩大吼。沒多久，音樂就完全終止了。

好吧，下次我想要給人留下印象時，也許拿一盤ＬＳＤ餅乾會比較好一點。

三　可愛的皮特

我醒來的時候，頭感到陣陣疼痛。我收到安亞的簡訊：嗨，小寶貝！我想確定妳收到我的email，re：妳傑出的腦袋和我們談過的夏季期限。

這個句點宛若喪鐘般，迴盪在我的腦殼中。

我第一次真正宿醉是在二十四歲的時候，安亞把我的第一本書《親親，許願》賣給珊蒂蘿出版社的隔天早上。（雅各買了他最喜歡的法國香檳慶祝。我們走在布魯克林大橋上，直接對著瓶口喝香檳——因為我們覺得這樣非常浪漫。）後來當我躺在浴室地板上的時候，我發誓在我下次感覺腦袋好像在坎昆（註4）豔陽下的岩石煎熟的蛋之前，我寧願倒在銳利的菜刀上。

然而此刻我的臉埋在珠子裝飾的靠墊上，腦殼好像平底鍋般，把腦袋烤得嘶嘶響。我跑到樓下的浴室。我並不想吐，不過我期待如果我假裝想吐，我的身體就會信以為真，清空我肚子裡的毒物。

我跪在馬桶前方，抬起視線看到掛在馬桶後方牆上的相框中的照片。

爸爸和那個女人穿著風衣在海灘上，雙臂摟著那個女人的肩膀。風吹拂著女人變白前的金髮，也把爸爸剛轉為灰色的捲髮貼在他的額頭上。兩人面對面微笑。

4　墨西哥東南部的加勒比海沿岸城市，也是知名度假勝地。

接著，宇宙又對我開了較為低調但同樣可笑的玩笑：我看到馬桶旁的雜誌架上放了三本印刷物。

一本是兩年前的《歌劇雜誌》，一本是我的第三本書《極光》，最後是那本討厭的《啟示》——這是一本精裝書，上面還貼了閃亮的「作者親筆簽名」貼紙。

我張開嘴巴，然後盡情嘔吐在馬桶裡。接著我站起來漱口，然後翻轉相框，讓它面對牆壁。

我發出聲音說：絕對不要再犯了。避免宿醉的第一步是什麼？或許是別搬進會讓自己想喝酒的屋子吧。我得尋找別的對策，譬如……大自然。

我回到客廳，從袋子裡掏出牙刷，在廚房水槽前刷牙。讓我繼續生存的重要的下一步，就是注入咖啡。

每當我要寫書時，我幾乎都會穿著邋遢的寬鬆休閒褲，因此除了一些同樣醜陋的運動褲之外，我只帶了很少的衣物。我甚至看了幾個生活風格類的影片部落客介紹「膠囊衣櫥」的影片，試圖利用一條牛仔熱褲（我通常在藉由打掃解除壓力時穿這條褲子）和一堆印了名人臉孔的破舊T恤（這些是從我二十出頭的某個時期一直留下來的），盡可能「建立」最多的「穿搭」。

我穿上灰暗的瓊妮・密契爾黑白照片T恤，把我因為喝酒而臃腫的身體塞進不修邊牛仔短褲，並穿上我那雙繡花短靴。

我特別熱愛鞋子，從最便宜俗氣的到最貴最華麗的都喜歡；然而我這樣的喜好卻完全不符合膠囊衣櫥的理念。我只帶了四雙鞋，而我懷疑任何人會覺得我那雙亮晶晶的Target（註5）網球鞋、或是花大錢買的Stuart Weitzman過膝長靴算是「經典款」。

我抓起汽車鑰匙，正要出門到刺眼的陽光下，就聽見手機從我的沙發靠墊底下響起。我收到沙蒂傳來的簡訊：我跟幽靈帽子親吻了。後面加了一堆骷髏頭。

我再度蹣跚地走到外面，回傳簡訊給她：快去找牧師。

我跑下階梯到我的Kia汽車前，盡量不去想昨晚和鄰居對峙的羞辱經驗，但這一來卻讓我的腦子有空間去想我最不願去想的主題。

我爸——上次我們一起去划船的時候，他開著Kia到人工湖，告訴我他要把這輛車送給我。就在這一天，他也告訴我應該要放膽去挑戰，搬到紐約。雅各已經在那裡念醫學院，而我為了陪伴媽媽，跟他談遠距離戀愛。爸爸必須常常外出去「工作」，而即使我最終還是相信自己編織的故事，覺得我們的生活最終會好轉，然而我心中仍舊有很大的一部分害怕讓媽媽獨處，彷彿我一離開就會讓癌症有機會第三次偷偷回來。

「她不會有事的。」當我們坐在冰冷黑暗的停車場，爸爸向我保證。

我反駁他：「癌症有可能再度復發。」我並不想錯過和媽媽在一起的一分一秒。

「珍妮艾莉，任何事都有可能發生。」他對我說。「在任何時刻，媽媽或我、甚至是妳，都有可能發生任何事。不過目前沒有任何事發生。孩子，這次就為自己做些事吧。」

也許在他腦中，我搬去紐約這件事就本質上來說，跟他買別墅偷偷和情婦同居是一樣

5　美國連鎖平價大賣場。

的。我放棄念研究所，專心照顧媽媽接受第二次化療，把我能賺到的每一分錢都用來支付醫療費，然而在這段期間他跑去哪裡？穿著風衣在沙灘上和那個女人喝黑皮諾葡萄酒？

我努力拋開這個念頭，鑽進車裡。大腿下方的座椅皮革很燙。我把車駛離路緣，邊開車邊搖下車窗。

我在街道盡頭左轉，背對湖泊，往市區前進。沿著道路右邊延伸的水灣將一閃一閃的光線投射在我的車窗上，炙熱的風在我耳中咆哮。有片刻時間，我覺得我好像靈魂出竅一般，飄過在我左邊聚集於熱狗攤周圍、穿著清涼的青少年，在我右邊在冰淇淋店門前排隊的父母親和小孩子，還有騎回湖畔的成群自行車騎士。

當我行駛在大街上，建築物之間的距離越來越近，直到幾乎像是並肩擠在一起。露臺布滿藤蔓的小型義大利餐廳和溜冰鞋店在同一側，緊挨著隔壁的愛爾蘭酒吧，接著是一家老式的糖果店，最後是一家「皮特咖啡廳」——是「Pete's」而不是「Peet's」（註6）（雖然招牌的設計看起來似乎正是要和Peet's搞混）。

我駛入停車位，迅速躲入皮特咖啡廳舒服的冷氣房中。店內地板漆成白色，牆壁漆成深藍色，遍布著銀色星星，盤旋在餐桌之間，間或被「無名氏」應景的平凡畫作打斷。咖啡廳直接通往燈光明亮的書店，門上同樣以喜慶的銀色寫著「皮特書店」。一對穿著絨毛背心的老夫妻坐在後方角落半壞的扶手椅上。除了他們兩人之外，店裡就只有我和收銀機後方的中年婦女在店裡。

6 Peet's Coffee是美國著名連鎖咖啡店。Peet與皮特（Pete）同音。

「今天大概天氣太好，沒人想待在室內。」咖啡師彷彿讀出我的心思般這麼說。她的聲音很粗啞，和她的金色平頭髮型很搭。她揮著指甲塗成淡粉紅色的手招呼我向前，小小的金色圈圈耳環在柔和的光線下閃爍。「別害羞。在皮特咖啡廳，我們都是一家人。」

我露出笑容。「天哪，最好不是。」

她拍著檯面大笑。「喔，家人很難搞。」她同意。「好了，妳要點什麼？」

「濃縮咖啡。」

她睿智地點頭。「喔，妳是那一掛的人。親愛的，妳從哪來？」

「最近是從紐約，之前在俄亥俄州。」

「哦，我有家人在紐約，不過是紐約州，不是紐約市。妳說的應該是紐約市吧？」

「對，皇后區。」

「我從來沒去過那裡。」她說。「妳要加牛奶或糖漿嗎？」

「我要牛奶。」

「全脂？半脂？低脂？」

「隨妳吧。我對於比例沒有很講究。」

她再度仰頭大笑，慵懶地在機器之間移動。「誰有時間管比例？說實在的，就連北熊岸這個地方，對我來說大多數的日子都太忙碌了。如果我開始喝妳的『濃縮咖啡』，或許又會不一樣。」

遇到不喝濃縮咖啡的咖啡師並不理想，不過我喜歡這個戴金色圈圈小耳環的女性。老實說，我因為太喜歡她，甚至感受到些許渴望的痛苦。

我渴望的是以前的珍妮艾莉——喜歡舉辦主題派對、安排團體服裝，到加油站或在郵局排隊時，最後一定會和剛認識的人計畫去喝杯咖啡或參加畫廊開幕。我的通訊錄有許多謎般的聯絡人，像是「莎拉，錨酒吧，可愛的狗」，或是「麥可，經營那家新的二手店」。我甚至會在披薩店的洗手間遇到莎蒂走出隔間，穿著我看過最好看的 Frye 靴子。我想念對人的那種強烈好奇心，想念理解到彼此擁有某種共通點時的興奮火花，或是發現隱藏才能及特質時的傾慕。

有時候，我就是想念「喜歡」人。

不過這位咖啡師非常討人喜歡。就算咖啡很難喝，我知道我還會再來。她用塑膠杯蓋蓋住杯子，把杯子咚一聲放在我面前，說：「第一次上門的客人不用付錢。我只希望妳能夠再來。」

我展露笑顏，向她保證我一定會再來，然後在她回去擦工作檯面時，把我最後一張一元鈔票塞入小費箱裡。當我回到門口時，我突然停下腳步。安亞的聲音在我腦中響起：「嗨～～～小方糖！我真的不想要過度干涉，不過我得告訴妳，讀書會是妳的夢幻市場。如果妳到一間小鎮上的書店，一定要去打聲招呼！」

我知道想像中的安亞說得沒錯。目前每一筆生意對我來說都很重要。

我堆起笑容，穿過門進入書店。我多希望自己能夠回到過去，在我身上這件二〇〇二年潔西卡・辛普森音樂錄影帶臨演般的服裝之外，多穿一件其他衣服。

這間店沿著牆壁設置小型橡木書架，室內則有宛若混亂的迷宮般較矮的書架。收銀臺前沒人，因此我一邊等候、一邊望向浪漫小說區三名戴牙套的青春期前女孩，確認她們咯咯笑的對象不是我的書。如果書店老闆要我在庫存書上簽名、卻發現那個紅髮女孩手中的是我寫的《南方安逸》，我們四個都會承受難以挽回的心靈創傷。當那個紅髮女孩把書拿在胸前展示封面，其他女孩都發出驚呼——封面上赤裸著上半身的男女抱在一起，周圍燃燒著火焰。這本鐵定不是我的書。

我喝了一口拿鐵，然後立刻吐回杯子裡。這杯拿鐵的味道簡直像泥土。

「抱歉讓妳等這麼久，親愛的。」從我背後傳來沙啞的聲音。我轉身看到一名女人穿過歪歪斜斜的書架之間，曲折地走向我。「這雙膝蓋沒辦法像以前那樣活動了。」

我一開始以為她是和咖啡師一起開店的同卵雙胞胎姊妹，不過我立刻注意到她正在解開「皮特咖啡廳」灰色圍裙的腰帶，走向收銀臺。

「妳相信我以前曾經是滑輪溜冰比賽冠軍嗎？」她邊說邊把揉成一團的圍裙丟在櫃檯上。「不管妳相不相信，我真的是。」

「就算我現在發現妳是北熊岸市長，也不會感到驚訝了。」

她發出咯咯的笑聲。「喔！我不是市長，不過要是我當上市長，或許可以為這裡做點事情。這座小鎮在密西根下半島算是難得的進步主義區，不過掌握財政的仍舊是一群動不動就大驚小怪的蠢蛋。」

我勉強擠出笑容。這句話聽起來很像我爸會說的。我感受到灼熱的刺痛，就好像被銳利而炙熱的火鉗燙傷。

「總之，妳不用在意我的『意見』。」她刻意清晰地發音，挑起她濃密的灰金色眉毛。「我只是個卑微的商人。甜心，妳需要什麼？」

「我想要自我介紹。」我老實說。「其實我是個作家，替珊蒂蘿出版社寫書，來這裡度夏天，所以想要打聲招呼。如果你們店裡有我的書，我也可以簽名。」

「這座小鎮又來了一名作家！」她高喊。「太棒了！妳知道嗎，北熊岸吸引很多藝文人士。我猜大概是因為我們的生活方式吧。還有大學——那裡有各種思想自由的人，形成美麗的小社群，妳一定會喜歡上這裡。妳叫……」她停下來，似乎是在等我幫她的句尾插入自己的名字。

「珍妮艾莉・安德魯斯。」我插話。

「我叫皮特。」她邊說邊和我握手，熱誠的樣子就好像一名特種部隊成員說：「握個手吧！」

「皮特？就是皮特咖啡廳的皮特嗎？」我問。

「就是那個皮特。正式的名字是波西。這是什麼爛名字？」她比了作嘔的動作。「說真的，妳覺得我看起來像是叫波西的人嗎？有任何人看起來像是叫波西的人嗎？」

我搖頭。「也許是穿著塑膠花朵裝的小嬰兒吧。」

「當我能夠開口說話的時候，我就直接講明這一點。總之，珍妮艾莉・安德魯斯——」

皮特走向電腦，用鍵盤輸入我的名字。「來看看我們店裡有沒有妳那本書吧。」

當別人用單數說「妳那本書」而不是複數的「妳那些書」時，我從來不會糾正他們，不過有時候這樣的假設讓我惱火。這種說法讓我覺得人們好像把我的事業當作僥倖，彷彿我打個噴嚏就生出一本浪漫小說。

另外也有人在跟我談論藝術或政治之後，得知我在寫歡愉的女性小說，就會擺出一副好像在分享祕密笑話的態度，說：「總得賺錢來養活自己，不是嗎？」

幾乎像是在請求我承認，我並不想寫關於女性或愛情的書。

「看來我們店裡沒有庫存。」皮特從螢幕抬起頭說。「不過我跟妳保證，我一定會進妳的書。」

「太棒了！」我說。「也許我們可以在這個夏天主辦討論會。」

皮特驚喜地抓住我的手臂說：「我有個主意！珍妮艾莉，妳應該來參加我們的讀書會。我們很歡迎妳。這是融入社區的好方法。時間是每星期一。妳星期一方便嗎？就是明天？」

我腦中的安亞在說：*妳知道《列車上的女孩》是怎麼成功的嗎？讀書會！*

這是過度的想像，不過我喜歡皮特，於是我回答：「星期一沒問題。」

「太好了。我會把我的住址傳給妳。晚上七點，會有很多酒，很好玩！」她從桌子拿了一張名片，從櫃檯遞給我。「妳應該在用email吧？」

「幾乎隨時都在用。」

皮特聽了笑得更開心，回應：「那就寄信給我吧。我們會確保妳明天一定能來。」

我向她保證我一定會去，轉身離開，差點撞到展示桌。我看到堆成金字塔狀的書在搖晃，站在那裡等著看會不會掉落，這時我才發現整座金字塔是用同一本書堆起的，上面都有「作者簽名」的貼紙。

我的背脊感到一股涼意。

在抽象的黑白封面上，用方正的紅色字體印在「啟示」下方的，是他的名字。所有事實在我腦中連結起來，形成骨牌效應般的理解。我並不想說出來，但也許我已經說出來了。因為書店門上的鈴在響，而當我抬起頭，就看到他在那裡。橄欖色的肌膚，銳利到彷彿會刺傷人的顴骨，嘲諷的嘴巴，還有我絕對不會忘記的低沉沙啞聲音。我可以立即想像到蓬亂的深色頭髮在日光燈下形成光環。

奧古斯都・埃佛列特。我在大學認識的他則叫古斯。

「埃佛列特！」皮特從桌子後方熱情地這樣稱呼他。

他就是我的鄰居——那個壞脾氣的傢伙。

我做了所有正常的成年女性在發現自己大學勁敵變成隔壁鄰居時會做的事：我躲到最近的書架後方。

四　嘴巴

身為古斯・埃佛列特的大學勁敵最糟糕的地方是什麼？大概就是我不確定他是否知道我們是勁敵。他比我年長三歲，高中輟學，在從事掘墓人的工作幾年之後才去考高中同等學歷證明。我之所以知道這些事情，是因為他在第一學期交的每一篇故事，都是關於他曾經工作的墓地的系列作品之一。

創意寫作班的其餘學生寫的故事題材都是憑空想像（或從兒時經驗：最後一刻獲勝的足球比賽、反抗父母親、和朋友去公路旅行），而古斯寫的卻是八種悲傷的寡婦，分析最常見的墓誌銘、最有趣的墓誌銘，還有顯露支付墓碑費用的人和死者之間緊張關係的墓誌銘。

古斯和我一樣，領大筆獎學金就讀密西根大學，不過他既不是運動選手，也沒有正式從高中畢業，所以我不知道他是怎麼領到獎學金的。唯一的解釋方式就是，他的學業表現非常棒。

除此之外，古斯誇張而惱人地具有魅力。不是那種客觀到乏味地步的普遍性英俊，更重要的是他散發的磁性。他的個子只有中等偏高，精瘦的身材屬於不斷走動、但從不刻意運動的那種人（這種懶人的健康體態來自遺傳基因與好動，而不是良好習慣），不過他的魅力不只是這樣。

重點在於他的言談與舉止，以及他看東西的方式——我不是指他看待世界的觀點，而是指字面上的「看東西」方式。當他凝神專注，他的眼睛似乎會變暗並變大，雙眉在他彎曲的鼻子上方擠出皺紋。

更不用提他那嘲諷般歪斜的嘴巴，簡直就是犯法的存在。

在莎蒂從密西根大學輟學、去當寄宿的家庭幫手（她很快就放棄這項工作）之前，她每天晚餐時間都會叫我提供「性感邪惡的古斯」最新消息。我當時對他本人與他的文章也稍微有些痴迷。

然而這樣的痴迷只到我們第一次在課堂上交談為止。當時我把自己最新的短篇故事發給大家尋求評論。當我遞給他的時候，他直視著我的眼睛，好奇地歪著頭說：「我來猜猜看：最後每個人都過著幸福快樂的日子——又是這樣的結局吧？」

我當時還沒有開始寫浪漫小說（直到兩年前我媽媽第二次被診斷出癌症、使我需要尋求轉換注意力的方式前，我甚至不知道我有多愛讀浪漫小說），不過我寫的故事的確都很浪漫，描繪一個任何事物都有正當理由的美好世界，重要的只有愛情和人際連結。

古斯看著我的眼睛變得深邃而黑暗，彷彿會從我身上吸收所有的資訊到他的腦殼裡，而他已經斷定我是個需要爆裂的氣球。

我來猜猜看：最後每個人都過著幸福快樂的日子——又是這樣的結局吧？

在接下來的四年中，我們輪流獲得本校寫作獎項及比賽冠軍，但卻很少再度談話，除非把研討會的討論也算在內——在研討會上他很少批評別人的故事，只批評我的，而且總是遲到並且少帶一堆東西，然後跟我借筆。另外就是在某個兄弟會派對的瘋狂夜晚，我們……沒有談什麼話，卻鐵定有交流。

老實說，我們經常相遇，部分原因是因為他和我的兩個室友、還有住在跟我同一樓層的許多女孩交往，不過這裡的交往定義很寬廣。古斯的交往期間通常只有二到四個星期。第一個室友懷著成為例外的期待開始跟他交往，不過第二個室友（以及其他許多女孩）充分理解古斯只是可以一起玩樂的對象，期間頂多三十一天。

除非妳寫快樂結局的短篇故事。這一來，妳更有可能當他四年的勁敵，並且在接下來的六年，三不五時用 Google 搜尋他的名字，比較兩人的事業，然後在這種地方、穿得像參加洗車募款活動的十幾歲啦啦隊員時遇到他。

就像現在，在這裡，走進皮特書店。

我快步走在書店邊緣，縮起下巴把臉朝向書架，假裝在瀏覽書籍（實際上幾乎已經是在慢跑），內心已經在盤算要傳什麼樣的簡訊給莎蒂。

「珍妮艾莉？」皮特呼喚我。「珍妮艾莉，妳要去哪裡？我想要介紹一個人給妳。」

我並不想承認，當我僵住時，我望著門，思索能不能從那裡出去而不回應。

我必須說明，我很清楚門上有鈴鐺，因此我仍舊無法迅速做出決定。

最後我深深吸了一口氣，擠出笑容，從書架之間走出來，緊握著手中難喝至極的拿鐵，彷彿那是一把手槍。「嗨～～～！」我用動畫般的動作揮手回應。

我必須強迫自己直視他。他看起來就像他的作者照片：銳利的顴骨，黑暗的雙眼，以及從掘墓人轉行當作家的精瘦結實手臂。他穿著皺皺的藍色（或是褪色的黑色）T恤及皺皺的藍色（或是褪色的黑色）牛仔褲，頭髮開始出現白髮，歪斜的嘴巴周圍出現些許鬍碴。

「這位是珍妮艾莉・安德魯斯。」皮特告訴他。「她是一位作家，剛剛搬到這裡。」

我幾乎可以看到他臉上露出恍然大悟的表情，就好像我先前發現的時候。他的雙眼盯著我，拼湊昨晚在黑暗中依稀看到的特徵。

他說：「事實上，我們已經見過面了。」一千顆太陽的火焰逼近我的臉孔，或許還有脖子、胸膛、雙腿等身上所有露出來的部位。

「哦？在哪見面的？」皮特高興地問。

我啞口無言地張開嘴巴，但說不出「大學」這個詞。我的視線移回古斯的雙眼。他說：「我們是鄰居。沒錯吧？」

我的老天！他有可能完全不記得我了嗎？拜託，我的名字是珍妮艾莉，又不是蕾貝卡或克利絲蒂／克莉絲汀娜／克莉絲汀！我試圖不太過在意古斯忘記我的可能性。去想這件事只會讓我的臉色從煮得太熟的龍蝦變成茄子。「沒錯。」我大概是如此回答。收銀臺旁邊的電話響起，皮特豎起一根手指表達歉意，然後轉身接起電話，留下我們兩人。

「好吧。」古斯終於說。

「好吧。」我跟著他說。

「珍妮艾莉，妳都寫什麼樣的書？」

我盡量不左顧右盼，避免去看到背後的桌上用《啟示》搭起的競技場。「主要寫浪漫小說。」

古斯挑起眉毛。「啊。」

「『啊』什麼?」我的語氣已經在進行防禦。

他聳聳肩說:「就只是『啊』。」

我交叉雙臂說:「『就只是啊』這句話聽起來很故意。」

他靠著桌子,同樣交叉雙臂,皺起眉頭說:「好快。」

「什麼東西好快?」

「冒犯妳只需要一個音節:『啊。』真有趣。」

「冒犯?這不是我感覺被冒犯的表情。我是因為太累才會看起來這樣。多虧我有位古怪的鄰居,整晚都在大聲播放哭哭啼啼的音樂。」

他若有所思地點頭說:「嗯,一定是因為『音樂』的關係,才會讓妳昨晚走路搖搖晃晃的。喂,如果妳有『音樂』方面的困擾,尋求幫助並不可恥。」

「總之,」我仍舊努力壓抑臉紅。「你還沒有告訴我你寫什麼。我相信一定是具有開創性、風格嶄新的重要作品,像是講述幻滅的白人男性流浪世界各地、覺得自己被誤解、冷淡好色的故事吧。」

他發出笑聲。「冷淡好色?剛好跟妳的文類當中擅長處理的性癖好相反嗎?告訴我,妳覺得寫哪一種故事比較吸引人:熱戀中的海盜,或是熱戀中的狼人?」

此刻我再度燃起怒火。

「重要的不是我,而是我的讀者想要什麼。寫那種小圈圈手淫式的海明威同人小說感覺怎樣？你是不是知道你所有讀者的名字？」身為新的珍妮艾莉有種得到解放的感覺。

古斯以熟悉的動作歪頭，眉毛揪在一起，一雙深色的眼睛檢視著我。他的視線強烈到讓我的肌膚感到刺痛。他張開嘴脣似乎想要說話，但此時皮特掛斷電話，進入我們的圈子打斷他。

「這樣的機率很難得吧？」皮特拍手問。「兩位已經出書的作者同時來到北熊岸這個小地方！我相信你們整個夏天都會在一起閒聊。珍妮艾莉，我不是告訴過妳，這座小鎮有很多藝文人士。妳喜歡嗎？」她發出由衷的笑聲。「我才剛剛說完，埃佛列特就走進來了！看來今天宇宙是站在我這邊的。」

這時我口袋中的手機響起，讓我得以迴避回答。只有在這時候，我急忙接起電話，渴望早點逃離這段對話。我原本希望是莎蒂打來的，但是螢幕上卻顯示安亞。我感到大失所望。

我抬頭看到古斯深色的眼睛宛若燃燒般看著我，效果令人生畏。我望向皮特說：「很抱歉，我必須接這通電話。今天很高興認識妳。」

皮特對我說：「我也一樣。別忘記寄 email 給我！」我穿過書架的迷宮離開。

「回家見。」古斯從我身後喊。

我接起安亞的電話，溜到外面。

五　拉布拉多犬

「珍妮艾莉，妳要發誓妳能辦到。」當我疾馳離開小鎮時，安亞這樣對我說。「如果我對珊蒂保證九月一號交出一本書，我們就得在九月一號交出那本書。」

「我曾經花不到一半的時間寫出一本書！」我在風中大喊。

「我知道妳寫出來過，可是我們在談的是眼前的稿子。我們在談的是這本已經拖了十五個月還沒寫出來的稿子。妳目前的進度怎麼樣？」

我的心跳加速。她會知道我一直在撒謊。我告訴她：「我還沒寫出來，不過我已經計畫好了。我只需要一些時間，在沒有分心的狀況下把它完成。」

「我不會讓妳分心。我可以成為『不讓妳分心女王』，可是拜託、拜託、拜託，別對我說謊。如果妳需要休息——」

「我不需要休息。」我說。我沒有本錢休息。我必須做所有必要的事：清空湖畔房屋以便賣掉它，並且寫出一本浪漫小說——即使我最近才失去對愛情和人性的所有信心。「一切都很順利，真的。」

安亞假裝滿意這個說法，我也假裝相信她感到滿意。現在是六月二號，我只有不到三個月的時間，寫出一本像書的東西。

也因此，我當然沒有直接回家去工作，而是開車到商場。我喝了兩口皮特的咖啡，覺得自己多喝了三口。我在進入梅傑超市前把它丟到垃圾桶，換成在商場內的星巴克攤位買的超大杯冰美式咖啡，然後去購買足以維持幾個星期的糧食（通心粉、玉米穀片、任何不需要花太多時間準備的東西）。

在我回到家的時候，太陽仍舊高掛在天空，空氣很悶熱，不過至少冰咖啡緩和了我腦中的悸動。我把買來的雜貨都搬到屋內之後，就把電腦拿到露臺，結果發現電池昨晚就被我耗盡了。我回到屋內替電腦插電，剛好聽見手機在桌上發出響聲。莎蒂傳簡訊來：不會吧？是那個性感邪惡的古斯？他有沒有問起我的事？告訴他我很想念他。

我回覆：他仍舊性感，仍舊邪惡。我不會告訴他，因為我這輩子不會再跟他說話。他並不記得我。

莎蒂立即回覆：嗯～～那是不可能的。妳是他的精靈公主，是他的影子分身，或者說他是妳的影子分身也可以。

她指的是另一個我想要忘記的屈辱的古斯回憶。古斯曾經和莎蒂上同一堂基礎數學課，並且對莎蒂說，他注意到莎蒂是我的朋友。莎蒂說沒錯，古斯便問她，我到底是怎麼搞的。莎蒂要他解釋這個問題的意思，他便聳聳肩，咕噥著說我總是表現得像是被森林中的精靈撫養長大的公主。

我告訴莎蒂：這麼多年之後在荒郊野外遇見他，實在很恐怖。我的心靈受創了，請妳快過來療癒我吧！

她回覆我：親愛的，我很快就會去見妳。

我今天原本打算要寫一千五百個字，卻只寫出四百個字。不過往好處想，我在停下來去炒青菜當晚餐之前，連續贏了二十八場連環新接龍。吃完之後，我在黑暗中縮起身體坐在餐桌前。一杯紅酒反射著筆記型電腦的亮光。我需要做的是寫出很爛的初稿。我已經寫過幾十次這樣的稿子，文思湧出的速度比我打字還快，然後在接下來的幾個月當中辛辛苦苦地重寫。

那麼我為什麼寫不出這本爛書呢？

天哪，我真懷念文字源源不絕湧出的日子。寫那些快樂結局、雨中親吻、音樂響起之後單腳跪下求婚的場景，是我最快樂的時候。

在當時，真愛就像大獎，也像是能夠承受任何暴風雨、從單調乏味與恐懼中拯救你的東西，而書寫真愛的主題感覺是我唯一能夠給予的最有意義的禮物。

即使我那部分的世界觀正在短暫休假中，但我相信心碎的女人有時會找到她們的真愛、她們下著雨並響起音樂的純粹快樂時光。

我的電腦發出收到email的通知聲。我的心跳加劇，直到確認那是來自皮特的回信才平息下來。信的內容是她的讀書會地址加上一句話：儘管帶妳最喜歡的飲料，或者只要人到就行了：)))

我露出笑容。也許我可以把皮特這樣的人物寫進我的書裡。

「過一天算一天吧。」我大聲說出來，然後大口喝下葡萄酒，漫步到後門。

我用手框住眼睛，擋住玻璃上的反光，窺視古斯的露臺。火爐在稍早的時候冒煙，但現在已經沒有煙了。露臺上空無一人。

於是我拉開門，走到戶外。世界籠罩在藍色與銀色的色調中，潮水溫柔地打在沙灘上，因為周遭的靜謐而顯得更大聲。一陣風吹過樹頂，讓我打了寒顫。我拉緊身上的睡袍，喝完杯中的葡萄酒，然後轉身進入屋內。

一開始，我以為映入眼簾的藍色光線來自我的筆記型電腦，不過光線不是來自我的屋內，而是來自古斯其餘部分都很暗的窗戶，明亮到我可以看到他在桌前來回踱步。他突然停下來，俯身打了一些字，然後從桌上拿起啤酒瓶，再度開始踱步，一隻手搔著頭髮。

我非常理解這樣的動作。他可以儘管拿「熱戀中的海盜和狼人」嘲笑我，不過到頭來，古斯也跟我們其他人一樣，仍舊在黑暗中踱步，努力編出故事。

皮特住在大學校園邊緣的一棟粉紅色維多利亞式建築。即使在星期一晚上襲擊湖面的雷雨中，她的屋子看起來仍舊像娃娃屋般甜美。

我沿著路緣停車，抬頭仰望被常春藤侵占的窗戶以及迷人的塔樓。太陽還沒有完全落下，不過天空中布滿柔軟的灰色雲層，將所有光線都漫射成微弱的偏綠光芒。在薄霧形成的帷幕下，從皮特家的門廊延伸到白色尖木柵欄的花園看起來茂密而神祕。在我窩在家中寫作一整天之後，這裡是最佳的逃避場所。

我拿了放在副駕駛座、裝滿簽名書籤和《南方安逸》語錄徽章的托特包跳下車，拉起兜帽，在大雨中奔馳，輕輕打開柵欄的門，沿著鋪石子的小徑溜進去。

皮特的花園或許是我看過最漂亮的地方，不過最棒的是在隆隆的雷聲當中，我聽見平克・佛洛伊德的《Another Brick in the Wall》正以大音量播放，聲音大到當我踏上門廊，可以感覺到它在震動。

我還沒敲門，門就從裡面被打開，皮特拿著盛滿酒的藍色塑膠葡萄酒杯，高喊：「珍～妮艾莉・安德魯斯！」

在她身後也有一群人齊聲跟著喊：「珍妮艾莉・安～德魯斯！」

「皮～特！」我也高喊，舉起我在途中的商店買的夏多內白葡萄酒。「謝謝妳邀請我來。」

「哦～！」她收下那瓶葡萄酒，瞇起眼睛檢視標籤，然後咯咯笑出來。這瓶酒叫「滿口袋的波西（註7）」，但是我把波西劃掉，改成皮特。她開玩笑說：「聽起來好像法文！不過這是荷蘭文『花俏』的意思！」她揮手招呼我跟隨她穿過走廊，走向音樂。「來見見女孩們吧。」

門口的地墊上整齊地排列著許多鞋子，大多是涼鞋和健行鞋，因此我脫下我的綠色高跟雨鞋，光著腳隨皮特走過走廊。她的腳趾甲塗成薰衣草色，搭配她剛修的指甲。她身上穿著褪色的牛仔褲和白色亞麻襯衫，看起來比在店裡的印象更柔和。

我們走過廚房，花崗石的工作檯上擺滿了烈酒瓶。接著我們來到屋子後方的客廳。「我們通常會使用花園當場地，不過上帝通常不會在天上打出保齡球的完美比賽，所以今晚就

7 Posy既是女性的名字，也有花束的意思。

只能在室內舉辦了。目前還剩下一個人沒來。」

室內空間很小，光是此刻在場的五個人，就足以感覺擁擠，更何況還有三隻黑色拉布拉多犬（兩隻在沙發上、一隻在扶手椅上睡覺）。亮綠色的木椅被拉進來，排成小小的半圓形，顯然是要給人類坐的。一隻狗跳起來，搖著尾巴穿梭過一雙雙腿，走過來跟我打招呼。

皮特搭著我的背，對所有人說：「這位是珍妮艾莉，她帶了葡萄酒過來！」

「葡萄酒！太棒了！」一名留著金色長髮的女人邊說邊走過來擁抱我，親吻我的臉頰。當她退開，皮特就把那瓶酒遞給她，然後繞過屋內，走向音響系統。「我叫瑪姬。」金髮女子說。她高䠷而苗條的身材因為身上層層垂墜皺褶的白色衣裳而顯得更醒目。她俯視我微笑，彷彿融合了同等比例的黃金樹林女主人凱蘭崔爾和年邁的史蒂薇・妮克絲。她那雙棕色眼睛的魚尾紋甜美地皺起來。「很高興見到妳，珍妮艾莉。」

皮特的聲音傳來，因為音樂終止而顯得過於大聲：「她是皮特太太。」

瑪姬寧靜的微笑看起來有點像深情的白眼。「叫我『瑪姬』就行了。這位是洛琳。」她張開一隻手臂，讓我去跟穿著橘色背心裙、綁著雷鬼辮的女人握手。「後面坐在沙發上的那位，就是松雅。」

松雅。這個名字就像榔頭一樣，重重打在我的胃部。我還沒看到她，就感到口乾舌燥，視野角落變得模糊。

「嗨，珍妮艾莉。」那個女人溫馴地在拉布拉多犬的鼾聲中打招呼。她勉強擠出笑容。

「很高興見到妳。」

六　讀書會

巧遇自己過世父親的情婦，不知道有沒有高尚的方式。即使有，我想應該也不是脫口而出「我要去尿尿」，然後把剛剛遞給屋主的葡萄酒瓶搶過來，衝過先前走來的走廊尋找洗手間。不過這是我能做到的極限。

我在航海主題的洗手間轉開葡萄酒的瓶蓋，然後大口喝下肚。我考慮離開，但不知為什麼，我總覺得這是最尷尬的選項。即便如此，我仍舊想到我可以走出門上車，然後毫不停止地開往俄亥俄州。我不需要再看到這些人。我可以在龐德羅沙牛排店找份工作。我可以活得很精彩！或者我也可以永遠待在這間洗手間——我有葡萄酒，我有洗手間，我還需要什麼？

說實話，我最後離開洗手間不是因為良好態度和精神力量，而是因為我聽見沿著走廊傳來的腳步聲，以及皮特在說：「妳確定妳真的不能留下來嗎？」聽起來比較像是在說：松雅，怎麼搞的？那個奇怪的小女孩為什麼怕妳？松雅回答：「不行。我也想留下來，可是我完全忘了要打這通工作上的電話——除非我上車並且打開我的藍牙，否則我老闆不會停止傳email給我。」

「藍牙爛牙。」皮特說。

「說得好。」我對著葡萄酒瓶說。這瓶夏多內很快就讓我醉了。我回溯今天的記憶，數著我的每一餐，以便了解我為什麼會這麼快就喝醉。我唯一確定自己吃過的食物，就是在暫停工作去尿尿的途中，順便吃的少許迷你通心粉。

糟糕。

我聽見大門打開，在雨水打在屋頂上的劈里啪啦聲中，眾人紛紛說「再見」。而我仍舊把自己鎖在洗手間裡。

我把酒瓶放在洗手臺，看著鏡中的自己，激烈地瞪著我那雙小小的棕色眼睛。「今晚會是妳這個夏天最難熬的一晚。」我低聲說。這是謊言，但是我完全相信。我梳理自己的頭髮，脫下我的外套，把酒瓶藏在拖特包裡，然後回到走廊上。

「松雅說她必須離開。」皮特對我說，不過她的語氣聽起來比較像是在說：珍妮艾莉，妳是怎麼搞的？

「哦？真遺憾。」我回應，不過聽起來比較像：感謝藍牙爛牙！

「真的。」皮特說。

我跟隨她回到客廳。拉布拉多犬和那些女人已經找到新的位置。一隻狗移動到沙發的另一端，瑪姬占據了空出來的位置，第二隻狗則來到扶手椅上，身體幾乎完全覆蓋第三隻狗。洛琳坐在一張高椅背的綠色椅子，皮特則示意我坐在她旁邊的椅子，她自己也坐上第三張椅子。皮特看了她的皮革錶帶手錶。「他應該隨時會到。大概是被暴風雨困住了！我相信我們很快就可以開始。」

「太棒了。」我說話時，周遭的房間仍舊感覺有些旋轉。我幾乎無法去看松雅先前坐著的沙發——婀娜多姿而放鬆的坐姿、盤在頭上的白色捲髮，和我那嬌小、直髮瀏海的母親剛好相反。我趁這個機會把手伸進袋子裡（小心地避免弄倒葡萄酒），尋找書籤。

有人在敲門，皮特便立刻起身。我的心跳加速，擔心松雅也許改變心意又折回來，不過接著從走廊另一端傳來低沉的聲音。皮特回到客廳時，帶進來的是濕透而頭髮凌亂的古斯。他用一隻手梳理摻雜白髮的頭髮，甩落雨水。他看起來就好像剛剛從床上爬起來，然後在暴風雨中走到這裡，一路上還邊走邊喝。不過此時此刻，我當然沒有資格評論他。

皮特說：「我相信大家應該都認識這位獨一無二的奧古斯都‧埃佛列特了吧？」

古斯點頭揮手，是不是還笑了？不，這樣的描述對於他的舉止未免太善意了。應該說，他的嘴唇向室內的人「致意」。接著他的雙眼捕捉到我的視線，兩邊的嘴角抬得更高了。他對我點頭。「珍妮艾莉。」

我因為喝太多葡萄酒，只能在虛弱的腦袋中試圖釐清，此刻到底是什麼在煩擾著我。當然包括了得意洋洋的古斯、遇見那個女人、在洗手間喝酒，還有——

皮特不同的介紹方式。

「她叫珍妮艾莉」是父母親強迫幼稚園小朋友和別人交朋友的方式。

「獨一無二的奧古斯都‧埃佛列特」則是讀書會介紹特別來賓的方式。

皮特對他說：「別客氣，過來坐在這裡，坐在珍妮艾莉旁邊。你想要喝點什麼嗎？」

天啊，我搞錯了。我來這裡不是作為來賓，而是作為潛在的讀書會成員。

我來到了討論《啟示》的讀書會。

「你想要喝點什麼嗎？」皮特回到廚房問他。

古斯掃視洛琳和瑪姬手上的塑膠杯，回頭問：「皮特，妳們在喝什麼？」

「讀書會的第一輪都是喝白色俄羅斯（註8），不過珍妮艾莉帶了葡萄酒，不知道你比較想喝什麼。」

當我想到喝白色俄羅斯開啟夜晚、以及必須很可恥地從袋子裡掏出葡萄酒給古斯，就感到畏縮。

我可以從皮特臉上滿滿的笑容得知，沒有其他事情會讓她更高興。

古斯湊向前，手肘放在大腿上。他左手的袖子在這樣的動作中被拉起來，露出手臂後方淡淡的黑色刺青。這是扭曲但封閉的環狀，我猜好像是叫莫比烏斯環吧。

「我想喝白色俄羅斯。」古斯回應。

那當然。

人們喜歡想像他們最喜歡的男性作家坐在打字機前，喜好威士忌並渴求知識。此刻坐在我隔壁的這個邋遢的男人、這個嘲笑我事業的傢伙，如果反面朝上穿著印有星期幾的內衣、吃梅傑超市品牌的起司球維生，我也不會感到驚訝。

他即使穿得像以大學生為對象的大麻販子，仍舊會比穿著古板的Michael Kors禮服的我受到更認真的對待。我可以請《彭博商業周刊》的資深攝影編輯替我拍作者照片，他可以用他母親的二〇〇二年數位相機拍他在桌前皺起眉頭的照片，仍舊得到比我更多的尊重。

8 雞尾酒的一種，由伏特加、咖啡香甜酒、鮮奶油調製。

他也可以傳送一張屌照。出版商會把它印在書本折頁，放在他們請他勉強寫出來的兩行自傳上方。安亞會說，「越短越精彩」。

我察覺到古斯在看我。我想像他能夠感應到我在腦中把他碎屍萬段。我想像洛琳和瑪姬感應到今晚會是很嚴重的錯誤。

皮特拿著裝滿牛奶伏特加的藍色酒杯回來，古斯向她道謝。我深深吸了一口氣，看著皮特坐進一張椅子。

今晚有可能更糟嗎？

離我最近的拉布拉多犬放了一個響屁。

「好吧！」皮特拍著手說。

搞什麼鬼！我掏出袋子裡的酒喝了一大口。瑪姬在沙發上咯咯笑，拉布拉多犬則翻身把臉埋在椅墊之間。

「『紅白俄羅斯和藍色讀書會』現在要開始了。我非常期待聽大家對於這本書的想法。」

瑪姬和洛琳各自啜飲一口自己的白色俄羅斯，互看一眼。瑪姬把她的酒放在桌上，輕輕拍了一下她的大腿。「我超喜歡這本書。」

皮特發出粗啞但溫暖的笑聲。「瑪姬，妳什麼都喜歡。」

「才不是。我不喜歡那個男間諜——不是主要的那個，而是另一個。那傢伙很傲慢。」

間諜？《啟示》裡面有間諜？我望向古斯，發現他看起來跟我一樣困惑。他的嘴巴稍稍張開，手中的白色俄羅斯放在左大腿上。

「我也不喜歡他。」洛琳同意。「尤其是在一開始，不過在結尾的時候，他變得好多了。當書中揭露他媽媽和蘇聯的關係時，我就開始能夠理解他。」

「那部分描寫得很不錯。」瑪姬同意。「好吧，我收回剛剛的話。在結尾的時候，我也開始有點喜歡他。不過我還是不喜歡他對待麥可森情報員的方式。關於這一點，我沒辦法替他找到辯解的理由。」

「哦，那當然。」皮特附和。

瑪姬輕輕揮手說：「他是個徹頭徹尾的仇女主義者。」

洛琳點頭同意，又問：「妳們對於雙胞胎身分被揭穿有什麼看法？」

皮特回答：「老實說，我覺得有點無聊。我來說明為什麼。」接著她確實對我們說明了理由，但是我幾乎沒有聽進去。因為我太專注於觀察古斯表情上細微的動作了。

她們在討論的不可能是他的書。他臉上的表情困惑多於驚恐，似乎是認為別人在對他開玩笑，但他又沒有足夠的自信去指出來。他已經喝完他那杯白色俄羅斯，然後回頭看廚房，彷彿在期待另一杯能夠自動送到這裡。

「馬克的女兒在喪禮唱《奇異恩典》的時候，有人跟我一樣哭了嗎？」洛琳抓著胸口問。「那段真的讓我很感動。妳們也知道，我有一副鐵石心腸！道格•漢克是一位傑出的作家。」

我環顧室內，望向沙發另一邊的書櫥、書架，以及咖啡桌下方的雜誌架。幾十本、甚至幾百本深色平裝書的標題映入我的眼簾。

《空戰行動》、《莫斯科遊戲》、《潛伏者》、《紅旗》、《天黑後的奧斯陸》。

紅白俄羅斯和藍色讀書會。

我——珍妮艾莉・安德魯斯——浪漫小說作家，還有文壇青年才俊——奧古斯都・埃佛列特——闖進了主要在討論間諜小說的讀書會。我必須很努力地忍住笑意，不過並不是很成功。

皮特問：「珍妮艾莉，一切都還好吧？」

「很棒。」我說。「我想我喝了太多葡萄酒。奧古斯都，你最好拿走它。」我把那瓶酒遞給他。他板著臉，挑起一邊的深色眉毛。

當我等候他收下喝了三分之二的夏多內葡萄酒時，我想像自己臉上沒有太多笑容，卻能夠展現出勝利的表情。

瑪姬愉快地說：「我又想了一下，覺得我還是滿喜歡同卵雙胞胎這個轉折。」

不遠處，一隻拉布拉多犬放了屁。

七　便車

「真感謝妳招待我們，皮特。」我在門廳擁抱她時說。

她也拍拍我，說：「隨時歡迎妳再來，尤其是星期一！妳最好每個星期一都來。『紅白俄羅斯和藍色讀書會』希望能夠得到新血。妳也知道，這樣的團體很容易變得陳腐乏味。瑪姬喜歡開我玩笑，可是她也沒有讀很多小說，至於洛琳，我覺得她是來社交的。她跟我一樣，是大學教職員太太。」

「大學教職員太太？」我問。

皮特點頭，迅速回答：「瑪姬在大學工作，洛琳的先生也是。」接著她問：「親愛的，妳要怎麼回去？」

此刻我並不覺得自己有醉到自己想醉的程度，不過我知道我還是不該冒險開車。

「我送她回去吧。」古斯板著臉，面無笑容地說。

我說：「我會叫 Uber。」

「Uber？」皮特重複一次。「在北熊岸，妳叫不到 Uber。我們只有一臺 Uber 計程車，不過我不認為他在十點以後還會在外面開車。」

我假裝檢視手機。「事實上，他在這裡，所以我該走了。我得再次謝謝妳，皮特。今天真的……很有趣。」

皮特拍拍我的手臂，我便溜到外面的雨中，邊走邊打開 Uber 的 App。在雨中，我聽到古斯和皮特平靜地在我身後的門廊互道晚安，接著門關上，我知道花園裡只有他和我。

於是我走得很快，穿過前門，沿著柵欄前進，雙眼盯著 Uber App 空白的地圖。我關上 App，然後再次打開。

「我來猜猜看。」古斯慢條斯理地說。「就像住在這裡的人說的：這裡根本沒有 Uber。」

我謊稱：「再過四分鐘就到了。」他瞪著我。我把兜帽拉起來，把臉轉開。

他問：「怎麼搞的？妳是不是擔心上了我的車之後，很快地妳就會從我家屋頂上的滑水道溜下去，並且參加我那大肆被宣傳的果凍摔角比賽？」

我交叉雙臂說：「我不認識你。」

「是啊，不像妳很熟的北熊岸 Uber 駕駛。」

我沒有說話。過了半晌，古斯上了他的車，發動引擎，但是沒有開走。我把注意力放在手機上。他為什麼沒有離開？我盡量不去看他的車，然而當我坐在冰冷的雨中，那臺車看起來就越來越具有吸引力。

我再次檢視 App。仍舊沒有反應。

副駕駛座的車窗被拉下，古斯越過座位，彎著脖子看我。「珍妮艾莉。」他嘆了一口氣。

「奧古斯都。」

「已經過了四分鐘，沒有 Uber 計程車會過來。可以請妳上車嗎？」

「我要用走的。」

「為什麼？」

「因為我需要運動。」我說。

「妳會得到肺炎。」

「外面的氣溫大概有十八度。」我說。

「妳已經在發抖了。」

「也許我是因為期待走路回家令人振奮的路程而發抖。」

「也許妳的體溫正急速下降，血壓和心跳速度也降低，肌膚組織因為冰冷而被破壞。」

「你在開玩笑嗎？我的心跳因為正面理由而加速。我剛剛參加一場三個小時的讀書會，討論間諜小說。現在我需要消耗掉一些腎上腺素。」我開始沿著人行道走路。

「妳走錯方向了。」古斯喊。

我轉身朝著另一個方向開始走，再次經過古斯的車。他的嘴巴在儀表板昏暗的光線照射下扭曲。「妳應該知道，我們住的地方距離這裡有七英里。照妳現在的速度，妳到達的時間大概會是……永遠無法到達。妳會走進樹叢裡，然後也許這輩子都得待在那裡。」

我說：「我剛好需要這麼久的時間來清醒。」古斯緩緩地跟隨著我開車。我又說：「除此之外，我不能冒著明天又發生宿醉的風險。我寧願走進大馬路當中。」

「是嗎？我擔心這兩件事都會發生。讓我載妳回家吧。」

「我會醉到睡著。這樣不行。」

「好吧，那我就等到妳清醒再載妳回家。我知道在北熊岸最好的醒酒手段。」

我停下腳步，望著他的車。他也停下來等候。

我說：「我想先問清楚，你說的不是性愛之類的吧？」

他露出嘲諷的笑容說：「不是，珍妮艾莉，我不是在談性愛之類的。」

「最好不是。」我打開前座的門，鑽上座位，把手指貼在暖氣出風口。「我的托特包裡有防狼噴霧，還有一把槍。」

「搞什麼鬼！」他高喊並停下車子。「妳喝醉了，然後在妳裝葡萄酒的袋子裡還放了一把槍？」

我扣上安全帶。「我是在開玩笑。我是指槍的部分，不是指『你敢亂來我就殺了你』的部分。我是認真的。」

古斯發出震驚多於好笑的笑聲。即使在黑暗的車中，我仍看得見他的眼睛睜大，歪斜的嘴巴變得緊張。他搖搖頭，用手背擦拭額頭上的雨水，然後再度開始開車。

「這就是你說的『手段』？」我問。車子正停入停車場。雨勢已經緩和下來，不過柏油路上的坑洞形成水池，映照著低矮長方形建築上的霓虹招牌。「醒酒的手段，就是……甜甜圈。」這是招牌上的文字。事實上，這就是這家小餐廳的名字。

「妳以為呢？」古斯問。「難道我要開車『差點』從懸崖掉下去，或是找人假裝綁架妳？喔，等等，妳剛剛提到關於性愛話題的評論是諷刺嗎？妳是不是希望我引誘妳？」

「不是。我只是想說，下次你要勸我上你的車，可以直接提到甜甜圈，這樣就可以省去很多時間了。」

他說：「我希望我不需要常常勸妳上我的車。」

「當然不用常常。」我說。「只要在星期一。」

他再度露出笑容，不過很隱晦，彷彿不希望被發現。這個笑容立刻讓我覺得這輛車太小，他有些太過接近。我移開視線，下了車，腦筋立刻變得清醒。眼前的建築像捕蚊燈般閃耀，從窗戶可以看到店內空無一人的七〇年代風格橘色沙發座位，以及養了許多鯉魚的魚缸。

「說真的，你應該考慮去替 Uber 開車。」我說。

「哦？」

「沒錯，你的暖氣很強，我猜你的冷氣應該也沒問題。你聞起來沒有 AXE 體香劑的味道，而且在來到這裡的路上，你完全沒有跟我說話。五顆星……六顆星。比我以前搭過的任何 Uber 計程車都棒。」

「嗯。」古斯替我打開髒髒的門，上方的鈴鐺發出聲音。「也許妳下次搭 Uber 的時候，可以試試告訴司機妳有一支裝了子彈的槍，就可以得到更好的服務。」

「說得對。」

「接下來妳別太驚訝。」當我走過他身旁時，他低聲對我說。

「什麼意思？」我轉身問他。

「哈囉！」在店內大音量的比吉斯歌曲聲中，一個嘹亮的聲音高喊。

我轉身看到一名男子在照亮的展示櫃後方。收音機放在櫃檯上，發出至少跟迪斯可歌聲一樣大的滋滋聲。「嗨。」我回應。

「你好。」男人深深點頭說。他至少跟我爸媽一樣老，而且瘦到皮包骨，厚厚的眼鏡用螢光黃色的 Croakies 眼鏡繩固定在臉上。

「嗨。」我又說了一次。我的腦袋彷彿被困在倉鼠的滾輪中，重複播放著同樣的發現：這位老紳士穿著內衣！

「哈囉～～！」他高聲回應，顯然不想要輸掉這場比賽。他的手肘靠在展示櫃上。我感到慶幸，他的內衣是一件白色T恤，而且他很仁慈地選擇穿四角褲而不是三角褲。

「嗨。」我說了最後一次。

古斯側身跨步，來到瞠目結舌的我和櫃檯之間。「我們可以點一打即期的甜甜圈嗎？」

「當然！」穿內衣的烘焙師用藤步的舞步走過展示櫃，從疊放在上面的外帶盒當中拿了一個，然後走回老式的收銀機，打了幾個數字。「五塊整。」

古斯問：「可以再點咖啡嗎？」

「我不能違背良心向你收那東西的錢。」男人把頭轉向咖啡壺。「那鬼東西已經在那裡加熱足足三小時。要我替你重新煮咖啡嗎？」

古斯望向我。

「怎樣？」我問。

「這是替妳點的。妳要喝免費的爛咖啡，或是一塊錢的……」他無法說出「好咖啡」，不過這也讓我知道所有該知道的事實。

「那鬼東西」總是放在那裡加熱。

「免費的。」我說。

「那就照我剛剛說的，五塊整。」男人說。

我正要拿出皮夾，古斯便阻止我，然後把五塊錢鈔票「啪」一聲放在櫃檯上。他歪了一下頭，示意我接受男人手中那杯起泡的咖啡和盒裝甜甜圈。為了塞十二個甜甜圈到這個盒子裡，甜甜圈被擠壓成盒子形狀的一坨炸麵團。我拿了咖啡和甜甜圈，一屁股坐進沙發座位。

古斯坐在我對面，靠著餐桌，打開盒子。他俯視著我們之間盒中的那坨甜甜圈。「老天爺，那看起來好噁心。」

我說：「我們總算對某件事有共識了。」

「我敢說我們對很多事都有共識。」他拉出一個壓扁的楓糖堅果甜甜圈，然後靠向椅背，在日光燈下仔細端詳這個甜甜圈。

「比方說？」

「所有重要議題。」古斯說。「譬如地球大氣的化學成分、這個世界需不需要六部《神鬼奇航》電影、不應該喝白色俄羅斯——除非已經準備好要嘔吐。」

他努力把整個甜甜圈塞入嘴裡，接著以絲毫不帶諷刺的神情與我四目相交。我突然笑出來。

「怎樣？」

我搖頭說：「我可以拜託你一件事嗎？」

他咀嚼之後吞下足夠的份量，總算能夠回答：「不行。我不會去叫那傢伙把他的音樂轉小聲一點。」他伸手從盒子中拿了另一坨甜甜圈。「現在輪我問妳一個問題：妳為什麼要搬到這裡？」

我翻了白眼，假裝沒聽見他的問題。「如果我要拜託你去勸那傢伙，為他的經營方式做出一項小小的改變，絕對不會是收音機的音量。」

古斯笑得更開懷了。即使在這種時候，我內心仍舊不禁感到緊張。我不確定是否曾經看過他像這樣的笑容。這個笑容當中有某種使人陶醉的成分。他深色的雙眼迅速轉向櫃檯。我追蹤他的視線，看到那個穿內衣的男人正在烤箱之間扭動身體跳舞。古斯的視線回到我的眼睛，眼神非常專注。「妳可以回答我了嗎？妳為什麼要搬到這裡？」

我把一大塊甜甜圈塞入嘴裡搖頭。

他稍稍聳肩說：「那我也不能回答妳的問題。」

我告訴他：「這不是對話的方式。對話不是平衡交易。」

他說：「對話就是平衡交易——至少在一個人對腳交沒興趣的情況下。」

我羞愧地用雙手掩面，口中仍說：「我順便要告訴你，你對我很沒禮貌。」

他沉默了片刻，接著用粗糙的手指抓住我的手腕，把我的雙手從臉上拉開，害我嚇了一跳。他嘲諷的笑容已經消失，眉頭皺起，眼神如墨水般黑暗而嚴肅。「我知道。我很抱歉。

今天是很糟糕的一天。」

我再度開始緊張。我沒有預期到他會道歉。他當然沒有為他那句「從此過著幸福快樂日子」的評論道歉過。「你才剛剛在家舉辦了瘋狂派對。」我恢復鎮定，對他說。「我真想知道你的好日子是什麼樣子。」

他的嘴角不確信地抽動。「如果妳除去那場派對，就會很接近了。總之，妳願意原諒我嗎？常有人對我說，我給人很差的第一印象。」

我交叉雙臂，不知是受到葡萄酒還是他的道歉鼓舞，對他說：「我的第一印象不是那樣。」

他的臉上出現難以捉摸的神情，不過在我還來不及確認之前就消失了。他問：「妳有想問的問題嗎？如果我回答妳的問題，妳願意原諒我嗎？」

「這也不是尋求原諒的方式。」我如此回答，他便開始揉自己的額頭，於是我又說：「不過我願意原諒你。」

他說：「好吧。那就問一個問題。」

我從餐桌上方湊向他問：「你以為她們要討論你的書，對不對？」

他皺起眉頭問：「她們？」

「間諜和甜派雞尾酒。」

他裝出驚恐的表情，說：「妳應該是指『紅白俄羅斯和藍色讀書會』吧？妳剛剛為它取的暱稱等於是對所有文學沙龍、更不用說是對自由和美國的侮辱。」

我感覺到自己臉上露出明顯的笑容。我靠在椅背上，滿意地說：「你的確完全相信她們讀的是《啟示》。」

古斯說：「首先我要告訴妳，我在這裡住了五年，皮特從來沒有邀我去參加過她們的讀書會，所以我當然會很合理地認為她們要討論的是我的書。第二——」他從盒子裡拿了一個塗了糖霜的甜甜圈。「珍妮艾莉，也許妳應該小心一點。妳剛剛透露妳知道我寫的書名。誰知道妳還會透露什麼祕密。」

「你怎麼知道我不是用 Google 查的？」我反駁。「也許我以前從來沒有聽過這本書。」

「妳怎麼知道妳特地搜尋關於我的事，不會讓我感到更有趣？」古斯說。

「你怎麼知道我搜尋關於你的事，不是因為懷疑你有犯罪經歷？」

「妳怎麼知道我不會用別的問題回答妳的問題，直到我們都死掉？」

「你怎麼知道我會在意這種事？」

古斯搖搖頭，露出微笑，然後又咬了一口甜甜圈。「天啊，這實在是太糟糕了。」

「你是指甜甜圈，還是這場對話？」我問。

「當然是指這場對話。甜甜圈很好吃。順帶一提，我也 Google 了關於妳的事。妳應該考慮換個沒那麼罕見的名字。」

「我會把你的意見轉達給上級，不過我不能給你任何保證。」我說。「這中間會經歷一堆繁瑣的手續和官僚主義。」

「《南方安逸》聽起來很性感。妳特別鍾情南方男孩嗎？缺牙和連身褲會讓妳感到興奮嗎？」

我翻了白眼。「我開始相信你根本沒去過南方，而且也許沒辦法在指南針上認出『南方』。還有，為什麼每個人都認定女人的作品是半自傳式的？別人會把你的書中那些孤獨、白人男性——」

「妳忘了說冷淡好色。」古斯插嘴。

「——冷淡好色的主角就是你嗎？」

古斯若有所思地點點頭，一雙深色的眼睛專注地看著我。「這是個好問題。妳覺得我是個冷淡好色的人嗎？」

「我覺得。」

古斯抬起嘴角，似乎覺得很有趣。

我望向窗外。「如果皮特不是要討論我們兩人的書，她為什麼會忘了告訴我們讀書會挑選的是哪一本書？她既然要我們參加，照理來說應該要給我們讀那本書的機會吧？」

古斯說：「這不是意外。她是在刻意操縱事實。她很清楚，如果我知道會發生什麼事，今晚絕對不可能會出席。」

我發出冷笑。「那麼這個惡毒計畫的目的是什麼？成為奧古斯都・埃佛列特下一本書中某個古怪的配角嗎？」

「妳自稱沒看過我的書，憑什麼對我的書有意見？」他問。

「你顯然沒看過我的書，又憑什麼對我的書有意見？」我說。

「妳怎麼知道我沒看過？」

「因為你提到海盜。」我津津有味地吃一個灑了許多小碎片的草莓糖霜甜甜圈。「我寫的不是那種浪漫小說。事實上，我的書甚至不是放在浪漫小說的架上，而是放在女性小說的架上。」

古斯靠在沙發座位上，把他那雙瘦削的橄欖色手臂舉過頭，轉動手腕，發出喀喀聲。「我不了解為什麼要專為寫女性的小說獨立出一個文類。」

我嘲諷地笑了。隨時蓄勢待發的怒火再度湧起，就好像一直在等待導火線一般。「是啊，你不是唯一不了解的人。」我說。「我知道怎麼說一個故事，而且我也知道怎麼造一個句子。如果你把我書中所有的潔西卡換成約翰，你知道你會得到什麼嗎？一本小說——就只是單純的一本小說，任何人都可以、也願意閱讀。可是身為一個寫女人的女人，我就等於剔除了地表上一半人口的潛在讀者。不過你知道嗎？我不會為此感到羞恥。我感到很火大。像你這種人會覺得我的書不值得你花時間閱讀，可是你卻可以在直播電視放屁，然後《紐約時報》還會讚揚你大膽展露人性。」

古斯歪著頭，嚴肅地盯著我，眉毛之間出現明顯的線條。我說：「你現在可以送我回家了嗎？我現在覺得清醒多了。」

八　打賭

古斯走出沙發座位，我也跟隨著他，手中拿著那盒甜甜圈和我那杯火燙的咖啡。外面的雨已經停了，不過卻出現層層濃霧。我們沒有再說話，進入車中，駛離在後照鏡中閃爍藍綠色光芒的「甜甜圈」招牌文字。

「問題在於快樂結局。」當車子開到大街上，古斯突然說。

「什麼？」我感到胃好像縮起來。我又想到那句：最後大家都過著幸福快樂的日子——又是這樣的結局吧？

古斯清清喉嚨說：「我並不是鄙視浪漫小說這種文類，我也喜歡讀關於女人的故事。我只是受不了快樂結局。」他謹慎地瞥了我一眼，然後視線再度回到前方的道路。

「受不了？」我重複一次，彷彿這麼做有助於了解這句話的意思。「你受不了……閱讀快樂結局？」

他揉了揉自己二頭肌的曲線。我不記得他以前有這種焦慮的小動作。「大概吧。」他說。

「為什麼？」我問。此刻我感到困惑多於受到冒犯。

「生命基本上是一連串的好事和壞事，直到人死的那一刻為止。」他生硬地說。「雖然有爭議，不過死亡可以看成是壞事，即使是愛情也不能改變這一點。我受不了必須擱置自己的懷疑。而且妳能想像，有任何一個真實人生的結局會像他媽的ＢＪ單身日記嗎？」

這就是我認識的古斯。他認為我無可救藥地天真。即使我有證據證明他說得沒錯，但是我還沒有準備好讓他詆毀曾經對我無比重要的文類。當媽媽舊病復發、使我們預期的未來宛若煙霧被風吹散般消失時，是這個文類讓我能夠支撐下去。

「首先我得告訴你，」我說。「『他媽的BJ單身日記』是仍舊進行中的系列。當你要證明自己論點的時候，這是最糟糕的例子。這部作品是對於這個文類過度簡化與錯誤刻板印象的反證。它做到的正是我的目標：讓它的讀者感覺獲得認知與了解，就好像她們的故事──女人的故事──被當成一回事。第二，你是認真在說你不相信愛情嗎？」

我感到有點像是在孤注一擲，彷彿如果我讓他在這場爭執中獲勝，就會成為最後一根稻草：我無法回到原本的自己，無法相信愛情、將這個世界與人類看成美好純粹的存在──無法再熱愛寫作。

古斯皺起眉頭，深色的眼睛從我身上迅速移回道路。這副熱切而迷人的神情，正是我和莎蒂曾經花許多時間努力要化為文字的。「愛情當然會發生。」他最後說。「但是最好還是現實一點，免得總是嘗到苦果。愛情更容易帶來痛苦，而不是帶來永恆的快樂。要是愛情沒有傷害你，那麼就是你傷害別人。

「談戀愛幾乎等同於施虐受虐狂的行為──尤其是當你可以從友情得到所有從愛情得到的東西，結束時也不會毀滅任何人的生活。」

「所有東西？」我問。「包括性愛？」

他挑起一邊的眉毛。「要得到性愛甚至不需要友情。」

我問：「所以呢？難道你從來不會從那裡發展出什麼？你能保持那麼冷漠嗎？」

他說：「如果要現實點，就需要方針。只發生一次的話，就不會發展出任何關係。」

哇！他的交往保鮮期變得更短了。我說：「看吧，古斯，你真的是冷淡好色的人。」

他側眼瞥了我一眼，露出笑容。

「怎麼了？」

「這是妳今晚第二次稱呼我古斯。」

我臉紅了。沒錯，他現在似乎比較喜歡被稱作埃佛列特。

「拜託，珍妮艾莉。」他的視線回到道路上。車燈的兩道光束照射在柏油路上，在疾速倒退的萬年青上反射光點。「我記得妳。」他再度注視著我，雙眼宛若雙手般穩固而具有重量。

我的臉在發燙，幸虧周遭很暗。「從什麼時候？」

「別裝了，又不是很久以前的事。而且還有那天晚上。」

天啊，我們該不會要討論那一晚的事吧？

那是我們唯一在課堂以外說話的夜晚。好吧，不是說話。那一晚我們參加同一場兄弟會派對，主題是很模糊的「經典」。

古斯和他的朋友派克打扮成《小教父》（註9）的小子和強尼，一整晚都被喝醉的兄弟會男生稱作「油頭閃電」；莎蒂和我則打扮成《末路狂花》的賽爾瑪（她）和露易絲（我）。

古斯當時交往的女孩是泰莎。她和我住在同一間學生宿舍，經常出現在同樣的派對。她

9　一九八三年柯波拉導演的電影，描述在奧克拉荷馬州圖薩，貧窮階級年輕人集團「油頭小子（Greasers）」與富裕階級年輕人集團「公子哥兒（Socs）」對立的故事。小子和強尼屬於前者。

是古斯和我見到面的最新理由，不過那天晚上卻不一樣。

當時學年剛剛開始，還沒有進入深秋。莎蒂和我在水泥牆壁滲水的地下室跳舞。我整晚都在觀察古斯，內心有些生氣，因為他最新的短篇故事寫得太好，而且他仍舊難以置信地迷人，他的評論依舊準確，而我已經厭倦他老是向我借筆，此外，自從他發現我在看他，我就感覺到——或者自以為（希望？）感覺到——他也在看我。

在隔壁房間臨時設置的酒吧，在樓上的啤酒乒乓桌（註10），在廚房的酒桶旁。然後當一群人隨著電子舞曲「Sandstorm」的節奏跳動並如抽筋般跳舞（莎蒂一如慣例劫持了ipod），他站在距離我只有幾碼的地方，而我們都注視著彼此。不知為何，我覺得這證明他終究一直把我視為競爭對手。

我不知道是我主動接近他，或是他主動接近我，或者我們是在中間會合的。我只知道我們最後在一起跳舞。當晚的片段記憶仍舊讓我感到興奮：他的雙手放在我的臀部，我的雙手繞到他的脖子上，他的臉貼著我的喉嚨，他的雙臂圍繞著我的腰。

冷淡好色？不，古斯的氣息與觸碰宛若火花般炙熱。

不論是不是競爭對手，當晚我們兩人很明顯地渴望彼此。我們都準備好要做出糟糕的決定。

後來是莎蒂挽回局面：她用在洗手臺底下找到的理髮器，在洗手間剃了自己的頭，害得我們兩人被趕出去，並且終生禁止參加那個兄弟會的派對。雖然我們過去幾年並沒有嘗試

10 啤酒乒乓（Beer Pong）是一種桌上遊戲，在長桌兩端各擺十個啤酒杯，排列為三角形，兩邊的人互相將乒乓球投入對方的杯子，投入的話就要把啤酒杯移開。

再回去，不過我懷疑兄弟會的記憶力很短暫，頂多維持四年。

我顯然擁有更長遠的記憶。

「珍妮艾莉？」

我抬起頭，驚恐地看到我剛剛回憶起的深色眼眸，此刻和我在同一輛車上。我忘了他脣谷右邊有一道白色的小傷痕，不禁懷疑自己怎麼會忘了這種事。

我清清喉嚨說：「你對皮特說，我們在前幾天晚上見過。」

「我告訴她我們是鄰居。」他承認。他的視線回到道路上，然後又回到我身上。他一再像這樣瞥我一眼又移開視線，感覺就像是人身攻擊。他抽動著嘴脣，說：「我不確定妳記不記得我。」

這句話中帶有某種含意，讓我感覺內臟就好像被放在剪刀上刮過、變得彎曲的彩帶。他繼續說：「不過除了我在出書之前就認識的人，沒有人會叫我古斯。」

「為什麼？」

他說：「因為我不希望每一個我碰到的怪鄰居都能上網搜尋我，然後給我尖酸刻薄的評論，或是要我送免費的書。」

「喔，我不需要免費贈書。」我要他放心。

「真的？」他用玩笑口吻說。「妳不想替自己的神殿添加第五本書嗎？」

我說：「你沒辦法岔開話題。我還沒有談完。」

「該死。老實說，我並不想要再次冒犯妳。」他向我承諾。

「你沒有冒犯我。」我不確定地說。或許他有，但是他卻再度在我沒有防備時道歉。更重要的是，我感到困惑。「我只覺得你在裝傻。」

不知不覺中，我們就已經回到家。古斯沿著路緣停車，然後面對我。這是我第二次注意到這輛車有多小、我們有多接近，還有他盯著我的眼睛是如何地增強熱度。「珍妮艾莉，妳為什麼要來這裡？」

我不自在地笑了。「你是指，進入你懇求我上的車？」

他洩氣地搖頭說：「妳現在不一樣了。」

我感到血液衝上臉頰。「你的意思是，我不再是精靈公主了。」

他臉上現出困惑的表情。

「這是你以前對我的稱呼。」我告訴他。「你希望我承認你才是對的。你想要說我得到警示、發現事情不像我書裡寫的那樣，對不對？」

他歪著頭，下巴上的肌肉隆起。「那不是我要說的。」

「這正是你在說的。」

他再度搖頭說：「我不是那個意思。我想說的是……妳總是那麼……」他嘆了一口氣。

「我也不知道。妳從包包拿出酒喝。我猜妳會那樣應該有特別的理由。」

我緊緊閉上嘴巴，胸口感到悶痛。古斯大概是我最難想像會如此理解我的人。

我望向車窗外的湖畔房屋，彷彿那是綻放紅光的逃生口標誌，是讓我逃離這場對話的救星。我聽到屋子後方傳來波浪拍打岸邊的聲音，但因為霧太濃，所以什麼都看不到。

「我不是要妳給我答案。」古斯在短暫停頓之後說。「我只是……我不知道。看到妳這樣感覺很奇怪。」

我轉向他，在座位上翹起二郎腿觀察他，在他臉上尋找嘲諷的跡象；但他的表情顯得很認真，深色眼睛瞇起來，眉毛深鎖，頭照例半歪斜，讓我感覺自己好像在顯微鏡底下。那性感、邪惡的眼神顯示他正在看透對方的心思。

我說：「我沒有在寫作。」我不知道自己為什麼要承認這一點，更不用說是對古斯，不過對他說比對安亞或珊蒂說好多了。「我沒錢，然後我的編輯急著要買我寫的東西，可是我卻只有寫得很糟糕的幾頁原稿，而且只剩下三個月要去完成一本我媽以外的人會花錢買的書。這就是我現在的情況。」

我剔除和媽媽之間惡化的關係、以及我們在喪禮之後的對話，只提到我目前情況中較小的問題。

「我以前辦到過。」我又說。「我寫過四本書都沒問題。我覺得自己現在沒辦法做到唯一擅長的事情、讓我感覺屬於自己的事情，這樣已經夠糟了，外加我現在又非常缺錢。」

古斯體貼地點頭。「當你『必須』寫作的時候，總是比較困難。就好像……壓力把寫作變成一份工作，就跟其他工作一樣，那還不如去拉保險。故事突然失去被說出來的急迫性。」

「沒錯。」我同意。

「不過妳會有辦法的。」他停頓一下之後，冷靜地說。「我相信妳的腦袋裡有一百萬個幸福快樂的結局。」

「聽我說。首先，我腦袋裡沒有那種東西。」我說。「其次，古斯，這並不像你想像的那麼簡單。如果過程很糟糕，快樂結局根本沒什麼用。」

我把頭輕輕靠在窗上。「此時此刻，要我停止寫歡樂的女性小說、跳上陰沉的文學小說列車，搞不好會比較簡單。至少這一來，我就有藉口用驚世駭俗的嶄新方式來描述笨蛋，像是『擁有肌肉和肌腱的多肉植物』之類的。我從來就沒有機會在我的書中寫『擁有肌肉的多肉植物』。」

古斯往後靠向駕駛座的車門，發出笑聲。我一方面因為嘲笑他而感到抱歉，一方面也因為再度讓他發笑而產生愚蠢的勝利心態。在大學裡，我幾乎沒有看過他的笑容。顯然我並不是唯一改變的人。

他說：「妳永遠不會寫出那樣的句子。那不是妳的風格。」

我交叉雙臂問：「你覺得我沒辦法？」

古斯翻了白眼。「我只是說，妳不是那樣的人。」

「我以前不是那樣的人。」我糾正他。「不過就如你指出的，我現在已經不一樣了。」

「妳經歷了一些事情。」他說。我再次感到不舒服的刺痛，一方面因為他似乎在用X光檢視我，另一方面也是因為古斯總是點燃我心中昔日的競爭火焰。「不過我敢打賭，妳大概會把像我寫的那種黑暗沉悶的故事寫成《當哈利遇上莎莉》吧。」

我說：「我可以寫出任何我想寫的東西。不過我看得出來，寫出『幸福快樂結局』對於快樂結局通常發生在一夜情的人來說，應該很困難吧。」

古斯的眼神變得陰鬱，一邊的嘴角抬起來。「安德魯斯，妳在挑戰我嗎？」
「我只是說，你不是那樣的人。」我模仿他的說法。
古斯抓了抓下巴，眼神變得朦朧，陷入沉思。接著他把一隻手靠在方向盤上，視線銳利地朝向我，說：「好吧，我有個主意。」
「電影《神鬼奇航》第七集？」我說。「這個主意瘋狂到也許行得通！」
古斯說：「事實上，我認為我們可以做個交易。」
「什麼交易，奧古斯都？」
他聽到自己的全名，明顯地打了個哆嗦，然後在車內把手伸過來。我心中產生期待的火花（我也不知道在期待什麼），不過他只是打開我膝上的盒子，拿了一個甜甜圈。那是椰子口味。
他咬了一口，說：「妳試著寫出陰沉的文學小說，看看妳現在是不是那樣的人，看看妳有沒有辦法成為那樣的人——」我翻了白眼，然後從他手中拿了最後一塊甜甜圈。他毫不介意地繼續說：「——我試著寫出『幸福快樂結局』。」
我猛然注視他的雙眼。門廊燈的光芒此刻已經穿透濃霧照射到這裡，掠過車窗，照亮他稜角銳利的臉孔和垂在額頭上的深色捲髮。「你在開玩笑。」我說。
「我沒有開玩笑。」他說。「妳不是唯一一個厭倦一成不變的人。我可以利用這個機會，從我過去的工作稍微喘一口氣——」
「因為寫作浪漫小說太簡單了，對你來說就像打瞌睡一樣。」我嘲諷他。

「妳可以擁抱妳陰鬱的新面貌，看看適不適合妳，看妳是否能夠成為新的珍妮艾莉。然後誰先賣出自己的書（妳高興的話，也可以用筆名），誰就贏了。」

我張開嘴巴想要說話，卻說不出一個字。我闔上嘴巴，再度嘗試：「贏什麼？」

古斯挑起眉毛。「這個嘛，首先，妳要賣出書才能賺到生活費，而且在包包裡隨時都有葡萄酒。其次……」他思索片刻。「輸的人要替贏的人推銷新書，在封面寫宣傳詞，在受訪時推薦這本書，在讀書會當客座評審的時候也要挑選這本書……等等，保證銷售量。第三，如果妳贏了，妳可以永遠當著我的面提起這件事。我猜對妳來說，這是幾乎無價的報償。」

我難以掩飾臉上泛起的笑容。「沒錯。」他說的每一句話至少都有些意義。我腦中的輪子在轉動——這個輪子在過去的一年一直都運轉不順。我確實認為自己能夠寫出古斯寫的那種書，模仿「偉大美國小說」。

寫出愛情故事則是另一回事。愛情故事對我來說太重要，而且我的讀者也等了太久，我不能給他們自己無法全心全意相信的東西。

這一切都開始顯得合理，只有一個細節例外。我瞇起眼睛，古斯也誇張地瞇起他的眼睛。「你可以從中得到什麼好處？」我問。

「喔，跟妳完全一樣。」他說。「我想要有某件事來證明自己比妳強，另外也需要錢。錢總是有用的。」

「不妙。」我說。「冷淡好色天堂是不是遇到什麼麻煩了？」

古斯說：「我的書要花很長的時間來寫。雖然進度順利，不過我即使拿了獎學金，還是留下很多學生貸款，還有一些舊的貸款，而且我又花很多錢在這棟屋子上。如果我能很快地出一本書，就可以幫我很大的忙。」

我裝出驚訝的表情，抓著自己的胸口說：「所以你願意屈尊去兜售永恆愛情——這種施虐受虐狂的美國夢？」

古斯皺起眉頭。「如果妳對這個計畫沒興趣，就忘了它吧。」

可是我已經無法忘記這個計畫。現在我需要向古斯證明，我的工作比表面上更困難，而我擁有跟他一樣的才華。此外，讓奧古斯都・埃佛列特替我宣傳書，會有我無法拒絕的利益。

「我接受。」我說。

他盯著我的眼睛，上唇的嘴角浮現邪惡的笑容。「妳確定？妳有可能得到屈辱的下場。」

我不由自主地發出笑聲。「哦，我就指望它了。」我說。「不過我會讓你稍微輕鬆一點。我會替你上浪漫喜劇課。」

「很好。」古斯說。「那麼我會帶妳了解我的調查過程。我會協助妳體驗妳內心潛在的虛無主義，而妳要教我如何像沒人在聽一樣唱歌、像沒人在看一樣跳舞，然後像從來沒受過傷一樣談戀愛。」

他隱約的笑容雖然顯得過分自信，卻具有傳染力。

「你真的以為你辦得到？」我問。

他抬起一邊的肩膀。「妳覺得妳有辦法嗎？」

我盯著他的眼睛思索。「你會替我的書寫推薦詞？如果我贏了這場比賽，先出了書，你就要引用書中某段話，放在封面上——不論那句話有多糟。」

他的眼睛再度出現那個表情。當他陷入沉思時，他的眼睛就會張大並變得陰暗，露出性感／邪惡的表情。「我記得妳在二十二歲時的文筆。」他謹慎地說。「絕對不會很糟。」

我努力抑制臉紅。我不了解他為什麼可以一下子粗魯到幾乎高高在上，一下子又用恭維的話解除對方怒火。

「不過妳說得沒錯。」他湊向前補充。「即使妳給我《絕配殺手》續集的小說版，只要妳賣得出去，我就會替妳寫推薦詞。」

我靠向後方，稍微拉開我們之間的距離。「好吧。那麼我有個建議：我們可以在平日寫作，然後週末就空下來『上課』。」

「上課。」他複述一次。

「星期五，我會跟著你去做你通常會做的各種調查，包括……」我以手勢請他接著說下去。

他露出嘲諷的笑容。這個笑容真的很邪惡。「喔，我會做各種有趣的事。」他補充。「接著在星期六，我們就去做妳通常會做的任何調查——熱氣球之旅、帆船訓練、雙人機車旅行、有露臺座位和三流拷貝樂團的燭光餐廳……之類的各種鬼東西。」

我的脖子在發熱。他剛剛再度說中了我。我當然沒有做雙人機車旅行（我沒有死亡意願），可是我為了寫第三本小說《北極光》，的確曾經去坐過熱氣球。

他的嘴角在抽動，顯然對我的表情感到愉悅。

「一言為定了嗎？」他朝著我伸出手。

我感到頭暈目眩。說實在的我也沒有其他點子。也許憂鬱的作者就只能寫出憂鬱的書。

「好吧。」我伸出手握他的手，假裝沒有感覺到從他的肌膚直接鑽入我血管中的火花。

「還有一件事。」他嚴肅地說。

「什麼事？」

「妳要保證別愛上我。」

「我的天！」我推了他的肩膀，然後靠回椅背大笑。「你是不是有些錯誤引用《留住一片情》（註11）？」

古斯再度露出微笑。「這是一部好電影。」他說。「抱歉，應該說好片。」

我翻了白眼，仍舊笑到顫抖。

他也發出輕微的咯咯笑聲。「我是認真的。我記得我在電影院看那部的時候上了二壘。」

「我拒絕相信任何人會讓古斯・埃佛列特吃豆腐，貶低曼蒂・摩兒主演的史上最偉大的愛情故事。」

「隨妳想要相信什麼，珍妮艾莉。」古斯說。「傑克・李奇每天冒著生命危險，替妳守護這項自由。」

11　二〇〇二年的美國電影，由夏恩・威斯特與曼蒂・摩兒主演。劇中應該是女方對男方說不要愛上自己（女主角得到白血病）。

九　原稿

當我起床的時候，我並沒有宿醉，不過卻收到來自莎蒂的簡訊，上面寫：他有一整個衣帽架的老帽子！

我回覆她：妳怎麼知道？

我下了沙發，進入廚房。我雖然還沒有鼓起足夠的勇氣上樓，甚至還沒有開始在樓下的客房臥室睡覺，不過我開始熟悉櫥櫃裡有哪些東西。我知道玫瑰花紋的水壺已經在瓦斯爐上，廚房裡沒有咖啡機，不過在餐桌轉盤上有法式濾壓壺和磨豆機。我猜這應該是松雅買的，畢竟除了媽媽大量購買的星巴克膠囊咖啡、或是她哀求爸爸代替咖啡喝的綠茶以外，我從來沒有看過爸爸喝其他東西。

我自己對咖啡沒有特別講究（我願意接受調味糖漿和咖啡上的鮮奶油），不過早上我通常會先喝一杯味道還算可以、能夠用黑咖啡方式來喝的咖啡。我在水壺裝滿水，點燃火爐，溫暖而帶有土味的瓦斯氣味便隨著火焰迸出來。我把磨豆機的插頭插上，在它運轉的時間望著窗外。昨晚的濃霧仍舊沒有散去，籠罩著屋子和湖岸之間的樹林，呈現深灰色與藍色。室內的氣溫也變冷了。我打了哆嗦，拉緊睡袍。

在我等候咖啡泡好的時候，我的手機在工作檯上顫動。

莎蒂傳來簡訊：我們一群人下班之後去玩，他照例不理會我，只有在我不看他的時候，我會感覺到他絕對盯著我。後來他要去上廁所，我也想上，所以我就在走廊上等。他出來之後，對我說「嗨，莎蒂」，我說「哇哦，在這之前，我以為你不會說話」，他只是聳聳肩。於是我就說。「總之，我打算要離開」，他就說「喔，不會吧？」他顯然感到很失望，所以我就說。「我打算要跟你一起離開」，他就變得很緊張！他很興奮地說：「是嗎？太好了。妳打算什麼時候走？」我就說：「就是現在。」就這樣，剩餘的妳應該可以猜到了。

我回覆她：哇！這情節超經典。

莎蒂回覆：沒錯。女孩遇上男孩。男孩假裝不在乎女孩，只有在女孩沒有看著自己的時候才會注意她。女孩跟男孩一起回家，然後看到他把幽靈帽子掛在掛滿帽子的衣帽架上。

計時器響起，我壓下濾壓壺，倒出一些咖啡到卡通造型虎鯨形狀的馬克杯中。接著我把馬克杯和電腦帶到露臺上，每一吋肌膚都感受到冰涼舒適的濃霧。我蜷縮在一張椅子上，開始製作今天和接下來整個夏天的內心清單。

首先，最重要的，就是要思考這本書明確的走向（如果不是朝著單親爸爸愉快的夏季浪漫小說方向走），接著我必須替古斯計畫星期六的浪漫喜劇腳本。

一想到這裡，我就開始感到緊張不安。我原本以為自己起床的時候，會因為我們之間的約定而感到驚恐，但我卻感到興奮。這幾年來，我首度要去寫一本完全沒有人在等待的書，而且我還可以看到古斯嘗試寫愛情故事。

或者我也可能出很大的洋相，更糟的是會讓安亞失望。不過我現在沒辦法想那麼多。我有工作要做。

除了準備這本書、安排（真正唯一的）Uber 司機載我去皮特家拿回車之外，我決定今天要征服二樓臥室，把那裡面的所有東西分為「丟掉」、「送人」、「賣掉」的三類。

我也發誓要把我的行李搬進一樓臥室。我在前幾晚睡沙發沒有問題，不過今天早上醒來時，脖子卻有些嚴重抽筋。

我望向古斯房屋後方的一排窗戶。就在此時此刻，他走入廚房，（令人震驚地）把皺皺的深色T恤拉到頭上。我立刻在露臺椅上轉身。

他不可能看到我在看他。不過我越想越擔心，也許我在移開視線之前多看了幾眼。我可以在腦中清晰描繪古斯把T恤拉過頭上時的手臂曲線，以及以髖骨為框的平坦小腹。和大學時期相較，他的線條變得有些柔和（雖然也不用花多久時間），不過卻很適合他——或者應該說是適合我。

好吧，我一定多看了幾眼。

我迅速回頭瞥了一眼，不禁嚇了一跳：古斯此時站在落地窗的門口，舉起馬克杯，彷彿是在朝我敬酒。我也舉起我的杯子回應，他便拖著腳步離開了。

如果古斯已經開始工作，我也必須開始工作。我打開電腦，開始進行我這幾天一直在琢磨的檔案。我在寫的是浪漫的邂逅。可以確定的是，奧古斯都・埃佛列特的書裡不會有浪漫的邂逅。

他的書裡有什麼?我沒有讀過他的《羅尚博》或《啟示》，不過我讀了很多評論來滿足我的好奇心。

為了正當理由做壞事的人、以及為了錯誤理由做好事的人，只有在註定會因此得到毀滅的情況，才能得到自己想要的。

扭曲而隱藏祕密的家庭。

喔，我對這方面沒有經驗！我感到內心一陣疼痛，就好像被燙傷的最初幾秒，無法判別鑽入肌膚的是炙熱或冰冷的感覺，只知道不論如何都會留下傷害。

喪禮之後和媽媽爭執的回憶，宛若潮水般湧起。

雅各在喪禮結束之後就為了工作先離開，前往機場，因此錯過了和松雅之間的攤牌時刻；而當她離去之後，我和媽媽也沒有久留。

在回家的車上，我們一直在爭吵。不，這樣說並不準確。應該是我在爭吵。多年來我選擇不去面對的情感，因為多年來的背叛而一湧而出。

「妳怎麼可以對我隱瞞這件事！」我一邊開車一邊怒吼。

「她不應該來這裡！」媽媽說完，用雙手遮住臉。「我沒辦法談這件事。」她啜泣著搖頭。

「我沒辦法。」

從此刻開始，我說的任何一句話得到的答案都是：我沒辦法談這件事。我沒辦法像這樣談論他。我不想談這件事。我沒辦法。

我應該要理解。我應該多顧慮到媽媽的心情。

在那個時刻，我應該當一個成熟的大人，緊緊擁抱她，保證一切都會沒事，替她減輕痛苦。這是成年的女兒應該為媽媽做的事。然而先前在教堂，我被撕裂成兩半，首度把內心的所有情緒發洩出來。

有幾百個夜晚，我選擇不去哭泣；有幾千個時刻，我為了自己的擔心而擔心。我害怕如果我太過擔心，就會讓父母親更難受。我必須堅強，必須保持快樂，免得讓他們沮喪。

這麼多年來，當我害怕媽媽死去，就會把所有醜惡的東西都拋開，為了她而把自己的生命轉變為閃耀的展示窗。

我會逗父母親笑。我會讓他們感到驕傲。我會拿優秀的成績回家，拚死拚活追上古斯的程度。我會陪爸爸讀書到深夜，然後早起假裝我喜歡跟媽媽做瑜伽。我會把自己的生活告訴他們，並且一直詢問他們的生活，免得到時候後悔自己浪費了與他們在一起的時間。我也會隱藏試圖記住心愛的人、以防萬一的複雜心情。

我跟他們一樣，在二十二歲的時候談戀愛，對象是一個叫雅各的男孩。他是我見過的人當中最受歡迎、也最有趣的人。我盡可能向他們展示我們的幸福。我放棄念研究所，以便陪在他們身邊，不過我在二十五歲時出書，證明我並沒有錯過任何東西。

看！我很好！看！我擁有所有你們希望我擁有的美好東西！看！這件事完全沒有影響到我！

看！大家又過著幸福快樂的日子。

我盡了所有努力，證明我沒問題，證明我並沒有在擔心。我為了那個故事，盡了所有努力——在那個故事中，我們三人的情感是牢不可破的。

從喪禮開車回家的路上，我再也不想要假裝沒問題了。

我想要當個小孩子，尖叫、摔門、怒吼「我恨你們！你們毀了我的生命！」這種我從未說過的話。

我希望媽媽罰我禁足，然後晚一點偷偷溜進我房間，親吻我的額頭，低聲說「我了解妳有多害怕」。

然而她只是擦拭眼淚，深深吸一口氣，重複地說：「我不想要談這件事。」

「好吧。」我被打敗了，無力地說。「我們別再談這件事了。」

當我飛回紐約，一切都改變了。媽媽很少再打電話來，即使打來了，也只是像龍捲風一樣，迅速說完她這個星期的所有細節，然後問我過得怎麼樣。如果我猶豫太久，她就會感到驚恐，藉口說她要去上某個之前忘記的運動課程並掛斷電話。

她花了許多年準備迎接自己的死亡，卻沒有勇氣面對這個情況——爸爸離開我們，醜陋的真相侵入他的喪禮，撕毀我們所有美好的回憶。我知道她很痛苦。

但我也很痛苦，痛苦到這次我無法藉由大笑或跳舞來減輕它。我甚至無法為自己寫出快樂結局。

我不想要坐在這棟充滿祕密的屋子外面，面對自己的電腦，從我心中驅逐父親的回憶；然而很顯然地，我找到我現在能做的事。我已經開始打字：

> 她第一次見到她父親的情人，是在他的喪禮。

我開始愛上浪漫小說，是在媽媽的放射科診療間等候室。媽媽不希望我跟她一起進去（她堅持這樣會讓她感覺自己很衰老），因此我會坐在等候室，從架上拿起一本破舊的平裝書，試著把我的注意力從掛號窗口上方的時鐘不祥的滴答聲移開。

我原本以為我會被困在焦慮的倉鼠滾輪，花二十分鐘才能讀完一頁，沒想到我卻一口氣讀了一百五十頁，然後在回家時不經意地把書塞進包包裡。

那是我好幾個星期以來第一次感到放鬆。從那時開始，我便瘋狂閱讀所有我能找到的浪漫小說。接著，我毫無計畫就開始寫這類小說，而那種完全愛上自己編出的故事與其中角色的感覺，是我從未感受過的。

媽媽第一次被診斷出癌症，讓我理解到愛情是逃生索，但她第二次被診斷出癌症，則讓我理解到愛情是溺水時的救生衣。

我越是投入地寫自己的愛情故事，越不會感受到自己在這世上的無力。或許我必須拋棄原本想要念研究所、找到教職的計畫，不過我仍舊可以幫助他人。我可以給他們美好、有趣、帶來希望的東西。

這一招的確有用。在接下來的幾年，我擁有目的，有集中注意力的良好目標；然而當爸爸過世，我突然變得無法寫作（總是能夠讓我感到安心、感覺比較像只屬於我的地方的動詞、在我最黑暗的時刻解救我、並為我最沉重的心帶來希望的東西）。

直到現在。

我知道，這比較像是用第三人稱寫的日記而不是小說，不過我的雙手已經有好久都沒有打出文字，因此即使我在Word檔案寫一千次「只工作不玩耍，會讓人變笨」（註12），我也

12 這句話典故出自驚悚電影《鬼店》。

會感到高興。

以下這段總比那個好多了（？？？？）：

她不知道她父親是否真的愛過那個女人，也不知道他是否曾經愛過媽媽。她只知道他確實愛的有三樣東西：書、小船，還有一月。

不只是因為我是在一月生的。他似乎覺得我之所以生在一月，是因為那是最好的月份，而不是因為我生在一月、所以那才是最好的月份。

在俄亥俄州，我總是認為一月是一年當中最糟糕的月份。我們那裡通常要到二月才會下雪。也就是說，一月只是灰暗、冰冷、黯然無光的時期，也沒有可以期待的重要節日。

爸爸總是說：「在密西根西部，情況就不一樣了。」那裡有湖，湖面會結冰，並且積好幾英尺的雪。很顯然地，你可以走過湖面，就好像那是火星上的凍原一樣。在上大學的時候，莎蒂和我曾經計畫要在週末開車去看那座湖，但是她接到電話說家裡的牧羊犬死掉了，於是我們那個週末就看電視上的「經典名片」、並在火爐上做棉花糖夾心餅乾度過。

我重新開始打字。

如果情況不一樣，她或許就會在冬天而不是夏天前往那座湖畔小鎮，坐在整面窗戶的後方，盯著蒙上白色的藍色湖面，以及積雪的湖畔冰凍的奇妙綠色。

然而她有種怪異的感覺，害怕如果自己在最佳季節前往那裡，就會面對他的鬼魂。

我會到處看到他的影子。我會想像他對每一個細節有什麼感覺，想起他曾描述孩提時期的某次降雪：珍妮艾莉，那些小小的球體，讓整個世界好像都是用迪品多滋的顆粒冰淇淋做成的。全都是砂糖。

他很會描述事物。媽媽讀我第一本書的時候，就告訴我她可以在我的文字之間看到爸爸的影子。

這也很正常。畢竟我是從他那裡學習到對故事的熱愛。

她過去為自己與他的所有共通點感到自豪，喜歡這些相似之處：夜貓子，邋遢，總是遲到，總是拿著一本書。

不在乎防晒、沉迷任何形式的馬鈴薯、在水面上時充滿活力、張開手臂、外套發出窸窣聲、瞇著眼睛看著太陽。

現在她擔心這些相似處顯示她內心有可怕的錯誤。或許她也會像她父親那樣，無法得到她畢生追求的愛情。

或者也許那樣的愛情根本不存在。

十　訪談

我曾經在某處讀到過，要成為某項事物的專家，需要花一萬小時的時間。寫作則不一樣。這是太過模糊的「事物」，很難透過一萬小時來學習。在空浴缸裡腦力激盪一萬小時，或許有助於成為在空浴缸裡腦力激盪的專家；花一萬小時一邊替鄰居遛狗、一邊低聲喃喃解決情節問題，或許會讓你成為解決糾結情節的專家。

但這些只是整體的一部分。

我大概花了超過一萬小時打出小說（包括已出版的和被捨棄的），可是我仍舊沒有成為打字的專家，更不用說是寫書的專家。這是因為即使花了一萬小時寫出溫馨美好的小說，並且再花一萬小時閱讀這些作品，也沒辦法讓你成為寫其他書籍的專家。

我不知道我在做什麼。我無法確定自己是否在做任何事。如果我寄這份草稿給安亞，她很有可能會回信給我說：妳為什麼要寄紅龍蝦餐廳的菜單給我？

不過不論我是否能夠寫出成功的作品，我已經在寫它了。文思伴隨著痛苦與絕望的潮汐，彷彿是在呼應那道濃霧後方拍打岸邊的波浪。

我寫的不是我的人生，但非常接近。那三個女人（艾莉、她的母親以及松雅的替身，露西）幾乎一字不差，不過最近我開始明白，不能太相信記憶。

如果記憶沒有錯，那麼在媽媽的癌症復發之後，爸爸不可能會來到這棟屋子。他不可能來這裡的理由是，直到他過世，我都記得他們在廚房光著腳跳舞，記得他撫摸媽媽的頭髮並親吻她的頭，記得他載媽媽到醫院時我坐在後座，車上的音響播放著他要我幫忙拼湊的歌單。

威利尼爾森的《Always on My Mind》。

媽媽和爸爸的手在中控臺上方彼此緊握。

我當然也記得那些「商務旅行」，但是這就是重點所在：我記得的事情是我以為的樣子，而真相——「那個真相」——則輕易地把記憶撕裂成兩半，彷彿那是印在紙上的照片般。

接下來的三天，我忙著寫作、打掃，幾乎沒有做其他事情。樓上的客房臥室除了一盒包裝紙、少許桌遊、一大堆毛巾和備用寢具，沒有什麼私人的東西。這間房間就像美國任何一間度假小屋，或者像是樣品屋，愚蠢地保證你的生活也可以像這樣很普遍地美觀。

相較於樓下溫暖的 Boho 風格，我明顯沒那麼喜歡樓上的裝潢。我也不知道自己對此感到放心或被欺騙。

如果說先前這裡有更多爸爸或那女人的痕跡，她應該已經很徹底地把它清掉了。

星期三，我拍攝家具的照片，刊登在分類廣告網站。星期四，我把多餘的寢具、桌遊、包裝紙打包成好幾箱，準備送到二手店。星期五，我把所有寢具和第二間樓上浴室架上的所有毛巾都撤下，搬到一樓的洗衣間，丟進洗衣機裡，然後才坐下來寫作。

濃霧終於在太陽底下消散，屋內再度變得悶熱難耐，因此我便打開門窗，並打開所有風扇。

過去這三天，我曾瞥見過幾次古斯，但是並沒有常常看到他。就我所知，他在寫稿的時候會到處走動；如果他早上在廚房工作，在我泡第二杯咖啡的時候，他絕對已經不在那裡了；如果他一整天都不見人影，他會突然在晚上出現在露臺，在只有來自筆電的光線下寫作，吸引一群飛蛾在周遭拍打翅膀。

不論在什麼時候看到他，我都會立刻失去專注力。想像他在寫什麼、思索各種可能性實在是太有趣了。我希望他寫的是吸血鬼題材。

星期五下午，我們首度面對面，坐在我們相對的窗前餐桌。

他坐在他的廚房餐桌，面對我的屋子。

我坐在我的廚房餐桌，面對他的屋子。

當我們發現這一點，他舉起啤酒瓶，就好像先前他曾經舉起咖啡杯假裝敬酒一樣。我舉起我的水杯。

雙方的窗戶都是打開的。我們可以交談，不過必須要用吼的。

相反地，古斯露出微笑，拿起一旁的螢光筆和筆記本，在本子上寫了些字，然後舉起來讓我看：

生命是沒有意義的，珍妮艾莉。注視深淵吧。

我努力憋笑，從背包拿出一枝麥克筆，把自己的筆記本拉過來，翻到空白的一頁。我用很大的方正字體寫：

這讓我聯想到泰勒絲的音樂錄影帶。

他的臉上迸出笑容。他搖搖頭，然後繼續寫他的文章。我們都沒有再說話，也都沒有移動位置，直到他拿著一個不鏽鋼隨身杯敲我的前門，準備前往我們第一次的外出調查。

他從頭到腳打量了我身上的衣服（就是我穿到讀書會的那一件讓人發癢的黑色禮服）和靴子，然後搖頭說：「妳穿這樣……不行。」

「我穿這樣很好看。」我反擊。

「我同意。如果我們要去美國芭蕾舞劇院看表演，妳這樣穿很棒，可是我要告訴妳，珍妮艾莉，今晚這樣穿不行。」

「今晚會待到很晚。」古斯提出警告。我們在他的車上，沿著湖泊往北。太陽低垂在天空，最後的炙熱光線把萬物勾勒成宛若背光的棉花糖般。當我要求他替我選衣服、免得我麻煩時，我原本預期他會感到不自在，但他卻跟隨我到樓下的客房，檢視掛在衣櫃的幾件衣服，然後選了我去皮特書店時穿的那條牛仔短褲，以及卡莉賽門T恤。於是我就穿上那套衣服，跟他一起出門。

「只要你別讓我聽你連續唱兩次《Everybody Hurts》，我想我可以忍受待到很晚。」我說。

他只露出淡淡的笑容，眼瞼沉重地垂下來。「別擔心，那次是我朋友說服我的特殊情況，不會再發生了。」

當我們在紅燈停下來，他不停地輕敲方向盤。我的視線落在他前臂上的血管，然後往上從他的二頭肌後方到袖子邊緣。雅各就如內衣模特兒般英俊，身材完美，臉上戴著勝利的笑容，金棕色的頭髮每天都以同樣的方式垂下；然而古斯的所有小缺陷（傷痕、隆起、歪斜的線條和銳利的稜角）及其綜合起來的模樣，讓我總是很難停止去看他，並且想要繼續看下去。

他湊向前方去調整溫度控制鈕，雙眼瞥向我。我把視線拉到窗外，試著在他讀出我的心思前把腦袋清空。

「妳想要驚喜嗎？」他說。

我的心跳加速。「什麼？」

「關於我們要前往的地方。」

我鬆了一口氣。「那裡是令人不安到你覺得足以寫進書裡的地方吧？我不需要驚喜，謝謝。」

「也許這是睿智的選擇。」他承認。「我們要去訪問一位女性。她的妹妹曾經參加自殺邪教。」

「你在開玩笑吧？」

他搖頭。

「天哪！」我不禁大笑。我先前想像的緊張瞬間消失了。「古斯，你要寫關於自殺邪教的浪漫喜劇嗎？」

他翻了白眼說：「我是在我們打賭之前就安排好這場訪談。而且這趟行程是要幫助妳學習寫文學小說。」

「好吧，不論如何，你說要注視深淵不是在開玩笑。」我說。「所以這堂課的重點基本上就是『一切都很糟糕，所以現在就著手去寫這件事吧』，是嗎？」

古斯笑了笑，說：「不是，少自作聰明了。這堂課的重點是角色和細節。」

我假裝感到驚訝。「你絕對不會相信這麼瘋狂的巧合，不過我們女性小說也有這些東西。」

古斯說：「是妳提議要在我們的交易中加入課程計畫這項要素。如果妳老是要嘲笑我，我很樂意在最近的一間郊外喜劇俱樂部放妳下車參加業餘表演，回程再去載妳。」

「好啦好啦。」我揮手示意他說下去。「角色和細節。你是指……」

古斯聳聳肩。「我喜歡寫古怪的劇情，像是荒謬到非現實、可是仍舊能夠說服人的角色和事件。具有明確性有助於讓人接受難以相信的內容，所以我會做很多訪談。人們對於某個情境的記憶是很有趣的。譬如說，如果我要寫一個領導邪教的狂熱份子，相信自己是好幾個世紀以來化身為各個世界偉大領袖的外星意識體，我也必須要知道他穿什麼樣的鞋子、吃什麼當早餐。」

我嘲諷地問：「你真的要知道那種東西？你覺得你的讀者真心想要知道嗎？」

他笑了。「妳知道嗎，也許妳之所以沒辦法完成妳的書，就是因為妳總是在想別人想要讀什麼，而不是妳想要寫什麼。」

我交叉雙臂，怒氣沖沖地說：「那麼你告訴我，你要在你那本自殺邪教的書中，加入什麼樣的浪漫元素？」

他把頭靠在頭枕，宛若刀削過般的顴骨在臉上形成陰影。他抓了抓下巴，說：「第一，我什麼時候說過這場訪談是為了寫我的浪漫喜劇？我大可以把所有筆記先放在一邊，等到我贏了我們的打賭之後，再回去寫我的下一本『正式』小說。」

「所以你打算這麼做嗎？」我問。

「我還沒有決定。」他承認。「我還在嘗試能不能結合這兩者。」

「也許吧。」我懷疑地說。「告訴我詳細情形。我來看看能不能幫上忙。」

「好吧。」他調整握住方向盤的位置。「一開始的設定是，有個新聞記者發現他的高中情人——一個前毒癮患者——加入了邪教，所以他決定要滲透進入這個邪教組織並進行記錄。不過他在加入之後，地位很快就往上爬升，比他去那裡要『拯救』的女人高出很多。然後當他爬到高位，他開始覺得這個教義、論證還有領導，在各方面都是正確的。最後那個女孩感到害怕，想要離開，而且試圖說服他跟自己一起離開。」

「我來猜猜看。」我說。「他們離開之後，到巴黎度蜜月，然後安居在南法的一棟小別墅，也許還會成為葡萄酒生產者。」

「那個男的會殺死那個女人。」古斯冷冷地說。「他是為了拯救女人的靈魂。我還沒有決定要不要讓這件事最終導致邪教被摧毀（所有領導人都會被逮捕之類的），或者那個男人會成為新的先知。我原本喜歡第一個選項，因為這樣比較像是封閉迴路：男人想要把女人帶離邪教，他成功了。他想要摧毀邪教，他成功了。可是第二個感覺比較像是循環，就好像所有懷著英雄情結的受創者，都有可能會成為像那個邪教前領袖那樣的人。我也不知道。也許最後我會讓一個有毒癮的年輕男孩或女孩登場。」

「真可愛。」我說。

「這正是我追求的。」他回答。

「所以說，你有替這本書想過比較不可怕的版本嗎？」

「說實在的，我滿喜歡妳說的南法那個情節。那東西就像火焰一樣迷人。」

「很高興你跟我有同感。」

「總之，」他說。「我會想辦法。一本邪教浪漫喜劇聽起來的確不錯。妳呢？妳要寫什麼樣的書？」

我假裝朝著筆記型電腦嘔吐。

「真可愛。」他模仿我的說法，朝我笑了笑。說到火焰，有時他的眼睛的確像是反映著火焰，不過周遭並沒有任何火焰。車內幾乎是漆黑的。他的雙眼不論是依據物理或道德原則，都不應該像那樣閃耀。他的瞳孔違反自然法則。我的肌膚在他的雙眼注視之下開始燃燒。

當他終於把視線移回道路上，我說：「我還沒有想到要寫什麼樣的書。我幾乎沒什麼點子。我想主角應該會是個女生。」

他等我繼續說下去，過了幾秒鐘才說：「哇哦。」

「我知道。」其實我想到的還有更多。書中有女主角崇拜的父親、他的情婦、他在自己成長的小鎮購買的湖畔小屋，還有他太太的放射線治療。但即使古斯和我之間的關係增溫了（都是他的眼睛害的），我還是沒有準備好這段對話有可能引來的後續提問。

在很長的一段沉默之後，我問他：「你為什麼要搬到這裡？」

古斯在他的座位上動了一下。顯然他也有很多事情並不想要告訴我。「為了那本書。」他說。「我讀到關於這裡的邪教。事件發生在九〇年代。森林裡原本有很大的居住區，後來被摧毀了。當時那裡發生各種非法的惡行。我來這裡大約五年，訪談相關人士並進行調查。」

「你是說真的？你調查這個主題已經五年了？」

他瞥了我一眼，說：「這是需要大量調查的主題。而且有一部分的時間，我拿來完成我的第二本書，為了打書也要到處旅行。我並不是整整五年都坐在打字機前面，身旁放一個空水瓶用來尿尿。」

「你的醫生聽了應該會感到放心。」

我們在緊繃的沉默中行駛好一陣子。古斯把他那邊的車窗拉下來，讓我也得以拉下我這邊的車窗。暖風從打開的窗戶吹進來，化解我們陷入的沉默帶來的所有尷尬。我們可以是兩個陌生人，在同一片沙灘或同一輛公車、同一艘船上。

當車子繼續行駛，太陽逐漸西下。最後古斯打開收音機，停下車轉到播放保羅・賽門的老歌廣播臺。

「我喜歡這首歌。」他在席捲車內的風中對我說。

「真的？」我驚訝地說。「我以為你會在整段路上讓我聽艾略特・史密斯（註13）或強尼・凱許翻唱的《Hurt》。」

古斯翻了白眼，但臉上露出笑容。「我以為妳會帶來瑪麗亞・凱莉的歌曲清單。」

「該死，我真希望我有想到這麼做。」

他粗啞的笑聲雖然大部分都被風蓋過了，不過我聽到的聲音已經足以讓我的臉頰發燙。

我們在高速公路繼續開了兩個小時，然後又在被凍壞的僻徑行駛三十分鐘，光線只有車燈和天上的星光。

最後我們終於穿過森林中蜿蜒的道路，停在一間酒吧的碎石地停車場。這間酒吧有波浪狀的鐵皮屋頂，發光的遮棚上寫著「水邊」。除了幾輛機車和一輛破舊的 TOYOTA 小卡車，停車場沒有其他車子，不過從百威、美樂啤酒等發光招牌照亮的窗戶望進去，卻可以看到裡面有密密麻麻的人群。

「說實話。」我說。「你帶我到這裡是不是要殺了我？」

古斯把車子熄火，然後拉上窗戶。「拜託，我們開了三個小時的車。我在北熊岸也知道很完美的謀殺場所。」

13 美國創作歌手，有許多關於絕望、悲觀、死亡主題的歌曲。

「你的訪談地點都挑在森林裡的陰森小酒吧嗎？」我問。

他聳聳肩說：「只有比較好的訪談會挑在這種地方。」

我們下了車。少了時速五十英里的風，外面感覺很悶熱，每隔幾英尺就有一群蚊子或螢火蟲。我心想，也許我可以聽到酒吧名稱由來的「水」聲從後方的樹林傳來。我想應該不是密西根湖，而是小溪之類的。

每當我前往像這樣的社區聚會場所時，如果我不是社區的一份子，就會感到擔心，不過古斯似乎不以為意，而且其他人也沒有從他們的啤酒、撞球桌或是老式點唱機旁的牆邊幽會轉移注意力、抬頭看我們。這裡處處可以看到迷彩帽、背心、Carhartt 外套。

我很感謝古斯建議我換衣服。

「我們要去見誰？」我問。當他在人群中檢視人群時，我緊緊跟隨。他用下巴指了指靠近後方獨自坐在高腳椅上的女性。

葛蕾絲是五十多歲的女性，彎曲的肩膀顯示她長時間坐在椅子上，但未必能夠放鬆。這也是很正常的。她是個卡車司機，有四個中學兒子，而且沒有情人伴侶可以依靠。

「那其實也沒什麼。」她啜飲一口海尼根啤酒說。「我們不是來這裡談那種事的。你們想要知道『藿普』的事吧？」

藿普是她的妹妹。藿普（Hope）和葛蕾絲（Grace）是北密西根長大的一對雙胞胎。根據她的說法，還不到上半島（註14）的區域。

14 密西根州的陸地由上半島與下半島組成，前者位於北方，後者位於南方。

「我們想要談任何妳覺得相關的話題。」古斯說。

葛蕾絲想要確認他不是要寫新聞報導。古斯搖頭說：「我要寫的是小說，不會有任何角色用妳的名字、長得像妳或是妳本人。書裡的邪教也不會是同一個邪教。這場訪談是為了幫助我們了解那些角色。什麼樣的人會加入邪教？妳是在什麼時候開始注意到藿普不太對勁？我想問的是這類問題。」

她的雙眼瞥向門，然後回到我們，表情顯得不確信。

我感到愧疚。我知道她是憑自己的意願來到這裡，但是要把心中的淤泥掏出來給陌生人看，一定不是簡單的事。

「妳不需要告訴我們。」我脫口而出，感受到古斯的雙眼全力瞪著我，但我把注意力放在葛蕾絲身上，看著她水汪汪的眼睛與稍稍張開的嘴脣。「我知道談論這件事沒辦法解決任何問題，但是不談也沒辦法。如果妳有任何想說的話，妳都可以說。即使只是妳最喜歡的關於她的事情也可以。」

她的眼睛變得有如藍寶石碎片般銳利，嘴巴緊緊閉起來。有一秒鐘的時間，她完全靜止而莊嚴，宛若中西部聖母懷抱殉難耶穌的石雕，彷彿可以看到她膝上躺著珍貴的回憶。

「她的笑聲。」她終於開口。「她在笑的時候，會從鼻子噴氣。」

我的嘴角微微抬起，但是新的沉重情感再度壓在我胸口。我說：「我喜歡看人這樣笑。我最要好的朋友也是這樣。我總是覺得她沉溺在生命中。我是指正面的沉溺，就好像生命從她的鼻子湧上去，妳懂嗎？」

葛蕾絲薄薄的嘴脣上浮現柔和的一絲笑容。「正面的。」她輕聲說。接著她的笑容悲傷地搖曳。她抓了抓自己晒黑的下巴，把前臂放在桌上，拱起下垂的肩膀。她清了清喉嚨，以沙啞的聲音說：

「我沒有注意到任何不對勁。你們想要知道的就是這個嗎？」她搖搖頭，眼睛顯出光澤。「直到她死了，我才知道。」

古斯歪著頭問：「怎麼可能？」

「因為——」即使她在聳肩，眼中仍泛起淚水。「她一直都在笑。」

在開車回家的路上，我們大多數時間都保持沉默。窗戶拉上，收音機沒打開，視線放在道路上。我想像古斯在他腦中整理著他從葛蕾絲得到的資訊。

我陷入沉思，想著我爸的事情。我可以輕易想像自己迴避有關他的問題，直到葛蕾絲的年紀，直到松雅和媽媽都過世；最後即使我想要知道，也沒有人能夠回答我的問題。

我並沒有準備好要一輩子迴避去想到養育我的人，一想起在冰箱上方盒子裡的信封就感到不舒服。

但我也受夠了肋骨內的痛楚、鎖骨承受的重量，以及每次思考真相太久就會冒出的焦慮汗水。

當回憶湧上來，我閉上眼睛，把頭靠回頭枕，試圖要對抗它，但我實在是太累了，於是我腦中浮現那鉤針編織的披肩、媽媽臉上的表情，還有放在我掌心中的鑰匙。

天哪，我不想要回到那棟房屋。

車子停下來，我的眼睛立刻張開。

「抱歉。」古斯結巴地說。他剛剛緊急煞車，避免在黑暗的十字路口撞向一臺拖拉機。「我剛剛沒有注意。」

「你迷失在自己美麗的頭腦中嗎？」我嘲諷他，但是沒有得到反應。古斯即使聽到我說的話，也沒有做出任何表示，常常浮現笑容的嘴角此刻也緊緊朝下。

「妳還好嗎？」他問。

「嗯。」

他又沉默片刻，才說：「剛剛聽到的內容很強烈。如果妳想要談談……」

我回想葛蕾絲的故事。她以為藿普在認識新夥伴之後，情況變得比較好。第一，藿普戒掉了海洛因——這是幾乎無法超越的挑戰。「我記得她的肌膚看起來變好了。」葛蕾絲對我們說。「還有她的眼睛。我不知道是怎麼回事，但是她的眼睛看起來也不一樣。我以為我妹妹又回來了。四個月之後，她就死了。」

藿普死於意外——受到「懲罰」導致的內出血。「新伊甸」拖車營地的其餘部分在FBI搜查逼近時起火燃燒。

對於古斯原本要寫的故事，葛蕾絲告訴我們的一切或許很有幫助。這個故事沒有太多空間留給浪漫邂逅或是幸福快樂結局，不過這就是重點。今晚的訪談是為我安排，引導我的腦子通往我即將要寫的那種書。

我無法理解其他人怎麼能做到這種事。古斯為什麼能夠光為了寫故事，就踏上如此黑暗的路徑？當我整個晚上只想要緊緊擁抱葛蕾絲、為了這世界從她奪走的東西道歉、找到能夠稍稍減輕她痛苦的任何方式，古斯怎麼能夠一直問問題？

「我得找地方加油。」古斯說完，駛離高速公路，來到一座荒蕪的加油站。往四面望去，除了延續好幾英里的乾枯田地之外一無所有。

我下了車，伸展雙腿，古斯則開始加油。夜晚的空氣變得稍微涼爽，但沒有改善太多。

「這就是你的謀殺場所？」我繞過車子走向他。

「我拒絕回答這個問題。因為我擔心妳會試圖搶走它。」

「這是很好的理由。」我回答。過了片刻，我再也無法忍住這個問題：「必須活在他人的悲劇中，難道不會讓你感到煩悶嗎？在那樣的情境待五年，算是很長的時間。」

古斯把油槍放回加油機，全神貫注地關上油箱的蓋子。「每個人都有痛苦。有時候去思考其他人的痛苦，幾乎等於是解脫。」

「好吧。」我說。「那就交給我吧。」

古斯挑起眉毛，性感邪惡的嘴巴變得呆滯。「交給妳什麼？」

我交叉雙臂，把臀部靠在駕駛座的側門。我已經厭倦當在場最纖細的人、從包包拿出葡萄酒喝醉的女孩，或是在社區酒吧聽坐在高腳椅的人傾訴痛苦時必須努力壓抑顫抖的人。

「讓我來聽聽你神祕的痛苦，看看這樣能不能有效解除我的痛苦。」另外還有葛蕾絲的痛苦，此刻同樣沉重地壓在我的胸口。

古斯水汪汪的深色眼睛從上而下注視我的臉。「不要。」他終於開口，然後走向車門，但是我仍舊靠在上面。「妳擋到我了。」他說。

「是嗎？」

他伸手要抓門把，我便往旁邊挪動擋住它。他的手碰到我的腰，炙熱的火花傳入我的體內。

「妳擋得更嚴重了。」他的聲音很低，聽起來就像在說「我打賭妳不敢待在那裡」。我的臉頰發癢。他的手仍舊貼著我的腰，彷彿他忘了他的手在那裡，不過他的手指抽動了一下，因此我知道他並沒有忘記。

「你剛剛給了我這世界上最鬱悶的約會。」我說。「可是你卻絲毫不肯告訴我關於你自己的事情，還有你為什麼這麼關心新伊甸的主題。」

他愉快地挑起眉毛，雙眼彷彿被營火照亮般閃爍光芒。

「那不是約會。」他設法讓這句話聽起來有些淫穢。

「是啊，你不會跟人約會。」我說。「為什麼？是你黑暗、神祕的過去造成的嗎？」

他那性感邪惡的嘴巴變得緊繃。「我可以得到什麼？」

他稍稍走近，使我極度意識到我們之間的每一粒分子。在和雅各分手之後，我沒有如此靠近過男人。雅各身上散發 Commodity 品牌高級香水的氣味，古斯聞起來則是菸味混合著甜味，就像印度 nag champa（註15）香料混合著鹹鹹的沙灘氣味。雅各那雙藍眼睛俯視我

15 印度香料的一種，混合檀香、雞蛋花香等香料，常用於線香、錐香等。

時，就好像夏季微風吹過風鈴，而古斯深色的雙眼則像開酒器般盯著我，問我：我可以得到什麼？

「活潑的對話？」我發出的聲音異於平常地低沉。

他輕輕搖頭。「妳告訴我為什麼要搬到這裡，我就告訴妳一件我黑暗、神祕的過去。」

我考慮了他的提議，判斷這樣的報酬值得我付出的代價。「我爸過世了，把他的湖畔房屋留給我。」

這是事實，只是不夠完整。

他的臉上再度閃過我不熟悉的表情——是同情？或許是失望？——表情消失得太快，使我來不及判讀。「輪到你了。」我催促他。

「好吧。」他以沙啞的聲音說。「我只說一件事。」

我點頭。

古斯湊向我，以密謀的態度將嘴巴靠近到我耳邊。他溫熱的氣息使我的頸側起雞皮疙瘩。他斜眼瞥了我的臉，另一隻手接觸我的腰，輕盈到簡直就像微風。熱度從我的腰部擴散到體內，宛若葛藤般纏繞著我的大腿。

瘋狂的是，我還鮮明地記得在大學的那天晚上。我知道他當時也是像這樣接觸我。我們在舞池相逢時的第一次接觸，就像羽毛般輕柔，卻如熔點般炙熱，謹慎而刻意。

我發現自己停止呼吸。當我強迫自己呼吸，胸部的起伏顯得很可笑，就像十九世紀初期的色情文學。

他為什麼又對我做這種事？

在我們經歷今晚這樣的夜晚之後，我內心不應該產生這種感覺、這種飢渴。在我經歷這一年之後，我以為這種事不會再發生。

「我說了謊。」他在我耳邊低語。「我讀過妳的書。」

他的雙手突然抓緊我的腰，把我從車子轉開，然後打開車門上車，留下我在突然變得冰冷的停車場喘氣。

十一　不是約會

我在星期六花太多時間去挑選古斯第一次浪漫旅程的地點。我雖然陷入慢性的寫作瓶頸，但是我仍舊是我這個領域的專家，擁有無限的候選情境清單，可以引導他認識浪漫邂逅與幸福快樂結局。

今天一大早，我又打了一千個字，不過在那之後我就一直踱步並Google，努力想要選出最完美的地方。當我仍舊無法做出決定，我便開車到鎮上的農民市集，走在攤位間陽光普照的通道尋找靈感。我在一籃籃切花當中挑選，懷念以前能夠買一束雛菊插在廚房、買海芋插在臥室床頭櫃的日子。那當然是我和雅各一起租公寓的時期。如果是自己在紐約租房子，就沒有太多錢去買那種維持一星期好氣味、然後就在眼前枯萎的東西。

我在當地農場的攤位買了紅色與橘色的肥碩番茄，另外還買了羅勒、薄荷、小黃瓜、以及一球新鮮奶油萵苣。如果我可以挑選今晚要和古斯做什麼，或許我們可以煮晚餐。

想到美好的一餐，我的肚子就咕嚕咕嚕叫。我並不是特別喜歡料理（料理太花時間，而我不覺得自己有那麼多時間），不過倒兩杯紅酒、在乾淨的廚房走動、切菜、洗菜、炒菜、用木湯匙試吃等等，的確感覺滿浪漫的。雅各很喜歡料理——我能夠看著食譜做菜，不過他比較喜歡更直覺、煮一整晚的料理方式，而料理直覺和耐心是我非常缺乏的。

我付了蔬菜的錢，把墨鏡推到頭上，進入市集的室內區域想要找雞肉或牛排，結果腦中又開始思索。

書中人物可以在任何地方（機場、修車廠、或是醫院）墜入愛河，不過對一個反浪漫主義者，或許需要更明顯的情境來讓靈感發展下去。對我來說，最好的情境通常是沒有預期、從錯誤和災難發生。挖掘一系列情節不需要靈感，但是要找到那個瞬間——給予這本書特色、讓故事變得活靈活現、而不只是文字堆砌的完美瞬間——需要的是無法造假的煉金術。

我的前一年生活證實了這一點。我可以一整天想情節，但如果我無法一頭栽入故事中，如果故事無法像龍捲風一般把我捲入其中，就沒有任何意義。這是我喜歡讀書的理由，也是當初驅使我寫作的動力。這種感覺就好像新世界在自己周圍張起蜘蛛網，在整個故事呈現之前都無法動彈。

和葛蕾絲的對談雖然沒有帶來這種吞噬一切的龍捲風般的靈感，不過我今天起床時，感受到一絲靈感。在這當中有值得說出來的故事，而且是我從來沒有想過的故事。想到也許我能夠說出其中之一、而且喜歡這麼做，我就感受到些許興奮。

我也想要給予古斯這樣的感覺。我希望他明天起床時，也會急著想要寫作。證明寫浪漫小說很困難是一回事，而我也有自信古斯能夠明白這一點，不過要讓他明白我為什麼喜歡這個文類——讀寫這類小說幾乎就如真正談戀愛一般令人著迷，也具有改變一個人的力量——則是完全不同的挑戰。

當我回到家時，完全沒有心思寫作，因此我便更有效地利用時間。我把頭髮盤成髮髻，換上短褲和托德・朗德格倫的背心，然後拿著垃圾袋和箱子前往二樓的客房臥室。

爸爸或那個女人在衣櫥裡存放了毛巾和備用盥洗用品。我把這些放入捐贈箱裡，一次搬運一個箱子到門廳。在我搬運第三趟的時候，我停在面對古斯家的廚房窗前。他坐在桌前，舉著很大的筆記本給我看，就好像他一直在這裡等我。

我把箱子靠在桌上取得平衡，舉起手臂擦拭太陽穴的汗水，並閱讀本子上的文字：

珍妮艾莉，珍妮艾莉，妳為什麼是珍妮艾莉？

這段文字是嘲諷，但卻讓我感到緊張。我把箱子放在桌上，拿起我的筆記本，在上面迅速寫字。我舉起本子。

我剛換手機。請問你是誰？

古斯笑了，然後轉身繼續面對電腦。我拿起箱子，搬出去放進 Kia 汽車，然後又回屋子裡繼續搬其餘箱子。前幾天的濕度已經降低，剩下吹著微風的溫暖天氣。當我把行李都運到車中，我替自己倒了一杯粉紅酒，坐在露臺上。

天空很藍，間或有一片毛茸茸的積雲懶洋洋地飄過。陽光把發出窸窣聲的樹梢染成淺綠色。當我閉上眼睛，隔絕自己眼前看到的東西，我可以聽到湖畔傳來的尖銳笑聲。

在爸媽的家，院子的後方是另一家的院子。那個家庭有三個年幼的小孩。當他們搬進來，我爸就立刻沿著圍牆種植萬年青的樹叢，以便保留些許隱私，不過當我們在夏末的夜晚坐在火爐周圍時，他總是喜歡聽見那些小孩子玩鬼捉人，或是在彈簧床上跳躍，或是躺在他們家後院的帳篷裡發出的尖叫聲或笑聲。

爸爸喜歡自己的空間，不過他也總是說，他喜歡被提醒外面還有其他人，過著他們的生活，不認識也不在乎他。

他有一次告訴我：我知道某些人討厭感覺到自己渺小，不過我滿喜歡的。不論什麼時候，想到自己只是六十億人當中的一個，就會減輕所有壓力。當自己面對困難的時候（當時媽媽正在做化療），知道自己絕對不是唯一受苦的，就會感覺好多了。

我的感覺完全相反。我內心暗自難過——為了宇宙，為了媽媽的身體再度背叛她，為了我夢想中的生活宛若薄霧般消散。我在臉書上看到密西根大學的同學繼續上研究所，並且（不知哪來的資金）去世界各地旅行，我看到他們從世界上某個遙遠的角落發文祝福母親節，而我則聽著住在我爸媽家後方的小孩子玩抓鬼時發出的尖叫聲與笑聲。

我也偷偷感到心碎——這世界竟然再度如此對待我們。而且更糟的是，我知道要是說出來，只會讓媽媽更加難受。

後來她再度克服疾病。當時我相當感謝上天，也從來不知道一個人能夠感到如此寬慰。我們的生活再度恢復正常，我們三人比過去更堅強。我相信沒有任何事情能夠再度分散我們。

然而我還是為了媽媽過去幾年花在看醫生、掉落頭髮，以及像她這樣的行動者病懨懨地躺在沙發上的時光感到哀痛。我知道這樣的情緒不適合我們戰勝癌症之後的美好生活，不會帶來任何幫助或好處，所以我再次壓下這些情緒。

當我發現松雅的事之後，這些情緒全都湧出來，在經過這段時間發酵之後成為憤怒，就如使勁從小丑玩具盒彈出的玩偶，直指著爸爸。

「我有問題。」

我抬起頭看到古斯靠在他的露臺的扶手。他身上的灰色T恤就如我曾看過他穿著的所有衣服般皺巴巴的。他的衣服大概從來沒有從洗衣籃移到抽屜（假設他有把衣服拿去洗），不過從他亂糟糟的頭髮看來，他或許剛剛睡午覺起來。

我走過去站在距離十英尺的我這邊的扶手。「希望你的問題是關於人生意義、或是BJ單身日記系列哪一本最棒。」

「當然是前者。」他說。「還有，我今晚需要穿晚禮服嗎？」

我勉強忍住笑意。「我願意付一百塊，去看晚禮服在你的洗衣制度之下會是什麼樣子。還有，我現在非常窮，這也說明了我有多想看。」

他翻了白眼。「我的洗衣是採用民主制度。」

「如果你讓無生命的東西投票決定要不要被洗，它們也不會給你任何答覆。」

「珍妮艾莉，妳到底是不是要帶我去《美女與野獸》那種舞會？我想要擬定計畫。」

我打量他，然後說：「好吧，我會回答你的問題，不過你得先老實告訴我，你真的有晚禮服嗎？」

他瞪著我，停頓好一陣子，然後嘆了一口氣，靠向扶手。太陽已經逐漸西下。他瘦削的手臂上收縮的血管和肌肉在肌膚上形成陰影。「好吧。沒錯，我有晚禮服。」

我不禁大笑。「真的假的？你該不會是甘迺迪家族的私生子吧？沒有人會擁有晚禮服。」

「我只答應回答一個問題。現在告訴我該穿什麼吧。」

「考慮到我只看過你穿幾乎完全相同的服裝，你應該可以想像到，我不會安排任何需要穿晚禮服的活動——至少到現在為止。我剛剛才知道你有晚禮服，所以今後就很難說了。不過在今晚，你只要穿得像壞脾氣的酒保就行了。」

他搖搖頭，然後站直。「太棒了。」他說完走近屋內。

在這一刻，我明確想到要帶古斯去哪裡。

「哇哦。」古斯說。

我找到的「移動式遊樂園」地點，在距離我們街上八英里的 BIG LOTS 大賣場停車場，規模小到可以輕易被容納進場地。

「我剛剛數過有多少遊樂器材。」古斯說。「七個。」

「我很驕傲能夠讓你這麼開心。」我嘲笑他。「也許下次你可以試著找到十個。」

「我真希望我感到開心。」古斯發牢騷。

「這裡很適合。」我回答。

「適合什麼？」古斯問。

「嗯～」我說。「墜入愛河。」

「拜託！」古斯發出笑聲，而我再度對自己的愛好感到有些過於驕傲。當我在售票亭遞出信用卡，換來可以玩所有遊樂器材的手環，我感到一陣懊悔，不過古斯堅持付自己的那一份，讓我鬆了一口氣。這就是變窮的可怕之處之一：必須思考自己是否有能力分享，真的很討厭。

「我猜我這樣大概不夠浪漫吧。」當我們走入圍繞擲牛奶罐遊戲的人群時，我對他說。

「算妳幸運，這正是我對於浪漫的定義。」他指著停車場邊緣的一排藍綠色流動廁所。一名反戴帽子的十幾歲男孩抱著肚子不斷踏步，在一間廁所外面等候門打開，而在他旁邊的一對情侶則火熱地擁抱接吻。

我斷然地說：「古斯，那對情侶太過著迷於彼此，以至於在距離一排糞堆一碼的地方親熱。這樣的並列，正是今晚浪漫喜劇課的所有內容。這幅景象難道沒有觸動你冰冷的心靈嗎？」

「心靈？沒有。肚子的話，或許有一點。我快要為他們的朋友得到共感腹瀉了。妳可以想像和朋友在一起的時間太糟糕，使得流動廁所都成為希望的燈塔嗎？那裡是岩盤，是讓疲憊的腦子休息的地方。我們鐵定看到了未來的存在主義者，甚至有可能是冷淡好色的小說家。」

我翻了白眼。「那傢伙的今晚幾乎等於是我整個高中生活，以及一大部分的大學生活。

不過我勉強生還，並且保留了溫柔的人類心靈。」

「鬼扯！」古斯喊。

「你的意思是？」

「珍妮艾莉，我知道妳在大學時代是什麼樣子。」

「這應該是你今晚一連串的誇飾當中最誇大的一個。」

「好吧，我聽說過。」他說。「重點是，妳並不是拉肚子的電燈泡。妳有很多交往對象。像是馬可，還有在我們小說研討會的那個傢伙，另外妳不是跟那個醫學院預科的黃金男孩在一起嗎？就是那個沉迷於到國外念書、當弱勢孩童的家教，還有不穿上衣去攀岩之類的。」

我嗤之以鼻。「聽起來你似乎比我還愛他。」

古斯以銳利的眼神檢視我。「可是愛上他的是妳。」

當然是我。我是在一場即興的校園雪球戰中認識他的。他把我從跌入的雪堆中拉起來，一雙藍眼睛閃閃發光，並把他乾燥的帽子給我，代替我那被雪浸濕的帽子。我無法想像比當時更浪漫的時刻。

在他陪我走回家的十分鐘當中，我認定他是我見過最有趣的人。他正在準備取得飛行員執照，並且打算將來要在急診室工作，理由是他小時候堂弟就死於車禍。他曾經去過巴西、摩洛哥、法國（巴黎——他的祖父母住在那裡）修課，而且他還自己背包旅遊，走了一大段的聖雅各之路。

我告訴他我從來沒有出國過，他就建議我立刻開車去加拿大旅行。我以為他在開玩笑，沒想到我們在午夜左右真的把車停在國境另一邊的免稅店。「看。」他露出模特兒般的微笑，耀眼而坦率。「下次我們可以去真的要在護照上蓋章的地方。」

那天一整晚好像都蒙上薄霧狀的柔焦效果，彷彿置身於夢中一般。現在回想起來，也許那真的是一場夢：他假裝自己是個極為有趣的人，我則照例假裝自己隨興而毫無顧忌。我們外在顯得很不一樣，但是到頭來，我們都想要得到同樣的東西。我們追求沐浴在神奇光芒中的生活，每一刻都比前一刻更重要、更明亮、而且更美好。

在接下來的六年當中，我們都專注於為彼此發光發熱。

我把這樣的回憶放到一邊。「我從來沒有跟馬可交往過。」我回答古斯。「我跟他去了一場派對，結果他跟別人一起離開了。真感謝你提醒我這件事。」

古斯從笑容轉變為誇張、憐憫的一聲「哇唔」。

「沒關係，我沒有被打敗。」

古斯歪著頭，雙眼像鐵鍬般盯著我的眼睛。「那黃金男孩呢？」

「我們交往過。」我承認。

我以為我會跟他結婚。後來爸爸過世，一切就改變了。在媽媽生病的期間，我們曾經一起克服過許多困難，但是當時我還能正常生活，找到壓抑憂慮的方法，和他在一起玩得很開心，然而這次卻不一樣。他不知道該如何對待這樣的我。我會整天待在床上，沒辦法讀書寫作，或是在家裡閒晃，不管待洗衣物堆積如山，讓我們的夢幻公寓開始變得醜惡，而且再也不想舉辦派對、在日落時走到布魯克林大橋，或是在最後一刻訂房前往約書亞樹國家公園。

他一而再、再而三地告訴我，我變了一個人，但是他錯了。我仍舊是以前的我，只是放棄為他或其他人在黑暗中發光。

我們之所以能夠在一起那麼久，是因為我們美好的共同生活、迷人的假期、隆重的慶祝、新鮮的花與手工花瓶。

重點不在於我絕對少不了他，或者他是我認識的最棒的男人（我原本以為那是我爸，不過現在改成我最喜歡的二〇〇〇年代青少年影集《偵探小天后》（註16）裡面的爸爸），或者他是我最喜歡的人（我最喜歡的是沙蒂），或是他能讓我笑到掉眼淚（他很容易笑，卻很少開玩笑），或者他是我遇到壞事時第一個想要打電話的對象（他不是）。

重點在於，我們是在我爸媽相逢的年紀相逢，那場雪球仗和臨時起意的開車旅行感覺像是命運，而且我媽很喜歡他。他如此完美符合我為自己想像的愛情故事，讓我誤以為他就是我畢生的真愛。

分手仍舊在所有能夠想像到的方面感覺很糟糕，但是當一開始的痛苦逐漸緩和之後，有關我們之間感情的回憶開始變得像是我讀過的故事之一。我不想去回想它。不是因為我想念他，而是因為一想到我浪費他（和我）這麼多時間、試圖去當他的理想女孩，我就感到糟糕透頂。

16 美國電視劇，主角是一名高中畢業的女生，接受她的偵探爸爸指導，成為私人偵探。

「我們交往過。」我重複一次。「直到去年為止。」

「哇哦。」古斯尷尬地笑。「那是很長的時間。我現在……真的很後悔開他不穿上衣攀岩的玩笑。」

「沒關係。」我聳聳肩說。「他在熱水浴池裡甩了我。」那是在卡茲奇山的小屋外面，距離我們和他的家人的旅行預定結束日期還有三天。隨興這種特質並不總是像大家吹捧的那麼迷人。他對我說：妳已經不再是以前的妳。我們這樣行不通，珍妮艾莉。

我們次日早上就離開。在開車回紐約的途中，雅各告訴我，當我們回去之後，他就會打電話告訴他爸媽這個消息。

他說：媽媽一定會哭。碧姬也是。

即使在那個時刻，我或許更為了失去雅各的父母親和妹妹（活力充沛的高中生，打扮成完美無缺的七〇年代風格）、而不是雅各本人而悲痛。

「熱水浴池？」古斯複述一次。「真該死。老實說，那傢伙總是那麼自以為是，我懷疑他能不能在他閃耀的肉體綻放的光芒當中看到妳。」

我露出笑容。「我相信你說得對。」

「喂。」古斯說。

「喂什麼？」

他把頭歪向棉花糖攤位。「我覺得我們應該吃那個。」

「終於出現了。」我說。

「出現什麼？」古斯問。

「這是我們有共識的第二件事。」

古斯付錢買了棉花糖。我沒有為此爭辯。「沒關係，不用了。」他看我沒說話，便嘲諷地說。「妳可以先賒帳，隨便什麼時候要還我都可以。」

「多少錢？」我邊問邊撕下一大片棉花糖，然後誇張地仰頭把棉花糖放入口中。

「三塊錢，不過沒關係。妳可以晚點用 Venmo 轉一塊五給我。」

「你確定不會太麻煩嗎？我很樂意去簽銀行本票。」我說。

「妳知道最近的西聯匯款在哪裡嗎？妳或許要用電報跟它聯絡才行。」

「你打算收多少利息？」我問。

「當我送妳回家之後，妳可以給我三塊錢，然後如果我發現我需要器官，我們可以到時候再討論。」

「那當然。」我表示同意。「我們先討論到這裡吧。」

「嗯，反正我們大概需要聯絡彼此的律師一起討論。」

「說得對。」我說。「在那之前，你想要搭乘什麼？」

「想要搭乘什麼？」古斯說。「絕對不是在這裡的玩意。」

「好吧，那麼你願意搭乘什麼？」我說。

我們一直以驚人的速度走路、說話、吃東西，此時古斯突然停下腳步，把最後一塊棉花糖遞給我。「那個。」當我在吃的時候，他指著小到可憐的旋轉木馬。「那東西看起來應該不太可能會害死我。」

「古斯，你多重？三個啤酒罐、一些骨頭，還有一根菸的重量？」外加我絕對沒有痴痴張望的堅硬瘦削的肌肉線條。「那些彩繪動物任何一隻打個噴嚏都能殺死你。」

「哇哦！」他說。「首先，我大概只有三個啤酒罐的重量，不過還是比妳的前男友重了三個啤酒罐的重量。他看起來就像除了嚼麥草和跑步之外什麼都沒做。我的體重至少是他的兩倍。第二，妳沒資格說別人。妳大概才四呎六吋（一三七公分左右）高吧？」

「事實上，我至少有五呎四吋（一六二公分左右）。」我說。

他眯起眼睛，對我搖頭。「妳的矮小程度就跟可笑程度一樣。」

「所以沒有很嚴重？」

「旋轉木馬——最後提議。」古斯說。

「對我們的精彩片段剪輯來說，這是最好的場所。」我說。

「我們的什麼？」

「年輕貌美、身材高䠷、穿著閃亮網球鞋的女人，教導膽怯、討厭派對、壞脾氣的傢伙如何享受人生。」我說。「精彩片段剪輯中會有很多你搖頭的場面，很多我拉著你去玩各種遊樂器材的場面，然後你會從排隊的隊伍中把我拉出來，然後我又會拉你回去排隊。這段精彩片段剪輯會很迷人，而且更重要的是，對你那本超級浪漫的自殺邪教小說會很有幫助。這是小說裡的『趣味時間』部分，你的讀者讀到這裡就會眉開眼笑。我們需要這段精彩片段剪輯。」

古斯交叉雙臂，瞇起眼睛檢視我。

「拜託，古斯。」我碰撞了一下他的手臂。「你一定辦得到。擺出可愛的表情吧。」

他盯著我碰他的部位，然後又盯著我的臉，皺起眉頭。

「我想你誤會我的意思了。我說的是『可愛』。」

他陰沉的臉上露出笑容。「好吧，珍妮艾莉。不過這不會成為精彩片段剪輯。妳只能選一個死亡陷阱。如果我生還了，妳今天就可以安心睡覺，知道我距離相信幸福快樂的結局又更近一步。」

「天啊！」我說。「要是你寫出這一幕，我們會死嗎？」

「如果我寫出這一幕，寫的不會是我們。」

「哇哦。第一，我覺得被冒犯了。第二，你想要寫誰？」

他掃視群眾，我也跟隨他的視線。「她。」他最後說。

「誰？」

他跨步到我背後，他的頭來到我的右肩上方。「那裡。在摩天輪底下。」

「就是那個穿著『來搞我，我是愛爾蘭人』T恤的女生嗎？」我說。

他的笑聲在我耳中聽起來溫暖而粗糙。站得離他這麼近，讓我想起我不願重訪的兄弟會館的那一夜。

他朝著我的耳朵說：「是那個在操作機械的女人。也許她會失誤，導致某人受傷。這份工作或許是她最後的機會。在她過去（或許是在工廠）犯下更大的錯誤之後，這裡是唯一雇用她的地方。或者她也可能是為了保護心愛的人而犯法。她可能犯下某種幾乎無辜的錯誤，卻導致更嚴重的後果。」

我轉身面對他。「或者也許她有機會成為英雄。這份工作是她最後的機會，可是她熱愛這份工作，也表現得很好。這個工作讓她能夠旅行。即使她通常只能看到停車場，但是她能夠見到很多人，而她很喜歡與人相處。錯誤不是她造成的，是機械的問題，可是她卻迅速做出決定，救了一個女孩的命。那個女孩長大後成為國會議員，或是心臟外科醫生。兩人再度不期而遇。摩天輪操作員因為太老，沒辦法和移動式遊樂園一起旅行。她成為獨居老人，覺得自己浪費了生命。有一天，在她獨處的時候，心臟病發作，差一點就要死掉，不過她設法打了一一九。救護車緊急來載她，而她的醫生正好是那個小女孩。

「因為小女孩長大了，所以摩天輪操作員當然沒有認出她，可是醫生卻絕對不會忘記救命恩人的臉孔。兩個女人之間產生友誼。摩天輪操作員還是沒辦法去旅行，但是醫生每個月會造訪她的貨櫃屋兩次，兩人一起看電影。電影的場景在不同的國家。她們會一邊看《北非諜影》一邊吃外帶摩洛哥料理；一邊看《國王與我》一邊吃暹邏料理——不管那是什麼樣的料理。她們甚至會看（！）《BJ單身日記》，大吃炸魚薯條。在摩天輪操作員過世之前，她們一起遊歷了二十個國家。在她死後，醫生才理解到自己的生命是一份禮物。她收藏摩天輪操作員的部分骨灰（摩天輪操作員不知感恩的爛兒子沒有來拿走骨灰），然後踏上環遊世界的旅程。故事結束。」

古斯盯著我，只高高抬起一邊的嘴角。雖然他的雙眉之間有深深的皺紋，不過我非常確信他在笑。「那麼妳就寫吧。」他終於說。

「也許我會寫。」我說。

他回頭瞥了那個操作機械的灰髮女人。「那一個。」他說。「我願意去坐那一個。不過只是因為我超級相信摩天輪。」

十二　橄欖園

那一晚沒有精彩片段剪輯。在溫暖的柏油路上，霓虹燈與廉價遊樂器材刺耳的金屬噪音當中，夜晚的時光過得很緩慢。幾個小時當中，我們在造訪七座遊樂設施的空檔吃油炸食物，從黏膩的罐子喝檸檬口味啤酒。我們沒有為了要不要排隊而拉扯，只有閒晃、說故事。

古斯指著一名有鐵絲網刺青的懷孕女生說：「她會加入邪教。」

「她不會。」我提出反對。

「她會。她會失去那個孩子，陷入悲慘的境地。唯一能夠讓她重新生活的，就是她訂閱的一名新崛起的 YouTube 明星。她從這個人得知新伊甸的存在，於是去參加一星期的研討會，然後就再也沒有離開。」

「她會在那裡待兩年。」我反駁。「不過後來她的弟弟來接她。她不想要見到弟弟，警衛也試圖要把他趕走，可是他拿出一張超音波圖。他的女朋友梅伊懷孕了，胎兒是個小男生，預產期在一個月後。那個女生沒有跟弟弟離開，可是那天晚上——」

「她試圖離開。」古斯接替我說下去。「可是他們不讓她走。他們把她關在一間白色房間，想要淨化她。他們說，她因為接觸到她弟弟的能量，大腦化學物質產生暫時性的變化。她必須完成五個淨化階段。在那之後，如果她仍舊想要離開，他們就會放她走。」

「她完成了那五個階段。」我說。「讀者以為她失敗了，以為她無法脫離，可是這本書的最後一行提供了一些線索。那是她和弟弟曾說過的話，顯示她仍舊祕密保留了一部分的自我，而她之所以還沒有離開，是因為她想要救被關在那裡的人。」

我們一整晚都像這樣來回討論，唯一停下來的時候，是因為乘坐旋轉飛椅讓我想吐。我跑到最近的垃圾桶大吐特吐。

即使剛剛吃的辣熱狗重新湧出來，我還是覺得今晚算是成功的。畢竟當我在吐的時候，古斯替我把頭髮拉開。

至少直到他喃喃地說：「幹，我討厭嘔吐。」接著他就一副作嘔的表情跑走了。

在開車回家的路上，我想到「討厭」是「害怕」的比較不尷尬的說法。

國家圖書獎候選人奧古斯都・埃佛列特有嘔吐恐懼症，理由是因為在他四年級的時候，有個叫艾許莉的女孩吐在他的後腦勺。

「我大概十五年沒嘔吐了。」他告訴我。「即使在這段期間，我還得了兩次腸胃炎。」

我邊開車邊努力憋笑。一般而言，我並不覺得恐懼症好笑，可是古斯曾當過掘墓人，現在又成為自殺邪教研究者；在訪談葛蕾絲時，不論聽到什麼樣的內容，他都沒有改變臉色，然而現在卻幾乎被廉價遊樂設施和嘔吐擊敗。

「天啊，真是抱歉。」我重新克制自己，對他說。我瞥了他一眼，看到他癱在我的副駕駛座，抬起一隻手臂放在腦後。「我不敢相信我的第一堂愛情故事寫作課就挖掘出你的好幾個心靈創傷。不過幸好你最後沒有……你也知道。」我並沒有說出那個詞，以防萬一。

他瞥我一眼，抬起嘴角。「相信我，我在關鍵時刻跑走了。如果再多待一分鐘，妳就會得到跟我一樣的體驗。」

「哇！可是你卻還替我拉起頭髮。真是高貴，真是勇敢，真是無私。」我雖然用嘲笑的口吻，但他的行為的確很貼心。

「是啊。要不是因為妳有這麼漂亮的頭髮，我才不會那麼費心。」古斯的視線回到道路上。「不過我得到了教訓。我不會再試圖逞英雄。」

「我爸媽是在移動式遊樂園認識的。」我並沒有打算要說出這件事，但卻脫口而出。

古斯看著我，表情很難捉摸。他問了一句：「是嗎？」

我點頭。我很想要離開這個話題，可是這幾天鬆動了我內心的某樣東西，使得話語自動從我口中湧出。「他們念大一的時候，在俄亥俄州相遇。」

「哦，該不會是那所俄亥俄州大學吧？」他嘲諷地說。由於我對運動完全生疏，因此常常忘記密西根大學和俄亥俄州大學是世仇。爸爸的兄弟會親暱地稱呼他為「背叛者」，而當我選擇密西根大學的時候，他也用同樣的暱稱取笑我。

「是啊，就是那一間大學。」我假裝附和他。

我們沉默了幾秒鐘，古斯突然說：「告訴我關於他們的事吧。」

「不要。」我對他擺出懷疑的笑容。「你不會想要聽的。」

「我有法律責任要聽。」他說。「要不然我要怎麼學習愛情？」

我感到內心一陣刺痛，告訴他：「也許你不該向他們學習。我爸在我媽罹患癌症的時候背叛了她。」

「去他的！太糟糕了。」

「沒想到不相信交往的男人也會這麼說。」

古斯抓起已經很亂的頭髮，變得更加蓬亂。他迅速瞥我一眼，然後又把視線移回路上，說：「我從來就沒有忠貞的問題。」

我指出：「為期兩個星期的忠貞並不值得嘉獎。」

他說：「我必須告訴妳，我和泰莎・阿姆斯壯交往了一個月。」

「這期間你只有跟她在一起嗎？我記得在兄弟會館的某個淫穢夜晚，你似乎對她不忠。」

他的臉上露出驚訝的表情。「那件事發生的時候，我已經跟她分手了。」

「那天早上我還看到你跟她在一起。」我說。承認我記得這一切或許滿丟臉的，不過古斯似乎沒有注意到。事實上，他只顯示出對這個說法感到屈辱。

他再度弄亂自己的頭髮，惱怒地說：「我在派對上和她分手。」

我說：「她沒有參加那場派對。」

「的確。不過因為當時不是十七世紀，所以我有手機。」

「你在派對上打電話甩了你的女朋友？」我大聲質問。「你為什麼要做那種事？」

他看著我，瞇起眼睛。「珍妮艾莉，妳覺得是為什麼？」

我很慶幸周圍是黑暗的。我的臉突然發燙，肚子裡感覺好像有大量熔岩湧入。我是不是誤會了？我該問嗎？這很重要嗎？已經是將近十年前的事了，而且即使當時有不一樣的發展，長遠來看也不會有任何結果。

不過我仍舊感覺在燃燒。
「唉，去他的。」我說。我無法說出其他的話。
他笑了，接著說：「總之，妳的父母親也不是一直都那麼糟。」
我清了清喉嚨，聽起來不自然到了極點。我還不如高喊「我不想要在火熱地想著你的時候，去談我那可悲的父母親」，結束這段難熬的對話。
「的確不是。」我邊說邊把注意力放在道路上。
「他們相逢的夜晚是什麼樣子？」他追問。
我再度滔滔不絕地說話，彷彿我一整年都在等待說出來的時刻——或者這些話只是剛好用來轉移我們之間的另一段對話。「他們去了當地天主教會的移動式遊樂園。」我說。「不是一起去，而是各自去了同一座移動式遊樂園，然後他們剛好站在一起排那個叫愛絲梅拉達的遊戲——你也知道，就是那個機械人偶算命機。」
「喔，我對她很熟。」古斯說。「她是我最早迷戀的對象之一。」
這句話沒有理由再度讓我的臉頰發燙，可是事情卻發生了。「總之，」我繼續說。「跟我媽來的那群人假裝是朋友出遊，實際上卻是雙重約會，而我媽則是多出來的第五個人。所以當其他人去走愛情隧道的時候，她就來算命。我爸說他注意到穿著藍色圓點連身裙的紅髮美女，就離開他的夥伴。」
「像貝蒂・克羅克（註17）？」古斯猜測。

17 貝蒂・克羅克——Betty Crocker，食物品牌及虛構的廣告人物，造型為棕色短捲髮與白色領口紅色外套。

「她是棕髮！你最好檢查一下眼睛。」我說。

古斯的嘴上泛起笑容。「抱歉打斷妳。繼續說吧。妳剛剛說到妳爸爸注意到妳媽媽。」

我點頭。「總之，他在排隊的時候一直在想該如何向媽媽搭訕。後來媽媽在玩機械占卜的時候，突然開始像水手一樣咒罵。」

古斯笑了。「我很高興能夠理解到妳美好的特質是從哪來的。」

我對他豎了中指，繼續說：「她的算命結果在中途卡住了，於是爸爸就上前幫忙。他設法撕掉那張紙的前半段，但是剩餘的還卡在機器裡面，所以媽媽沒辦法看懂上面在寫什麼。於是爸爸就建議媽媽留下來，看看媽媽的命運會不會隨著他的一起出來。」

「哦，這是老套。」古斯咧嘴笑了。

「每次都有用。」我同意他的說法。「總之，爸爸投入硬幣，兩張紙就一起出來了。媽媽的紙上寫著：『妳會遇到英俊的陌生人。』爸爸的紙上寫著：『你的故事即將開始。』」他們把這兩張紙放在畫框裡擺在客廳。至少在我聖誕節回家的時候，它們仍舊掛在那裡。

我內心深處感到痛苦，就好像金屬刨起司器直接劃過我的中心，中途留在我的體內。我原本以為想念爸爸是我最難承受的事，但其實最糟糕、最難承受的，是對於自己無法對決的對象生氣。

因為太愛這個人，所以急於要克服悲傷，建立新的日常。我永遠無法從爸爸口中得到真正的解釋，媽媽也無法得到他的道歉。我們永遠無法「從他的觀點」看這件事，也無法主動拒絕他的觀點。他走了，而我們想要緊抓不放的關於他的一切，都被抹滅了。

我告訴古斯：「他們三個月之後就結婚了。大概二十五年之後，他們的獨生女在珊蒂蘿出版社出了第一本書，《親親，許願》，上面的獻詞寫著——」

「獻給我的雙親。他們證明了命運之神（雖然是機械人偶）強大的力量。」

我目瞪口呆。我幾乎已經忘記他在加油站對我說，他看過我的書。或者也許我刻意不去想這件事，擔心他是指他討厭那些書。我總覺得自己仍舊在跟他競爭，希望他能夠承認我是他平起平坐的對手。

「你記得那段話？」我的聲音很細微。

他的視線轉向我。我感到心臟好像跳到喉嚨。他說：「這就是我問起他們的理由。我認為那是我看過最好的獻詞。」

我扮了一個鬼臉。這句話從他口中說出來，未必是讚美。「最好？」

「好吧，珍妮艾莉。」他用低沉的聲音說。「我認為那段獻詞很美。這是妳想要我承認的嗎？」

我的心跳再度加速。「沒錯。」

「我認為它很美。」他立刻誠摯地說。

我把臉轉向窗戶。「不過到頭來這其實是謊言。不過我猜媽媽覺得它已經夠好了。媽媽知道爸爸背叛她，可是還是選擇跟他在一起。」

「對不起。」有幾分鐘的時間，我們兩人都沒有說話。最後古斯清了清喉嚨。他清喉嚨的聲音聽起來很自然。「妳問過我為什麼要選擇『新伊甸』的主題、為什麼要寫關於它的事吧?」

我點頭，一方面慶幸話題改變，一方面為了他毫無間斷地轉換話題而感到驚訝。

「我猜……」他焦慮地抓自己的頭髮。「呃，我媽在我小時候就過世了。我不確定妳知不知道這件事。」

我不懂我要怎麼去得知這件事，不過即使我不是確實知道這件事，這項事實仍舊符合我在大學時對他的印象。「我應該不知道。」

他說：「總之，我爸是個混蛋，可是我媽——她是很好的人。當我還小的時候，我覺得我們要和這個世界對抗。我們雖然被困在這樣的情況，不過並不會永遠持續下去。我一直在等她離開我爸。事實上，我準備了一個袋子，裝了幾本漫畫書、幾雙襪子，還有蜂蜜燕麥棒。我想像我們會跳上火車，坐到那條路線的最後一站。妳懂嗎?」當他的視線瞥向我，他的嘴角抬起，但他臉上的笑容不是真的。

他的笑容在說，這不是很蠢嗎?我很可笑吧?我之所以知道如何理解這樣的笑容，是因為我過去一年一直在練習:你相信我有多蠢嗎?別擔心，我現在已經學乖了。

當我想到這幅畫面，我的胃就感到沉重:古斯——在我認識之前的古斯——夢想著逃亡，相信有人會來拯救他。

「你想要逃到哪裡?」我的聲音只比悄悄話大聲一點。

他的視線移回道路，下巴的肌肉繃緊，接著又緩和下來。他的表情恢復平靜。「紅杉林。」他說。「我當時深信我們可以在那裡蓋一棟樹屋。」

「在紅杉林蓋樹屋。」我輕聲複述，彷彿這是祈禱或祕密。就某方面來說，的確沒錯。這是我從來沒有想像過的古斯的一小部分，擁有浪漫的想法並期待著不可能的事。「可是這和新伊甸有什麼關係？」

他咳了一下，檢視他那一邊的後照鏡，然後把視線移回路面。「我想是因為……幾年前，我忽然了解到我媽不是小孩子。」他聳聳肩。「我以為我們在等待最佳時機離開，可是她從來就不打算離開。她從來沒有說過她要離開。她可以帶著我離開那裡，可是她卻沒有這麼做。」

我搖頭說：「我不認為事情有這麼簡單。」

「這就是理由。」他低聲說。「我知道事情沒那麼簡單。當我討論這本書的時候，我告訴大家，我是因為想要『探索人們不惜代價留下來的理由』，可是真相是，我只想知道『她』的理由。我知道這樣做並不合理。邪教跟她沒有關係。」

不惜代價。留下來讓古斯的母親付出的代價是什麼？古斯付出的代價是什麼？我的胃感受到的重量擴大，壓迫著我的胸腔。我之所以開始出版浪漫小說，是因為我想要待在自己最快樂的時刻，待在雙親的愛永遠存在的安全地帶。保證幸福快樂結局的書帶給我很大的寬慰，因此我也想要給其他人同樣的禮物。

古斯寫作則是為了了解發生在他身上的可怕事件。怪不得我們寫的東西會這麼不一樣。

「這樣也有道理。」我終於開口說。「沒有人像我這麼了解『尋找後現代雙親答案』的主題。如果我現在看《300壯士：斯巴達的逆襲》這部片，我大概就會找到了解我爸的方式了。」

古斯對我淡淡地笑了一下。「那是一部很棒的電影。」這句話很明顯意味著「謝謝」以及「我們換個話題吧」。我雖然覺得我們很不一樣，但是我跟古斯感覺有點像兩個外星人在地球巧遇，發現彼此擁有相同的母語。

我說：「我們應該成立一個電影同好會。我們在這方面總是能達成共識。」

他沉思片刻，然後說：「那段獻詞真的很美，不像是謊言。或許真相很複雜，但那不是謊言。」

我感到體內湧起一股暖意，直到我覺得自己好像努力要避免發出笛音的煮水壺。回到家之後，我打開電腦，為自己訂購了一本《啟示》。

接下來就是真正的精彩片段剪輯。

我替這本書進行外科手術。我把它拆開，放在不同的檔案裡。艾莉變成艾莉諾，從一個不走運的不動產仲介變成一個不走運的走鋼絲表演者，臉頰上因為極其明確的細節，出現蝴蝶形狀的深紅色斑痕。她的父親變成吞劍表演者，母親則變成有鬍子的女人。

年代從二十一世紀改為二十世紀初期。他們成為流浪馬戲團的一份子。馬戲團是他們的家庭，一群人緊密連結，每晚都會圍繞著營火抽捲菸。這是艾莉諾唯一認識的世界。

他們無時無刻不在一起，但是很少把自己的事告訴彼此。做他們這一行的人沒有太多時間聊天。

我替檔案重新命名，從「沙灘讀物.docx」變成「家庭祕密.docx」。

我想要知道有沒有辦法徹底理解某人。我想要知道掌握他們的狀況（譬如他們如何到其他地方、如何說話、臉上的表情，還有他們避免直視的東西）是否就能理解他們，或者如果知道他們的事（在哪裡出生、曾經做過什麼、愛過誰、來自什麼樣的世界），是否就能夠得到完整的面貌。

我給了每個人一個祕密。這部分是最簡單的。

艾莉諾的母親面臨死亡，但她不想要讓其他人知道這件事。大家以為是兄弟的小丑其實是情人。吞劍表演者仍舊固定寄送支票給住在奧克拉荷馬的家人。

他們變得越來越不像我認識的人，但是他們的問題和祕密似乎變得更個人化。我無法把我的爸媽寫在紙上。我永遠沒有辦法寫得正確。不過這些角色卻背負了我所愛的人的真相。

我特別喜歡寫一個名叫尼克的機械工。我很得意除了我之外，沒有人會看出這個角色是建立在奧古斯都．埃佛列特的骨骼之上。

古斯和我養成在各自的廚房寫作到中午的習慣。我們幾乎每天都會輪流舉起筆記本。上面寫的文字變得越來越繁複。雖然其中有些是隨興寫的，但也有些則很明顯經過精心設計——在當天更早的時候、甚至是前一天晚上寫的，只要一有靈感就寫下來。當寫作狂熱發作時，那些當場寫的文字變得特別無厘頭。有時我會笑到無法控制手部肌肉，以至於無法寫更多訊息。我們會笑到兩人都把頭放在桌上。他會噴出他的咖啡，我則差點被自己的咖啡嗆到。

這些訊息從陳腔濫調開始，像是：「寧願愛過而失去，也不要從沒有愛過」（我）以及

「宇宙既不仁慈也沒有敵意，只是冷漠」（他），但通常會以「去他的寫作」（我）和「我們是不是應該放棄寫作，去挖煤礦？」（他）結尾。

有一次他對我寫：「生命就像一盒巧克力，你不知道自己在吃什麼，而且蓋子上的巧克力分布圖都是錯的。」

我對他寫：「如果你是一隻鳥，我也是一隻鳥。」

他告訴我：「在外太空，沒人會聽見你尖叫。」我則回覆：「不是所有徘徊的人都在迷路。」

整理爸爸的遺物變得次要，不過我並不介意耽擱。這幾個月以來，我首度不會每次聽到手機或筆記型電腦的鈴聲就心驚膽跳。我開始有進展。雖然有很多的進度是調查，但是每當我得到關於二十世紀馬戲團文化的資訊，就會覺得好像有新的情節在我的頭上亮起燈泡。

到了晚上，古斯和我會坐在各自的露臺，邊喝飲料邊眺望夕陽沒入湖裡。在晚上，我們通常會隔著間隙聊天，大多是在談我們今天有多少成果或沒有成果，談我們從露臺看到的人，並且為他們編織故事。我們會談論我們喜歡（或討厭）的書（和電影）、我們在學校認識的人（包括我們共同在密西根大學認識的人、以及在那之前的學校認識的人：在幼稚園拉我頭髮的沙拉・杜蘭，甩掉十六歲的古斯的瑪麗亞・休葛倫——古斯很得意地告訴我，他們交往了整整三個月——古斯被甩的理由是因為跟她在一起時在車上抽菸，而她認為「親吻抽菸的人就像在舔菸灰缸一樣」）。

我們會討論我們做過的爛工作（我在高中時做過洗車的打工。當時我總是遭到顧客性騷擾，而且我在晚上回家之前還得把洗車隧道徹底洗乾淨。他在制服製衣廠的電話客服中心工作過，總是因為刺繡錯誤或延誤寄送而遭到怒罵）。我們也會討論自己曾經擁有的專輯和去過的演唱會中，最丟臉的是什麼（為了保留尊嚴在此刪除）。

也有時候，我們會默默地坐著，雖然不是在一起，但鐵定不是獨處。

有一天晚上，我問他：「你現在有什麼看法？愛情和快樂沒有看起來那麼簡單吧？」

他隔了半晌才回答：「我沒有說過它們很簡單。」

「可是你暗示過。」我指出。

「我暗示它們對妳來說很簡單。」他說。「對我而言，大概就如妳想像的，它們相當具有挑戰性。」

可能性一直存在：我們當中的一方隨時都可以邀對方過來，而不論是我或他都會答應；可是我們都沒有提出來，所以就一直維持同樣的情況。

星期五，我們比上星期稍早踏上調查之旅，方向是往東邊的內陸。

「我們這回要去見誰？」我問。

古斯只回答：「戴夫。」

「哦，原來是戴夫啊。我很喜歡他的溫娣漢堡（註18）。」

「信不信由你，是另一個戴夫。」古斯說。他陷入沉思，幾乎完全沒有像我們平常那樣開玩笑。

18 美國連鎖漢堡店，於一九六九年由戴夫・湯瑪斯（Dave Thomas）創立於俄亥俄州。

我等他繼續說下去，但是他沒有說任何話。「古斯？」

他的視線驚恐地朝向我，彷彿他忘了我在這裡，而我的存在嚇到了他。他抓了抓下巴。他平常的鬍碴變得更長了。

「沒問題吧？」我問。

他的視線在我和道路之間來回跳了三次，然後才點頭。我幾乎可以看到他吞下原本想要說的任何話。「戴夫曾經是新伊甸的成員。」取而代之的是這句話。「他當時只是個小孩子。他媽媽在那場大火的前幾個月帶他離開。他爸爸因為陷入太深，就留下來了。」

「這麼說，他父親……」

古斯點頭。「死於那場大火。」

我們約戴夫在橄欖園餐廳見面。在進入餐廳的途中，古斯警告我，戴夫是正在痊癒的酒精上癮者。「他已經清醒了三年。」當我們在櫃檯等候時，古斯對我說。「我告訴過他，我們不會點任何飲料。」

我們在戴夫之前坐到桌前，然後點了幾杯汽水。我們在車上時可以自在地說話，可是面對面坐在橄欖園餐廳的沙發座位又是另一回事。

「你覺不覺得，我們好像是在返校前被你媽媽載到這裡的？」我問。

「我從來沒有返校過。」他說。

我做出拉小提琴的動作，這時才發現我不知道小提琴實際上要怎麼拿。

「那是什麼？」古斯冷淡地問。「妳在幹什麼？」

「我想我正拿著一把小提琴。」我回答。

「不對。」他說。「我可以保證絕對不是這樣。」

「你確定？」

「嗯，我確定。妳的左手為什麼要伸出來？小提琴難道要放在上面保持平衡嗎？妳要把手放在琴頸上。」

「你只是要把我的注意力從你沒有返校的悲劇轉移。」

他笑出來，翻了白眼，在他的座位上往前挪動。「我好歹存活下來了，保留了溫柔的人類心靈。」他模仿我在移動式遊樂園說的話。

這回輪到我翻白眼。古斯露出笑容，在桌底用他的膝蓋撞我的膝蓋。我也撞回去。有一分鐘的時間，我們只是坐在那裡，隔著一籃橄欖園麵包棒，對彼此微笑。我覺得胸中好像有水正在煮沸。我立刻回憶起在我朝著垃圾桶嘔吐時，他長繭的手把我的頭髮從脖子拉開的觸感。我可以回想起當我們在悶熱的兄弟會館地下室跳舞時，那雙手放在我的臀部和腰部、把我抱得更緊的觸感。我可以感覺到他的下巴側面摩擦在我的太陽穴。

他首先移開彼此注視的視線，檢視自己的手機。「已經遲到二十分鐘了。」他沒有看著我說。「我會再等他十分鐘，然後打電話給他。」

然而戴夫沒有接古斯的電話，也沒有回應古斯的簡訊或留言。很快地，我們已經吃了一小時二十分鐘好似無窮盡的麵包棒，而我們的服務生凡妮莎也開始刻意迴避我們這一桌。

「有時候也會發生這種事。」古斯說。「他們會感到害怕，改變主意。他們原本以為自己已經準備好要談某件事，但其實並沒有準備好。」
我問：「我們要怎麼辦？要繼續等嗎？」
古斯打開桌上的一本菜單，翻了片刻，然後指著一張上面插著粉紅小傘的藍色冰沙。
「這個。」他對我說。「我想我們應該來喝這個。」
「喔，該死。」我說。「如果我們現在就喝藍色冰沙，我就得重新思考明天晚上的計畫了。」
古斯挑起一邊的眉毛。「哇哦，我都不知道我一直過著浪漫小說作家的生活。」
「看吧，你天生就適合做這種事，奧古斯都・埃佛列特。」
他打了一個哆嗦。
「你為什麼會這樣？」
「會哪樣？」
我重複一次：「奧古斯都・埃佛列特。」他拱起肩膀，不過這回顯得較為慎重。「就是這個。」我說。
古斯朝著正準備跳過我們旁邊的凡妮莎舉起菜單。她就像卡通裡衝到懸崖邊緣的威利狼，雙腳發出尖銳的摩擦聲停下來。古斯問：「我們可以點兩杯這個藍色冰沙嗎？」
他的雙眼又散發著性感、具有威脅性的X光射線。服務生的臉頰染紅——或者也許我是把發生在自己的心情投射到她身上。「當然了。」她說完立刻離開，古斯再度看著菜單。
「奧古斯都。」我說。

「去他的。」他再度抖了一下。

「你真的不喜歡跟別人分享自己的事吧？」

「不是特別喜歡。」他說。「妳已經知道我有嘔吐恐懼症。如果妳還想知道更多，就要簽保密協約。」

「我很樂意。」我說。

古斯嘆了一口氣，湊向前方，雙手前臂放在桌上，桌下的膝蓋輕觸到我的膝蓋，但是我們都沒有移開。我感覺身體所有的熱度都集中在那個部位。「唯一這樣稱呼我的人是我爸。」他聳聳肩。「這個名字通常是帶著責難的語氣說出來，或者是怒吼出來的。」

我試圖找到該說什麼，感覺自己的胃在翻攪，一股酸味湧到口腔後方。我無法不在他的瞳孔中搜尋這幾天來拼湊出的過去。他的母親「不惜代價」，待在他的父親身邊。而這樣的代價之一，就是讓她的兒子恨自己的名字。

古斯的視線從菜單移開。他看起來冷靜而嚴肅，但這是訓練出來的表情，不像有時當他陷入沉思、努力想要了解新資訊時，出現在臉上的迷人率真表情。

「你爸是個混蛋。這一點我很遺憾。」我無助地說。

古斯發出急促的笑聲。「為什麼大家總是這麼說？妳不需要感到抱歉。我不是為了讓妳感到抱歉才告訴妳的。」

「是因為我問你，你才告訴我的。所以至少讓我為此說抱歉吧。」

他聳聳肩說：「沒關係。」

「古斯。」我說。

他再度看著我的眼睛。我感覺到一股暖流從我的雙腳湧到頭部。他的表情變成坦白的好奇。「妳是什麼樣子？」他開口說。

「什麼？」

「妳已經知道夠多我的孩提時代了。我想要知道小時候的珍妮艾莉是什麼樣子。」

「哦，天啊。」我說。「有太多事可以說了。」

古斯的笑聲震動著桌子傳來。我感覺內臟就像香檳一樣發出嘶嘶聲冒泡。「我來猜猜看：很吵、很早熟，房間裡有很多書，用只有自己了解的方式整理。和自己的家人、還有幾個感情很好的朋友很親密，或許到現在仍舊會定期和他們聊天，可是對於其他任何人，則維持淡如水的交情。妳暗地裡是個優等生，即使別人不知道，也一定要在某方面成為最優秀的。喔，而且妳在人群中動不動就會耍把戲或是跳踢踏舞來引起注意。」

「哇哦。」我有些驚訝地說。「你同時說中了我，也批評了我。不過踢踏舞是我媽提議的。我只想要那雙鞋子。話說回來，你沒有提到我曾經短暫設置辛妮・歐康諾（註19）的聖壇，因為我覺得這樣會讓我顯得很酷。」

古斯笑著搖頭。「我敢打賭妳當時是個可愛的小怪胎。」

「我當時的確是個怪胎。」我說。「我想是因為身為獨生女，造就了這樣的個性。我爸媽看待我，就好像在看活生生的電視機。他們覺得我是個歡鬧、有趣的神童。我有大半輩子

19　愛爾蘭歌手，出道時便以平頭造型獨樹一幟，不時也有爭議行為與言論。

對自己和自己的未來都懷抱著虛幻的信心。」

我也相信，不論如何，家總會是安全的地方，是屬於我們三人的地方。我的胸中燃燒著炙熱的情感。當我抬起頭看到古斯的眼睛，我想起自己在哪裡、在和誰說話，內心差不多準備好要聽他取笑我。眼睛閃閃發光的純真少女和她想像的快樂結局終於被摧毀，玫瑰色的玻璃杯被碾碎。

然而他卻說：「這世上有比虛幻的自信更糟糕的東西。」

我檢視他專注的深色眼睛，以及鬆弛而彎曲的嘴唇：這是完全真摯的表情。我此時更加確信，我並不是在大學畢業後唯一改變的人，而我不知道該對這個新的古斯說什麼。

藍色雞尾酒冰沙宛若魔法般出現在桌上。我清了清喉嚨，舉起我的杯子說：「敬戴夫。」

「敬戴夫。」古斯附和，並拿他的塑膠杯敲了一下我的杯子。

我說：「今晚最令人失望的事情，就是他們沒有真的附上紙傘。」

古斯說：「看，這種鳥事就是我絕對無法相信快樂結局的理由之一。在這世上，你永遠得不到人家跟你保證的紙傘。」

「古斯，你必須成為你想要在這世上看到的紙傘。」

「甘地是個很有智慧的人。」

「事實上，這句話是引自我最喜歡的詩人，珠兒。」

他的膝蓋推向我的膝蓋，讓我感到熱度集中在我的雙腿之間。我推回去，他粗糙的指尖便誘惑地觸摸我的膝蓋，接著往上移動，找到我的手。我緩緩地把掌心朝上迎接他的手，他的大拇指在我的手上畫了好一陣子的圈圈。

我把手靠得更近，他便把手指插入我的指間。我們坐在那裡，在桌子底下握著彼此的手，卻假裝我們沒有在握手，假裝我們沒有裝成十六歲，並且對彼此有些著迷。

天哪！發生什麼事了？我在幹什麼？為什麼我沒有辦法停止？他在幹什麼？

當帳單送來，古斯鬆開我的手，掏出皮夾。「我來付。」他說話時沒有看我。

十三　夢

我夢見古斯，醒來時必須要去淋浴。

十四　規則

我在三天前就規劃好星期六，讓我能夠把早上的時間花在寫書上。進度很緩慢，不過不是因為我沒有靈感，而是因為寫這本書需要詳細的考證，確認每一個場景都有歷史根據。

我從八點開始工作，努力寫出幾百個字之後，看到古斯出現在他的廚房餐桌，面對著我。他寫了今天第一句訊息，舉起筆記本。我瞇起眼睛閱讀。

很抱歉我昨晚有點奇怪。

我已經準備好筆記本和奇異筆。我隨時都準備好這兩者。我不是很明確地知道他指的是什麼，不過我猜想應該和兩名成年人沒有交往、卻在橄欖園餐廳的餐桌底下握住彼此的手有關。我努力對抗沉到谷底的心情。沒錯，那真的滿奇怪的。

不過我也喜歡那樣。

觀察莎蒂的愛情生活，讓我了解像古斯這樣的戀愛恐懼症患者在面對界線崩壞、從友情變得親密，或是從性愛變成浪漫時，會有什麼樣的反應。當感情糾結的列車開始行進，像古斯這樣的男人永遠不會踩煞車，而且會在發現到達最高速時跳車，滾到軌道之外。

我必須要保持頭腦清醒、眼睛明晰，絕不容許浪漫化。當情況變得複雜，古斯就會離開，而在此時此刻，我才發現自己根本沒有準備好面對那樣的結果。他是我在這裡唯一的朋友，我必須守住這一點。另外還有那場打賭。要是他在我贏他之前消失蹤影，我就無法得到充分的利益。

我回覆他：

別傻了。你隨時都很奇怪。

他的嘴角抬起，形成微笑。他注視著我的眼睛有些過久，接著就把注意力轉回筆記本。

當他再度舉起本子時，上面寫了一連串的數字。我看出起頭的三個是當地的區號。

我感到緊張。我匆匆用小字把這些數字記在這一頁的最上方，然後在下面用大出許多的字寫下我的電話號碼，然後又寫：我還是會寫這些筆記。

古斯回應：好。

我在下午三點半之前又寫了五百個字，接著開車前往二手店，把我從樓上客房和衛浴打包的幾個箱子送到那裡。當我回來之後，就把樓上的浴室刷乾淨，然後走下樓梯，去我過去兩個禮拜使用的浴室淋浴。我爸和松雅的照片仍舊掛在牆上，照片朝內。

我因為罪惡感而沒有破壞它，不過鼓起勇氣只是時間問題。此刻它成為提醒我最艱辛的工作還沒完成的東西：我還沒有檢視過地下室，也完全迴避主臥房。

我至今還沒有去過湖畔，感覺實在是太可惜了，因此在我煮了一鍋通心粉讓我能夠撐到晚上之後，我就穿過林間小徑到湖泊。夕陽反射在波浪上的光線實在是太棒了，紅色與金色的光線在湖面的遠處閃耀。我脫下鞋子，拎到水邊。當冰冷的潮水湧到我的腳上，我發出咒罵聲。我匆匆退開，因為受到驚嚇而笑得喘不過氣來。

天氣還算溫暖，但沒有熱到足以讓冰涼的水感覺很舒服。留在湖畔的大多數人都穿上運動衫，或是裹上毛巾及毯子。每個人——所有被風吹日晒的臉孔、被湖水弄亂的頭髮——都瞇著眼睛注視強烈的光芒，看著同樣的夕陽。

這幅景象讓我感到痛苦。我從未感到如此寂寞。沒有披著軟趴趴的頭髮、個性浪漫的雅各在皇后區迎接我，沒有人會替我煮像樣的餐，或是把我從電腦拉開。沒有媽媽的未接來電或簡訊說「我正在想凱琳和莎琳，幾乎又要尿出來」，而我也不能傳送陽光灑落在湖面上的照片給她，以免揭開湖畔房屋的傷疤。

在喪禮之後，我只見到沙蒂兩次，而且因為她的工作時間的關係，她的簡訊通常都在我上床很長一段時間之後傳來，而我的回覆也在距離她起床還很久的時候送出去。

老實說，我甚至懷念凱琳和莎琳：坐在她們色彩繽紛的碎呢地毯，喝她們引以為傲、卻很難喝的私製烈酒，聽她們兜售聞起來很香、但是無法真正治癒癌症的自製精油。

我的世界感覺空虛，彷彿在這個世界裡沒有任何人，只有古斯偶爾會出現，但除了這本書和打賭之外什麼都沒有。而不論這本書感覺比過去十二個月以來反覆編的故事好出多少，仍舊不夠。

我在美麗的湖畔，在美麗的地方，而我只有一個人。更糟的是，我不知道我能不能再度擺脫孤獨。我想要見到我媽，我也想念撒謊的爸爸。

我坐在沙地上，彎曲雙腿靠向胸前，把我的額頭放在膝蓋上開始哭泣。我哭到臉變得又熱又紅並且濕透。如果沒有海鷗在我頭上大便，我還會繼續哭下去，不過海鷗當然大便了。

於是我站起來，轉身回到先前走過來的路徑，卻發現有人僵立在路中央，看著我像《浩劫重生》裡的湯姆・漢克那樣哭得一塌糊塗。

古斯站在那裡的樣子看起來像電影中的場景，只不過沒有任何浪漫或神祕的成分。即使我剛剛才因為孤單而哭泣，他是我最不願意被看到像這副模樣的對象。我暫時忘了頭上的那坨鳥糞，擦乾臉和眼睛，試圖讓自己看起來更……像樣一點。

「抱歉。」古斯明顯感到不自在地說。他斜眼瞥了不遠處的湖畔。「我看到妳走向這裡，就想說……」

「有隻鳥在我頭上大便。」我含著淚水說。很顯然地，除此之外我無話可說。

他的表情從痛苦的同理心變成無聲的笑容。他跨過我們之間的距離，粗魯地把我拉過去擁抱我。這個舉動一開始對他來說顯得不自在、甚至痛苦，不過即使如此，被人擁抱仍舊讓我感到寬慰。

「妳不用告訴我。」他說。「不過我想讓妳知道……妳可以告訴我。」

我把臉埋在他的肩膀。他的雙手緩緩拍著我的背，然後漸漸變成緩慢而溫柔地畫圈，最後完全停止動作，只是放在我的背脊，把我緩緩拉得更近。我讓自己靠在他身上。淚水來得快也去得快，此刻我滿腦子都只想著他堅硬的肚子和胸膛貼著我、他的腰際銳利的骨骼稜線、他身上幾乎像菸味的氣味，還有他身體和呼吸的熱度。

像這樣和他站在這裡、觸摸著他，不會有什麼好結果，可是卻令人陶醉。我決定數到三之後就要離開他。

我數到二的時候，他的手滑入我的頭髮，撫摸我的後腦勺。接著他突然把手移開並且往後退。「哇！好大的一坨屎。」他注視著自己的手，以及從手上滴落的黏稠物體。

「是啊。我剛剛說『一隻鳥』，不過牠也很有可能是一隻恐龍。」

「別開玩笑。我想我們應該在今晚起飛之前先弄乾淨。」

我擤了一下鼻子，然後擦乾眼中剩餘的淚水。「你說起飛是刻意針對鳥的雙關語嗎？」

「才不是。」古斯邊說邊轉身和我一起回到小徑上。「我這麼說，是因為我假定我們要搭直升機飛越湖面。」

我發出靦腆的笑聲，化解心中剩餘的糾結情感與熱度。「這是你猜的最終答案嗎？」

他把我從頭到腳打量了一番，彷彿是在比較我的服裝與某件大眾公認的直升機約會服裝。「沒錯，我猜應該是。」

「只差一點點。」

「是嗎？」他說。「那麼到底是什麼？搭小飛機飛越湖面？搭小潛水艇潛到湖底？」

「到時候你就知道了。」

我們在家門口道別，約定二十分鐘後在我的車子碰面。我今天第二次洗頭之後，把頭髮綁成髮髻，再度穿上（沒有沾到大便的）同一件衣服。我今天稍早已經大概打包好這次外出需要的東西，因此我現在只需把其他東西從冰箱拿出來，放入我在廚房裡的架子底層找到的冷藏箱。

古斯和我在七點半出發，到了八點四十分，終於停靠在「大男孩鮑比」的免下車電影院，準備觀賞「梅格萊恩之夜」。

當我把車開到收費亭，遞出我在網路上買的票，古斯說：「天哪！一次要看三部片！」

他檢視我們右邊的閃亮招牌：《當哈利遇上莎莉》、《西雅圖夜未眠》，還有《電子情書》。「這些電影有一半是聖誕節電影吧？」

服務員把柵欄的門拉上去，我便把車開進去。「『三』的一半是一點五。所以你說錯了，這些電影並沒有一半是聖誕節電影。」

「我有沒有說過，我看到梅格萊恩的臉就討厭？」

我嗤之以鼻。「第一，沒有。第二，那是不可能的。她的臉孔既可愛又完美。」

古斯說：「也許吧。我沒辦法說明，我也知道這樣不合邏輯，可是我……就是沒辦法忍受她。」

「今晚情況就會完全改變。」我向他保證。「相信我，你只需要敞開心胸。如果你能做到，今後你的世界就會變得更加光明，甚至也許還能夠寫出賣得出去的浪漫喜劇。」

「珍妮艾莉。」在我倒車停入空停車位時，他嚴肅地對我說。「妳可以想像看看：如果我帶妳去參加六個小時的強納森・法蘭岑讀書會，妳會對我做什麼。」

「我想像不到，也不會去想像。」我說。「如果你決定要這樣利用我們的某個星期五晚上，我也沒辦法阻止你，不過現在是星期六，所以由我來作主。現在你要來幫我找找看，我們可以在哪裡買到我在網路上看到的『大鮑比驚喜冰淇淋』。根據網站的說法，這真的很超值！」

「最好是。」古斯嘆了一口氣，爬出 Kia 汽車來到我身邊。當預告片在螢幕上笨拙地閃爍，我們越過場地前往小吃攤位。我直接前往畫著看起來像冰淇淋聖代的圖案的木製招牌，但古斯觸碰我的手臂，阻止我立刻去排隊。「妳可以向我保證一件事嗎？」

「古斯，我不會愛上你。」

「還有一件事。」他說。「請妳盡最大的努力避免嘔吐。」

「如果我開始嘔吐，我會把它吞下去。」

古斯用手捂住嘴巴，露出作嘔的樣子。

「我是開玩笑的！我不會嘔吐。至少在你帶我到那場六小時讀書會之前都不會。好了，拜託，我期待了一整個星期，希望能夠吃到 Pop Tarts 夾心餅以外的東西了。」

「我不認為這會是妳想像中富含維生素和營養的小菜。」

「我不需要維生素。我需要起司醬和巧克力醬。」

「啊！這樣的話，妳已經安排好完美的夜晚了。」

由於我已經買了電影票，因此古斯出錢買了爆玉米花和驚喜冰淇淋（各六美金，絕對不值這個價錢）。他本來還打算要買兩人份的汽水，但我毫不避諱地阻止他，盡可能暗示他車子裡還有更好的東西。

我們回到車上之後，我打開尾門，然後把中央座位躺平，露出我先前裝上車的枕頭與毯子組，還有裝滿啤酒的保冷箱。「很感動吧？」我問古斯。

「對妳的汽車行李廂空間嗎？的確很感動。」

「哈哈哈。」我說。

「哈哈哈。」古斯回應我。

我們從開啟的行李廂進入裡面。我發動汽車引擎，打開收音機，調整頻道接收電影的聲音，然後剛好在片頭字幕開始的時候躺到古斯旁邊。他雖然提到行李廂空間，不過Kia的車內其實沒有很大。我們肚子朝下趴著，用手支撐下巴，身體某些部位幾乎碰在一起，而我們的手肘也確實碰到了。這樣的姿勢無法長時間維持舒適，而且兩人在車上要調整姿勢會是一項挑戰。此外，跟他這麼接近也是一項挑戰。

梅格萊恩一出現在螢幕上，他便稍稍湊過來，用悄悄話的聲量問我：「妳真的不討厭她的臉嗎？」

「我覺得你應該去看醫生。」我壓低聲音斥責。「那不是正常反應。」當我一拿到第一本書的預付款，我就替莎蒂和我自己買了二十支左右的梅格萊恩影片，以便隨時遠距離同時觀賞這些電影，彼此傳簡訊討論此刻發生的情節，然後在我或她想要尿尿的時候暫停。

「你只要聽到梅格・萊恩在唱《滑雪橇（Sleigh Ride）》的時候怎麼發『horse』的音，你的生命就會徹底改變了。」我低聲對古斯說。

古斯看著我，表情好像在說我的說法完全沒有說服力。「她看起來就很臭屁。」他說。

「很多人說她長得像我。」我說。

「那不可能是真的。」

「好吧，沒有人這麼說，可是他們應該要說的。」

「太可笑了。」他說。「妳看起來一點都不像她。」

「一方面，我很生氣；另一方面，我很高興你不討厭我的臉。」

「妳的臉沒什麼好討厭的。」他用就事論事的口吻說。

「梅格萊恩的臉也沒什麼好討厭的。」

「好吧，我收回這句話。我喜歡她的臉。這樣會讓妳感到高興嗎？」

我轉向他。他用手托著頭，身體朝向我，來自銀幕的光線勉強照亮他的眼睛，在他眼中形成流動般的色彩層次。他的深色頭髮跟平常一樣亂，但臉上的鬍碴又恢復正常狀態，而他身上依舊帶有菸味。

「珍妮艾莉？」他低聲說。

我設法側身面對他，點頭說：「這樣會讓我感到高興。」

他的膝蓋碰撞我的膝蓋。我也撞回去。

他嚴肅的臉上閃過笑容的影子，出現與消失的速度之快，讓我懷疑那是我自己想像出來的。「很好。」他說。

我們像這樣待了很長的一段時間，假裝從兩人都不可能看到一半以上銀幕的角度看電影，膝蓋貼著對方的膝蓋。

每當我們當中的一個改變姿勢，另一個也會跟著改變。每當我們當中的一個無法忍受某個姿勢的不舒服狀態，我們都會挪動身體，但從來沒有停止接觸。

我們處在危險地帶。

我已經好幾年沒有這種感覺——幾近痛苦的沉重渴求，擔心任何錯誤動作會毀了一切、而令人無法動彈的恐懼。

我感覺到他的視線投射在我身上，便抬頭看他。他並沒有移開視線。我想要說些話打破緊繃的氣氛，但是我的腦袋卻毫不留情地變得空白。不是那種想要憑空擬出小說時、宛若游標在白色螢幕上閃動的那種空白，而是緊緊閉上眼睛時、看到繽紛色彩從黑暗中迸出來的那種空白；就好像盯著火焰太久的時間。

在這段悸動的空白當中，因為「感覺」太多，以至於無法「思考」任何事情。盯人比賽延長到令人不自在的長度，但我們都沒有打斷它。古斯的眼睛看起來幾乎是黑色的。當銀幕光線照射到他那雙眼睛，火焰的幻影就會點燃又消失。

在我腦海深處，自衛本能在呼喊：那是捕食者的眼睛！然而這正是大自然給予捕食者那種眼睛的理由。這一來，像我這種愚蠢的小白兔就毫無機會逃脫。

別當個愚蠢的小白兔，珍妮！

「我要去上廁所。」我突然說。

古斯笑了。「妳剛剛才上過廁所。」

「我的膀胱很小。」我說。

「我跟妳一起去。」
「不用了！」我拉尖嗓門回應，忘了自己在車裡，起身太快結果撞到頭。
「該死！」古斯開口的同時，我也困惑地低聲問：「怎麼搞的？」
他立刻起身，用膝蓋爬到我坐著的地方，抓著我的頭說：「讓我看看。」他的雙手捧著我的臉頰，把我的頭歪到下方，以便讓他檢視我的頭頂。「沒有流血。」他告訴我，然後再度把我的臉抬起來面對他的臉。他的手指溫柔地伸入我的頭髮，視線往下來到我的嘴巴，接著他歪斜的嘴唇張開。
哦，去他的！
我是一隻兔子。
我湊向他，他的雙手滑到我的腰部，把我拉到他的膝上，讓我跨坐在他跪坐的地方。他的鼻子擦過我的鼻子側面，我的嘴巴在他的嘴巴下方抬起，試圖縮短我們之間的距離。我們緩慢的氣息將彼此拉近。他的雙手抓緊我的體側，我的大腿自然地夾緊他。
我腦中只想到：一次一次一次。這是他的方針，不是嗎？如果我們之間發生了什麼，而且只有一次，真的會很糟嗎？我們可以回去當朋友，當每天聊天的鄰居。經過七年之後，我是否能夠和成為宿敵的大學時代迷戀對象隨興地只做這麼一次？
我們在這樣的狀態停留片刻，彷彿彼此都不願承擔罪責。
是你先碰我的！我會說。
是妳湊過來的！他會反擊。

結果你把我抱到腿上！

妳把嘴巴抬到我的嘴上！

然後——

他的嘴拖曳著溫熱的氣息，劃過我的下巴，來到我的嘴巴。他的牙齒觸及我的下嘴脣時，我感覺到體內湧起小小的喜悅。他的嘴巴即使在火熱而輕盈地貼在我嘴上時，仍舊形成歪斜的微笑，引誘我的嘴巴張開。他的味道帶有驚喜冰淇淋留下來的香草和肉桂口味，只是比冰淇淋本身更可口。他的體溫湧入我的嘴，進入我的體內，宛若被太陽晒熱的河流般洶湧奔騰。欲望在我體內涓滴，蓄積在兩人身體之間形成的所有縫隙。

我一把抓住他的襯衫，感受在薄布之下的肌膚溫度。我想要更靠近他，緊緊抱住他，回憶起貼在他身上是什麼感受。他的一隻手掃過我的脖子側面，手指在我的頭髮之下彎曲。他再度親吻我，更緩慢、更深、更粗野。我朝著他的嘴嘆息。他輕輕把我的嘴脣往上推向他，以便繼續親吻，而我則抓住他的胸膛，想要更接近他。他靠向我，直到我的背部抵到車子側面，直到他更緊密地貼著我。

當我感受到他的胸膛堅挺地貼著我的胸膛，我發出愚蠢的喘氣聲。他把一隻手支撐在我後方的車窗，牙齒再度咬住我的下嘴脣，這次力道更大一點。當他的手從車窗滑下，來到我的胸前，隔著襯衫撫摸我，我的呼吸變得急促而顫抖。

我用雙手耙梳他的頭髮，身體在他的手壓住之下拱起。他從喉嚨發出情不自禁的低沉呻吟。他退開並把我的身體翻倒為仰躺的姿勢，我則貪婪地把他拉向我。他緊緊貼著我，讓我感受到一股脈動穿過我全身。我試圖更接近他，超越衣服的隔閡。他再度發出那粗啞的聲音。

我不記得上次我如此興奮是什麼時候。

不，事實上我記得。那是在七年前的兄弟會館地下室。

他的一隻手滑入我的襯衫底下，大拇指擦過我的髖骨，彷彿將經過之處都融化掉。他火熱而濕潤的嘴唇沿著我的脖子滑下，深深陷入我的鎖骨。我的全身都毫不保留地渴望著他，像是被磁鐵吸引般往上抬向他。我感覺自己像是青少年，而這種感覺很棒，很可怕，還有——

當光線照射在我們身上，他的身體在我上方變得緊繃，彷彿有人把一桶水倒在我們身上。我們看到一名板著臉的中年婦女拿著手電筒照射我們，立刻跳開。她留著近似三角形的灰色捲髮，穿著鮮藍色的運動外套，上面有大男孩鮑比的網版印刷LOGO。

她清了清喉嚨。

古斯仍舊把身體支撐在我上方，一隻手纏繞著我的襯衫摺邊。

「這裡是家庭設施！」女人壓低聲音厲斥。

「嗯，你們把這裡維持得很好。」古斯的聲音有些沙啞。他又清了一次喉嚨，然後朝著那個女人擺出他最迷人的邪惡微笑。「我太太和我正在討論，下次我們應該帶孩子一起來。」

女人交叉雙臂，顯然對他那張嘴的魅力無感。真羨慕她。

古斯改成正坐姿勢，我也把襯衫往下拉，羞愧地說：「對不起。」

女人伸出大拇指，指著汽車之間黑暗而長滿草的通道。「出去！」她怒吼。

「當然了。」古斯迅速地說，然後拉下尾門，把我們關在車裡與她隔絕。我發出屈辱而狂亂的笑聲，古斯則朝我露出模糊的笑容，嘴脣有瘀傷與腫起，頭髮凌亂不堪。

「那樣很糟糕。」我無助地低聲說。

「嗯。」古斯恢復他那危險的粗啞聲音。他在黑暗中湊向我，給了我最後一次緩慢而狂熱的親吻，手指伸展在我臉頰上。他對我說：「不會再發生了。」這時我的血流中產生的所有火花頓時消失了一些。

一次——這是他的規則。但是這次算嗎？我因為失望而感到心痛。這根本不算。它完全沒有滿足我，甚至讓我感到更糟糕。從古斯盯著我的眼神，我覺得他也有同樣的感想。

外面的女人用力拍打汽車後窗，害我們都跳起來。

「我們該走了。」古斯說。

我從後座爬回前座，古斯從後方的門下車，回到副駕駛座。

我開車載他回家，覺得自己的身體好像熱力圖，所有他觸摸過的部位、所有他從副駕駛座看著我的部位，都發出紅色的光。

星期天，古斯沒有出現在廚房餐桌。我猜想這是不好的徵兆——昨晚發生的事破壞了我在這座小鎮僅有的友誼。事實上，應該說是我在這世上僅有的少數友誼之一，畢竟雅各和我的那些共同朋友到頭來對於「單獨的我」沒什麼興趣。

我試圖把古斯從腦中逐出，專注地投入我在寫的書，但是我又開始在每次手機響起時跳起來。

安亞傳簡訊給我：嗨，親愛的！我只是來跟妳打聲招呼。出版社想要看最初的幾頁，以便給些意見。

皮特寄 email 給我：哈囉！好消息：妳的書明天就會進貨。這星期妳可以找個時間來簽名嗎？

松雅寄 email 給我。我沒有打開，但是可以看到第一句：請妳千萬別因為我而不參加讀書會。如果妳想來，我很樂意在星期一晚上待在家裡……

沙蒂傳來簡訊：珍妮艾莉，救救我！我沒辦法離開幽靈帽子。他這三天晚上都來我家，昨晚我讓他留下來。

我回覆她：妳很明白事情會怎麼發展。妳迷上他了。

她回應：我討厭墜入愛河。那絕對會毀了我的壞孩子名聲！

我傳了悲傷的表情符號給她。我知道，可是妳必須堅持——為了幽靈帽子好，而且這樣我才能間接體驗妳的生活。

昨晚的回憶在我腦中浮現，宛若煙火般明亮而炙熱，火花掉落並燃燒他觸摸過的所有部位。我可以感受到他的牙齒的幽魂咬著我的鎖骨，而我的肩胛骨因為撞到車子而有些瘀傷。飢渴與羞愧纏繞成一條辮子，在我體內奔馳。

天哪！我做了什麼？我應該更懂事。然而我心中某個角落卻在想：我能夠再做一次嗎？

這樣的行為不需要任何意義。也許它的意義就是：我終於能夠學習到如何隨興交往。或者也許我們之間的打賭結束，我再也不會聽到古斯的任何消息。

我已經耗盡麥片和拉麵的庫存，因此在我痛苦地擠出三百字之後，我決定休息去採買。我出門時看到古斯的車沒有停在街道上平常的車位。我把這個念頭逐出腦子。這沒什麼大不了的。

我來到賣場之後，再度檢視銀行戶頭，然後打開手機計算機，在走道閒晃，計算糖霜迷你麥片和湯罐頭的價錢。我設法網羅十六美金的商品，然後當我繞過轉角要去收銀臺時，看到她在那裡。

白色的捲髮，苗條的身材，同一件針織披肩。

驚恐的情緒在我全身上下流竄，速度快到感覺心臟好像被注射了腎上腺素。我把推車留在走道，低下頭，匆匆走過她旁邊前往大門。就算她看到我，她也沒有說任何話；或者即使她說了，我也因為心跳太大聲而沒有聽到。我跳回車上，感覺好像剛剛搶了銀行，然後開了二十分鐘的車到另一家大賣場，在那裡因為抖得太厲害、並畏懼再度遇上麻煩，使我幾乎沒辦法拿任何東西。

我回到家的時候仍舊在顫抖，更糟糕的是古斯的車仍舊沒有再度出現。要在一個月兩次的賣場購物躲避松雅是一回事，但如果我必須迴避隔壁鄰居，大概就得執行「B計畫：搬到達拉斯」了。

晚上在我爬到床上前，我又從前面的窗戶往外瞥了一眼，但還是沒看到古斯的車。恐懼在我心中膨脹，宛若這世界上最無趣的氣球。我終於找到可以說話的朋友，而且他似乎很想待在我身邊，就像我想要待在他身邊，可是他現在卻不見了。只因為我們親吻了彼此。憤怒在我心中湧起，暫時驅走了屈辱與寂寞，然而這兩種情感又再度浮出表面。

我想要傳簡訊給他，不過這種時刻開啟對話感覺很奇怪，因此我就上床，肚子裡感覺盤繞著噁心而憂慮的感覺。

到了星期一早晨，他還是沒有回來。今晚——我下定決心。如果他的車在今晚還沒有停在路邊，我就要傳簡訊給他。那樣應該不會很奇怪。

我把他的事拋到腦後，又打了兩千字，然後傳簡訊給安亞：寫作進行得很順利（真的（沒騙人（這回我是認真的！））），但是在給別人看部分內容之前，我想要再多寫一點。如果沒有完整的藍圖，大概很難說明我在幹什麼，可是我擔心如果太早畫出輪廓，就會澆熄我好不容易產生的動力。

接著我回覆皮特：太棒了！星期三怎麼樣？事實上，我可以在收到email的星期天、或是寄出回覆的星期一就過去，但是我不希望再次受邀參加「紅色鮮血、白色俄羅斯與藍色牛仔褲讀書會」。把前往書店的時間延後到星期三，就可以在不拒絕邀請的情況下，躲過一星期再度體驗那一晚的可能性。

這天晚上快十一點的時候，古斯的車仍舊沒有回來。我來回五次說服自己傳簡訊給他或不傳簡訊給他。最後我把手機放在邊桌的抽屜，關上燈，然後上床睡覺。

星期二我醒來時滿身大汗。我忘記設定鬧鐘，起床時太陽已經火力全開地從百葉窗穿透進來，以淡色的光線把我烤熱。時間應該已經接近十一點。我滑出厚重的羽絨被，又繼續躺了一分鐘。

我仍舊感到有些難受，然後又為自己感到難受而生氣。太愚蠢了。我是個成年女性。古斯明確對我說過他的做法，明確提過自己對於戀愛的看法，而他也沒有說過或做過任何事來暗示他改變了主意。我知道不論我偶爾對他有多著迷，我們之間的關係也只會是進入他的房間又出來的旋轉門。

或是我那臺超級土氣的汽車後座。

即使那天晚上有更進一步的發展，仍舊無法阻止他消失好幾天。只有一個方法能夠讓我在理論上擁有他，而當它結束，我就會像這樣好幾天都感到難受。

我必須把他從腦中驅逐。

我洗了冷水澡。或者至少，我淋了一秒鐘的冷水，在這一秒當中大聲咒罵，然後幾乎在跳離水柱的時候扭傷腳踝。書中的人物為什麼都有辦法洗冷水澡？我轉回熱水，然後在洗頭髮時發怒。

我不是對他生氣。我不可能對他生氣。我是為了自己走上這條路而憤怒。以前的我更懂事些。古斯不是雅各。像雅各那樣的男人喜歡的是雪球仗、在艾菲爾鐵塔上方親吻，以及在日出時到布魯克林大橋散步。像古斯那樣的男人喜歡的則是尖銳的嘲諷，以及在他們洗完後沒有摺起的衣物上隨興做愛。

或是在妳停在家庭設施的超級土氣的汽車裡。

——雖然我不敢說那不是我自己的主意。

當時很顯然是我主動去勾引他的。這不是我第一次用薔薇色的眼鏡去看事情，無中生有地賦予意義。

我太蠢了。在得知我爸做的事情之後，我應該更聰明點。我才剛剛開始恢復，卻跑去愛上肯定會證明我對戀愛關係的所有恐懼是正確的人。

我必須放棄。

我決定從寫作來尋求慰藉。一開始進行得很慢，每一個字都要努力不去想到古斯才能寫出來，不過過了一陣子我就抓到節奏，幾乎和昨天一樣強勁。

那個家庭馬戲團後來回到奧克拉荷馬，接近艾莉諾父親的祕密第二家庭居住的地方。一個星期——我決定這本書的主要部分會發生在馬戲團停留在奧克拉荷馬某某城鎮（塔爾薩？）的一個星期。寫作不同的時代帶給我全新的挑戰。我寫了許多提醒的字條，像是：「查出當時受歡迎的飲料是什麼」或是「加入符合史實的罵人方式」。

然而重要的是，我現在有了想法。

所有祕密都會浮到表面附近，幾乎被揭穿，但後來又被巧妙地壓下來。這是古斯的小說發展的方式，不是嗎？當我告訴他的時候，他會說這個故事有很好的循環性質。

（如果我有機會告訴他的話——）

我希望讀者為書中人物加油，祈禱艾莉諾找到的家人最後會說出事實，並遮住臉從指間窺視，擔心情況會發展為爆炸性的局面。我理解到需要讓某個角色拿槍，並且需要一觸即發的理由——當然是恐懼。我要為書中營造越來越大的衝突壓力。

我不斷增高衝突，卻在最後一刻把它搗毀，讓書中人物繼續前往下一個目的地。

艾莉諾的父親在家鄉時，曾向危險人物借錢——表面上這是他當初拋棄家庭、離開家鄉的理由。

那把槍會在艾莉諾的母親手上。讓她擁有戰鬥的武器顯然才公平。不過為了這把槍，她必須承擔創傷後壓力症候群。那把槍來自喜歡對自己雇用的女孩施加暴力的雇主。她必須繃緊神經，隨時準備攻擊，就像過去一年來的我。

就像在爸爸的謊言完全被揭穿之後，我希望媽媽成為的那樣子。

馬戲團在塔爾薩表演的第一天晚上，艾莉諾會愛上當地人，或者至少想像她自己愛上了對方。在這個星期當中，她會逐漸脫離她成長的生活環境，然而最後卻發現殘酷的事實：不論她有時如何鄙視這個世界，她仍舊只屬於這裡。

或者她也許會發現，她渴求的世界、她從馬戲團帳篷後方或鋼索上方觀看的世界、在她辛勤工作時溜走的世界，就如她所認識的世界般虛無縹緲。

那個男孩很快就會愛上其他人，就如愛上她的速度那麼快。

或者那個男孩會離開當地去念大學，或是去當兵。

或者他的雙親會發現他和艾莉諾在一起，勸他不要一時魯莽。

這本書會是一部反浪漫小說，而我完全有能力寫出它。

十五　過去

「作者本人到場了！」當我走入咖啡廳，皮特便喊。「妳要來一杯粉紅眼嗎？」

她的意思應該是「紅眼」（註20）吧。不論如何，我搖頭說：「妳還有什麼推薦的嗎？」

皮特想了一下，說：「綠茶對身體也很好。」

「好的，請給我一杯。」我的身體或許需要抗氧化劑，或是綠茶中任何「對身體很好」的成分。媽媽曾經告訴過我那是什麼，不過我喝綠茶的重點是取悅她，不是淨化自己的身體，所以並沒有記得很清楚。

皮特把塑膠杯遞給我。這回她讓我付錢。我不去理會內心的壓力。我的銀行帳戶還剩多少錢？距離我夾著尾巴回到此刻已經幻滅的童年的家，還要多少時間？

我提醒自己，家庭祕密.docx很快就會變成一本像樣的書，甚至連我都會感到好奇而想去閱讀。珊蒂蘿或許不會想要這本書，但一定會有人想要。

好吧，未必一定會有人想要，不過我希望會有人想要。

皮特脫下圍裙，帶我進入書店。

我說：「也許妳該買一件克拉克・肯特那種風衣，感覺比打蝴蝶結省去許多麻煩。」

「是啊，而且誰不想要向穿風衣的女孩點咖啡。」皮特說。

20　雞尾酒的一種，通常會加入啤酒與番茄汁調製。

「說得對。」

「那就開始吧。」皮特停在《啟示》的展示區。現在這裡只有一半的金字塔是用《啟示》堆砌，另一半則是由泡泡糖粉紅色、鮮黃色和天藍色的書組成。皮特眉開眼笑地說：「我覺得展示當地作家的書是很棒的點子。這一來可以展示我們北熊岸的文藝活動現況。妳覺得怎麼樣？對了，順便搬一疊過去吧。」皮特已經雙手捧了一大疊書到櫃檯。那裡有一卷「作者親筆簽名」貼紙和幾支麥克筆。

「太棒了。」我邊說邊拿著另一疊書跟隨她。

「那妳覺得埃佛列特怎麼樣？」她說。

「很棒。」我回答，並接受她塞到我手中的麥克筆。她開始把一本本書翻到書名頁，然後滑過來讓我簽名。

「聽起來，你們兩個好像常常在一起。」

我停止動作。「聽起來？」

皮特哈哈大笑，說：「妳也知道，那孩子很注重隱私，所以我必須從對話的前後文做很多推理。不過沒錯，從我得到的線索，你們兩個應該已經建立友誼關係。」

我試著隱藏內心的驚訝，問她：「你們常常聊天嗎？」

「他大概會接三分之一我打去的電話。當然我也知道，我打那麼多電話讓他幾乎抓狂，可是我會擔心。畢竟我們在這裡是彼此唯一的家人。」

「家人？」我抬頭看她，不再隱藏內心的驚訝。

她似乎也很驚訝，臉上的五官彷彿都往上挑起。她抓了抓後腦勺說：「我以為妳知道。我從來就不知道他覺得什麼是祕密、什麼不是。他在書中揭露了那麼多，就好像他即使剝下外皮走在時報廣場都不會覺得怎麼樣。當然了，那也許只是我把自己投射在他身上。我知道你們藝術家怎麼想。他堅持他寫的是虛構故事，所以我也應該當作虛構故事來讀他的書。」

我幾乎沒有在聽她說的話。我的表情很顯然也透露了這一點，因此皮特解釋：「我是他的阿姨。他的媽媽是我的妹妹。」

我感到一陣暈眩。整間店好像在搖晃。這不合理。這兩個半星期以來，我們幾乎隨時（雖然有些獨特）都在溝通，但古斯卻連他的生活中最基本的事實都沒有告訴我。

「可是妳稱呼他『埃佛列特』。」我說。「妳是他的阿姨，怎麼不稱呼他的名字？」

她有些困惑地凝視我片刻，然後說：「哦！那是從以前的習慣。他還小的時候，我當過他們足球隊的教練。我不能表現出偏心，所以就跟稱呼其他球員一樣，用姓來稱呼他，結果就變成習慣了。有一半的時間我忘了他有個名字。說真的，目前為止我已經向一半的鎮上居民介紹他是埃佛列特了。」

我覺得自己好像掉落了一個木製娃娃，卻看到多了六個掉在地上，然後才發現這是個俄羅斯娃娃。除了我認識的那個有趣、邋遢、性感的古斯之外，還有另一個古斯：會一連失蹤好幾天，小時候踢過足球，和他的阿姨住在同一座鎮上，關於他自己、他的家人、他的過去不曾多說過一句話，而我卻向他灑了葡萄酒、眼淚、還有我的內心話。

我低下頭，繼續默默地簽名。皮特不斷地把書滑過檯面給我，並且仔細地將簽好的書疊在我的另一邊。過了幾秒鐘，她說：「珍妮艾莉，希望妳對他有耐心一點。他真的很喜歡妳。」

我繼續簽名。「我想妳誤會了——」

「我沒有誤會。」她說。

我看著她熱烈的藍眼睛，承受她的注視。「他在妳搬進來的第一天就告訴我——雖然他沒有給妳留下很好的第一印象。這是他的老毛病。」

「我聽說過。」

「不過關於這一點，妳得原諒他。」皮特說。「自從分手之後，每逢生日就會讓他感到難受。」

「生日？」我重複一次並抬起頭。分手？——我心中想。

皮特看起來很驚訝，接著顯露出沒有自信的表情。「那個女人在這一天跟他分手。從那之後，每一年他的朋友馬爾坎就會幫他舉辦一場熱鬧的派對，讓他轉移注意力。當然了，古斯討厭派對，但是又不想讓馬爾坎覺得自己不開心，所以就乖乖參加派對。」

「等一下……」我說不出話來。這是某種玩笑嗎？皮特是不是今天早上起來之後想到：嗯，也許今天我應該用隨機但又撲朔迷離的順序，向珍妮艾莉揭露關於古斯的驚人片段資訊？

「那個女人在這一天跟他分手？」

「他沒有告訴妳，在妳搬進來那一天，他為了什麼事在憂慮嗎？」皮特說。「那我真的滿驚訝的。如果他告訴妳說他在煩惱自己離婚的事，就能說明他為什麼對妳那麼粗魯了。」

「離婚？」我感覺全身變得冰冷。「在煩惱……他的離婚？」

古斯離婚了。

古斯曾經結過婚。

皮特不自在地扭動身體。「我很驚訝他沒有告訴妳。他明明因為表現得太粗魯感到很愧疚。」

我的腦袋感覺好像陀螺在頭顱裡旋轉。這完全不合理。古斯不可能結過婚。他甚至沒有交往對象。整間店似乎在我周圍搖擺。

皮特說：「我不想要讓妳煩惱，只是覺得這或許能夠解釋——」

「沒關係。」我說，接著我又開始吐露心聲。我又覺得自己好像把一切壓得太久，以至於此刻無從拿捏要釋出多少。「也許我反應過度了。我只是……今年對我來說真的糟糕透頂。比方說，我一直覺得婚姻是很神聖的，就像是愛情的象徵，可以平安度過任何事情；我不願去想像某些不好的經驗讓人拿來當作詆毀整個概念的藉口。」

古斯詆毀這個概念，稱呼戀愛關係為施虐受虐狂，卻沒有跟我說他結過婚了。他幾乎要讓我覺得渴望或相信永恆愛情很蠢，只因為他自己的嘗試失敗了。他隱瞞了他曾經試過的事實。

但即使如此，我為什麼要在意他怎麼想？我不需要任何人相信或渴望我自己相信或渴望的東西。

歸根究柢，我憎恨的是他心中某個角落想必覺得我很蠢，竟然相信自己的父親成為反證的東西；除此之外，我也憎恨自己不願放棄，仍舊渴望自己一直想像的愛情。

另外我內心也有一小部分，甚至愚蠢地憎恨古斯偷偷愛上某個人、甚至跟她結婚，而和我短暫的親熱卻顯然足以讓他跑到南極，連一聲「再見」都沒有。

「我也不知道該怎麼說。」我搖頭。「妳懂嗎？」

「當然了。」皮特抓緊我的手臂說。

我總覺得她不論懂不懂都會這麼說。也許她覺得這就是我當時想要聽的。

十六　戶外家具

星期四中午，古斯回到他的廚房餐桌前，看起來與其說是「性感地衣衫不整」，不如說比較像是被一臺後擋板鬆弛的傾卸車拖著跑過。他對我微笑並揮手。我雖然感到心煩意亂，仍舊以手勢回應。

他潦草地寫下：抱歉，我這個星期失蹤了。

我真希望雲霄飛車繞過迴圈的零重力噁心感沒有因此消失。我環顧四周：我今天沒有把筆記本帶來。我進入臥室拿了筆記本，寫下沒什麼好道歉的，緩緩走回房間。我高高舉起筆記本。古斯的笑容有些動搖。他點點頭，然後把注意力移回他的筆記型電腦。

他回來之後，我比較難專心寫作，不過我盡了最大的努力。我差不多寫到這本書的四分之一，我必須保持這樣的進度。

五點左右，我（希望沒有很明顯地）看到古斯起身，並且在廚房中到處活動，看起來像是在準備餐點。當他弄好之後，他再度坐回電腦前。八點半左右，他抬頭看我，然後把頭歪向露臺。這是我們的暗號，幾乎算是邀請，接著我們就前往各自的露臺，而不會在晚上一起出遊。

現在這個動作看起來就像是明顯的隱喻——他在我們之間保留確實的鴻溝，而我則隨時準備每晚去見他。怪不得我會這麼困惑。他一直小心保持界線，而我卻一直忽略界線。我對這方面的處理很差，沒有準備好被完全無法給予愛情的對象吸引。

我搖頭拒絕古斯的邀請，然後又寫：抱歉，我有太多事要做。安亞一直在糾纏我。

古斯點頭表示理解，站起來說「如果妳改變主意……」之類的話，然後消失片刻，又重新出現在他的露臺。

他走到露臺最遠的一角，靠著扶手。微風吹拂他的襯衫，讓他的左邊袖子往上翻向他的後臂。我一開始以為他有新的刺青——很大的黑色圓圈，裡面是實心的——但接著我才發現那正是他的莫比烏斯環刺青原本所在的地方，只是和我上次看到時相較，已經被完全塗掉了。他在外面待到夕陽西下，深藍色的夜幕籠罩在萬物上，螢火蟲開始出現在他周圍，一百萬顆小小的黑夜之光被一隻宇宙之手打開。

他回頭瞥了一眼我的露臺的門，我則緊盯著螢幕，用鍵盤打「假裝很忙，專注工作」，完成這幅幻景。

事實上，我已經面對電腦十二個小時，只打了一千個字，不過我卻在瀏覽器上打開了十四個分頁，包括兩個臉書分頁。

我必須要走出屋子。當古斯再度轉向其他方向，我偷偷從餐桌溜到門廊。空氣中的濕氣很重，但並沒有不舒服的熱度。我坐在柳條長椅上，眺望街道對面的房子。由於湖泊在古斯和我的屋子面對的街道後方，因此我之前並沒有花很多時間在這裡，不過對面的小屋和小別墅都色彩繽紛很可愛，每一家的門廊都有自己的戶外家具主題，不過沒有一套像松雅挑選的這麼舒適而兼容並蓄。

要不是我對這些家具有不好的聯想，我會為了必須賣掉它們而感到傷心，不過我想現在就是最好的時機。現在解決，今後就少一件事情要擔心了。我站起來打開門廊的燈，拍下每一件家具，另外也拍了整套家具，然後用手機打開分類廣告網站。

我注視網頁片刻，然後關掉瀏覽器，打開email。我仍舊可以看到松雅上一則訊息的粗體字。我沒有刪掉訊息，不過我也不想要去讀它。我打開新郵件，以她為收件人。

主旨：門廊家具。

嗨。

我正在著手整理屋裡的東西。妳想要門廊上的這些家具嗎？或者希望我賣掉它們？

我試了三種簽名檔，但是感覺都不太對。最後我決定只用一個J。我按下傳送。這樣就行了。我今天要做的情緒勞動到此為止。於是我洗了臉，刷了牙，然後上床看《偵探小天后》直到日出。

星期五，敲門的聲音來得比我預期的早了幾個小時。時間是下午兩點半。由於我在早上五點才睡著，因此才起床幾個小時而已。

我從沙發拿了睡袍，披在我的衣服（從雅各偷來的短褲和我穿舊的大衛鮑伊T恤，而且沒穿胸罩）上。我拉開遮蔽門上窗戶的亞麻窗簾，看到古斯在門廊踱步。他的雙手扣在腦後，把頭往下拉，彷彿在伸展脖子一般。

當我打開門，他便停下腳步，張大眼睛，轉身朝向我。

「發生什麼事了？」我問。在這個片刻，從他的表情由困惑轉為驚訝的模樣，我看到他與皮特的基因重疊的部分。

古斯快速搖頭說：「戴夫在這裡。」

「戴夫？你是指……那個戴夫？橄欖園的戴夫？」

「當然不是溫蒂漢堡創始者的戴夫。」古斯回答。「他不久前打電話給我說，他來到鎮上。我猜他是一時衝動開車過來——他現在在我家裡。妳可以過來嗎？」

「現在？」我呆呆地問。

「沒錯，珍妮艾莉！現在！因為他現在就在我家！」

「好啦。」我說。「讓我先換好衣服。」

我關上門，跑回臥室。我這個星期的洗衣進度落後，唯一乾淨的衣物是愚蠢的黑色禮服，所以我當然就穿上髒T恤和牛仔褲。

古斯的門沒有鎖，因此我想也沒想就自己進去。當我踏入屋內才想起，我們成為朋友將近一個月，我才終於踏入第一晚曾經好奇窺視的屋子。我擠入擺了太多書的深色書架之間，屋內瀰漫著古斯燻香的氣味。這個空間帶有生活氣息——書本打開放在餐桌上，信件堆在選集與文學雜誌上，四處都有墊著杯墊的馬克杯——不過相較於他平常的懶散程度，屋裡可以算是相當整齊。

「珍妮艾莉？我們在這裡。」直接轉向廚房的狹窄走廊似乎吞沒他的聲音。

我跟隨他的聲音，彷彿那是通往某個奇幻地點或陷阱的麵包屑。

我來到廚房停下來。這間廚房和我的廚房剛好形成倒影：左邊是吃早餐的角落，我經常看到古斯坐在後方的餐桌被推到窗邊；工作檯和櫥櫃則在右邊。古斯從隔壁房間對我揮手。那是一間小小的辦公室。

我想要慢慢檢視這間充滿祕密的屋子每一個角落，但古斯以專注的眼神注視著我，彷彿能夠讀出我心中的想法，因此我匆匆進入辦公室。一張北歐極簡風格、線條俐落的桌子被推到後方的窗邊，上面沒有任何雜物。

古斯房屋的露檯面對樹林，不過在屋子最右邊的地方樹林消失，可以不受阻礙地看到湖岸。銀白的光線透過雲層照射在浪頂，就像打水漂一樣。

戴夫穿了一件紅色T恤，頭上戴著後面是網狀的帽子。他的眼睛下方有眼袋，使他看起來像一隻想睡覺的聖伯納犬。當我進入房間，他脫下帽子站起來，但並沒有伸出手，讓我有種誤闖入珍・奧斯汀小說中的感覺。

「嗨，我叫珍妮艾莉。」我說。

「幸會。」戴夫點頭回應。室內有一張辦公椅（背對書桌，好讓古斯可以面對整間小房間）、推到角落的扶手椅（戴夫站起來後就離開這張椅子）、以及顯然是古斯特地為這個場合搬來的廚房椅子。戴夫重新坐在這張椅子上，用手勢請我坐在扶手椅。

「謝謝。」我坐下來，把自己置入三張椅子形成的三角形。「另外也謝謝你願意和我們談話。」

戴夫把帽子戴回頭上，焦慮地轉動帽簷。「我之前沒有準備好。很抱歉我沒過去，浪費你們兩個的時間。我感到很愧疚。」

「你不用感到愧疚。」古斯向他保證。「我們知道這是很敏感的話題。」

戴夫點頭。「還有我的清醒程度──我希望我能控制自己。我那天晚上去了一場戒酒互助會──我們約在橄欖園的時間，我去了那裡。」

「我完全能夠理解。」古斯說。「這只是一本書，而你是一個活生生的人。」

只是一本書。我沒想到這句話會從古斯口中說出來。認定有快樂結局的書都在騙人、狂熱信仰文學的古斯，竟然會說出「只是一本書」這種話。為了某種理由，我感到有些崩潰。

古斯結過婚。

他注意到我在看他。我把視線移開。

「就是這一點。」戴夫說。「這是一本書。藉由這個機會，我希望能夠說出這個故事，幫助像我這樣的人。」

古斯的嘴角不自在地抬起來。我還沒有讀我那本《啟示》（我擔心讀這本書會減少或加劇我對他的著迷），不過從古斯說過的話，我知道他並不是為了拯救生命而寫作，而是為了了解是什麼毀了這些生命。

他這次要寫的浪漫喜劇或許不同，但是我無法想像他能利用戴夫說的任何內容，寫出浪漫邂逅或幸福快樂結局的故事。這次訪談的內容會更適合他下一本文學大作。

話說回來，我們談的是古斯。當這次計畫剛剛開始時，我原本以為我會寫出垃圾，只能模仿我看過別人寫的作品；不過事實上，我的新作品就如我寫過的其他作品，屬於典型的我。或許古斯的浪漫喜劇中，也可以用類似新伊甸的地方作為背景，在親吻與愛情表白之間發生種種可怕的事件。

或許他會在一本關於邪教的書中，給書中角色他們應得的快樂結局。

或者也許戴夫找錯了人。

古斯對他說：「這本書會忠於現實，但是寫的不是新伊甸，也不是你。我會希望書中的地點、人物是讀者能夠想像真實存在的。」他停下來思索，又說：「如果我們幸運的話，或許可以幫到人。他們會覺得自己得到認知與理解，覺得自己的故事獲得重視。」

古斯瞥了我一眼，快速到我幾乎沒注意到。我意識到他是在引用我們做約定的那天晚上我說的話，不禁感到七上八下。我不認為他是在嘲笑我。我相信他是認真的。

古斯專注地看著戴夫，繼續說：「可是即使幫不到其他人，光是知道自己說出了這個故事，或許也能夠幫到你。」

戴夫拉扯著從牛仔褲膝蓋的破洞跑出來的線，說：「我知道。我只是想要確定我媽能夠理解。她仍舊感到很痛苦，覺得自己當時或許可以說服我爸不要留下來，跟我們一起離開。她覺得那樣的話，我爸還會活著。」

古斯問：「你呢？」

戴夫皺起嘴脣，然後說：「奧古斯都，你相信命運嗎？」

古斯聽到自己的全名，勉強不動聲色。「我認為某些事情是……不可避免的。」

戴夫倒向前方，抓著自己的帽簷。「我小時候會夢遊。那是很糟糕的習慣，真的很可怕。有一次，我們還沒去新伊甸的時候，我媽發現我站在我們公寓的游泳池旁邊，手裡拿著奶油刀，身上沒穿衣服。平常我甚至不會裸著睡覺。

「我們加入新伊甸的兩個星期前，我跟我媽到公園，突然遭遇暴風雨。她喜歡雨，所以我們在外面待得太久，雷聲開始大作。聲音很大，很可怕。於是我們拔腿跑回家。公園周圍有鐵絲網圍欄。當我們來到圍欄前方，我媽對我大叫，要我等一下。她不是很懂閃電的原理，不過她不放心讓她六歲的兒子一把抓住金屬。她用自己的襯衫包住手，替我打開圍欄的門。

「我們回到家，在踏上大門階梯時，事情發生了：宛若巨大斧頭的爆裂聲劈向大地。老實說，我還以為太陽撞上地球了。當時的光線就是那麼強烈。」

古斯問：「什麼光線？」

「劈向我的閃電。」戴夫說。「奧古斯都，我們原本不是虔誠的教徒，尤其我爸更不是，可是那件事嚇到我媽。她決定要做出改變。我們下一個星期就去上教堂——那是她找到最嚴格的教會。在我們走出教堂的時候，有人給她一份宣傳單，上面寫著『新伊甸——上帝邀你重新開始。你願意回應嗎？』」

古斯一邊記筆記一邊點頭，然後問：「所以她覺得那是神蹟？」

戴夫說：「她覺得上帝救了我的性命，為的是引起她的注意。過了一個星期，我們就搬到營地。我爸也贊成。他雖然不相信，但是他認為小孩子的『心靈教育』是母親的責任。我不知道他是怎麼了，是什麼改變了他的想法，總之在接下來的兩年當中，他變得比媽媽還要投入。後來有一天晚上，媽媽在我們的拖車醒來，心中有不好的預感。外面是狂風暴雨。她探頭窺視我睡覺的客廳，發現摺疊床上沒人，只有堆成一團的毛毯。

「她想要叫醒我爸，可是他睡得很熟，於是她就走到外面的暴風雨中，發現我全身赤裸站在樹林裡，閃電落在我的周圍，就像煙火一樣。你們知道接下來發生什麼事嗎？」

戴夫看著我，停頓一下。「閃電擊中拖車，整臺車都燒起來。那是新伊甸的第一次火災。那次並沒有很嚴重，不像後來害死我爸的那場大火。他們在火勢造成更大傷害之前撲滅了那場火災，不過我媽隔天就帶我離開那裡。」

「她覺得那是另一個徵兆？」古斯向他確認。

「事情是這樣的。」戴夫說。「我媽相信命運，相信神意，相信上帝之手，但是她仍舊會為了發生在爸爸的事而責備自己。是她把我們帶到那裡，也是她把我帶離那裡。她沒有告訴爸爸，是因為她知道我爸陷入太深。我爸不只是會拒絕離開，還會為我們贖罪。」

「贖罪？」我問。

「這是術語。」戴夫解釋。「指的是替其他人告解。他們不希望我們覺得這是告密、是監視自己的鄰居，所以稱之為『贖罪』。這是無私的自我犧牲，不惜破壞自己與他人的關係，也要從罪惡中拯救他們。我媽內心深處明白，如果她告訴我爸說她想要離開，我們都會遭受懲罰。她會至少被囚禁兩個星期。我會被打，然後被迫加入其他家庭，直到『她搖擺的信仰恢復堅定』。他們說他們不喜歡暴力，說他們是出於愛而犧牲自己來懲戒我們，不過你看得出那些喜歡暴力的人。

「我媽完全明白。不論是不是命運，我媽看到了未來。她沒辦法救我爸，但是她盡一切可能救了我。」

古斯沒有說話，顯得若有所思。陷入沉思的他突然顯得更年輕也更柔和一些。我感到心底湧起怒火。我心想：為什麼沒有人救你？為什麼沒有人在半夜抱起你，帶你離開？

我知道事情很複雜，其中一定有某種理由，可是我仍舊為此感到心痛。這不是我會為他寫的故事。絕對不是。

戴夫離去後，古斯在他身後輕輕關上門，然後轉向我。我們經過這場四小時的訪談都筋疲力竭，有一陣子沒說話，只是看著彼此。

古斯靠向門，終於開口說：「嗨。」

「嗨。」我也回應。

他的嘴角泛起一絲微笑。「很高興看到妳。」

「嗯。」我移動雙腳的重心。「我也很高興看到你。」

他挺直身體，走向角落的胡桃木櫥櫃，從下方拿出兩個水晶高球杯，放在排列整齊的深色烈酒瓶旁邊。「想要喝一杯嗎？」

我當然想要喝酒。我剛剛聽了一個小孩為了假想的罪惡挨打的悲慘故事。除此之外，在我們上次親吻之後，我首度和古斯獨處。即使在房間的另一端，屋內的熱度感覺像是取代了我們之間的緊張，取代了我今天內心被激起的痛苦雜亂感情。我為了那些崩壞的父母親憤怒，但想到他們內心一定也像小孩一樣感覺無助、不知道如何做出正確決定、害怕做出錯誤決定，我又感到心痛；我為戴夫與他的經歷感到難過，為我媽感到悲傷——我知道她失去我爸有多孤單；不過即使在這些情感當中，和古斯待在同一間房間仍舊讓我感到溫暖與沉重，彷彿即使他在房間另一端，仍舊構成物理性的力量壓向我。

我聽到冰塊撞擊玻璃的輕柔聲音。（他把冰塊裝在桶子裡，跟他的酒放在同一個盤子上？真像有錢的康乃狄克州人。）

我想要得到關於皮特、關於古斯雙親以及他的婚姻的答案，但是這些必須等對方主動提起，而古斯並沒有提及。他甚至沒有讓我進他的屋子裡，直到他的一個採訪對象不告而來。他雖然也沒有到過我的屋子，不過我的屋子不是我的一部分，甚至也不能算是我的——只是包袱而已。古斯的屋子則是他的家。

而戴夫比我更早進入他的屋裡。

古斯接著轉向我，眉頭深鎖。

「你原本有刺青。」這是我在兩人沉默太久之後，第一個想到要說的話。

他注視自己的手臂。「的確。」

就這樣而已，沒有解釋，沒有說明自己去了哪裡。他歡迎我坐在這裡，和他一起喝杯酒，聊書本和女生嘔吐在他後腦勺的無聊往事，可是就只有這樣。

我感到心情沉到谷底。在我知道更多之後，我想要的不是這個。如果我想要輕鬆、表面的閒聊和禁忌話題，我可以打電話給我媽。對於古斯，我想要得到更多。這就是我。

「妳要喝蘇格蘭威士忌嗎？」古斯問。

「我今天的進度沒有很多。我應該回去繼續工作才行。」

「也對。」他開始緩慢而心不在焉地點頭。「也對，好吧，明天見。」

「明天見。」我說。

這一回我開始害怕安排我們的星期六夜晚。他把杯子留在餐具櫃，走過來替我打開門。我踏到門廊上，聽到他呼喚我的名字便停下腳步。當我回頭時，看到他把左邊的太陽穴靠在門柱上。

他總是靠著某樣東西，彷彿連一兩秒鐘都無法承擔自己直立的重量。他會懶洋洋地倚靠著，伸展四肢躺著，駝著背或是往後仰。他永遠不會單純地站著或坐著。在大學時，我以為他懶得去做寫作以外的任何事情，現在我則懷疑他只是很累，被生命打擊到垂頭喪氣，讓他整個人都縮起來，不讓人接近他柔軟的核心——那個夢想著要搭火車逃亡、然後住在紅杉樹枝上的小孩。

「怎樣？」我問。

「很高興看到妳。」他說。

「你已經說過了。」

「嗯，我的確說過了。」他回應。

我勉強擠出笑容，壓抑內心的激動。笑容和激動對我來說都不夠。我已經受夠了祕密和謊言，不論如何漂亮都一樣。「晚安，古斯。」

十七　跳舞

今晚要穿晚禮服嗎？古斯在星期六中午這樣寫。

每當我想到要和他一起待在車中，心中就升起不安；不過我從上星期六就在計畫今晚，而且我並不打算退出我們之間的交易。幾個月以來，我終於首度能夠寫作，我不會輕易放棄。我寫下回覆：喔，當然了。

古斯問：妳是說真的？

我寫下：不是。你有牛仔靴嗎？

古斯寫：妳在想什麼？從妳對我所知的一切，妳可以大膽猜猜看我有沒有牛仔靴。

我盯著空白的紙頁，然後放手一搏：你是個有很多祕密的男人。也許你有一整個櫃子的牛仔帽。如果你有的話，戴一頂吧。晚上六點見。

當古斯在這天晚上來到我的門口，他穿著平常的衣服，加上皺皺的黑色襯衫。他的頭髮從前額往上梳，顯然是他在寫作時焦慮地用手往上撥的結果。「沒有帽子？」我問。

「沒有帽子。」他從背後伸出另一隻手。他拿著兩個酒瓶。這是那種薄薄的可折式瓶子，可以藏在衣服裡面。「不過我帶了這個，以防妳要帶我去德州教會的禮拜。」

我蹲在前門，套上我的繡花短靴。「你再度展現自己比你之前假裝的更懂浪漫。」

即使在我說這句話的時候，我也感到胃裡一陣絞痛。

古斯結過婚。

古斯離婚了。

這是他之所以堅信愛情不會持久的理由，可是他卻沒有告訴我這些關鍵細節，因為他並沒有真正讓我踏入他的心扉。

就算我的評語讓他想到這一點，他也沒有表露出來。他說：「我希望妳知道，如果我今晚的某一刻必須戴上牛仔帽，我大概會死掉。」

「你對牛仔帽過敏。」我抓起餐桌上的鑰匙。「我知道了。走吧。」

這場約會一定會很完美——如果這是約會的話。

黑貓酒館的停車場相當擁擠，裝潢表面粗糙的室內也擠滿了人。「好多法蘭絨服飾。」

當我們擠進去的時候，古斯若有所思地說。

「不然你以為排舞之夜會是什麼樣子？」

古斯僵住了，問我：「妳不會是在開玩笑吧？」我搖頭，他又說：「我一再做過同樣的惡夢，現在才知道原來那是預兆。」

在類似穀倉的房間前方的低矮舞臺上，樂團再度開始演奏，在我們左邊有一群人經過，把我推向古斯。他抓住我的肋骨附近，把我扶好，那群人則繼續湧向舞群。「妳還好嗎？」他在音樂中對我大喊，雙手仍舊放在我的肋骨處。

我的臉變得很燙，內心違反我的意願感到緊張。「很好。」

他湊得很近，好讓我聽見：「這裡對於像妳這種尺寸的人來說太危險了，也許我們應該離開……到別的地方。」

當他稍稍退開看我的臉，我露出笑容對他搖頭。「不行。這堂課還要等十分鐘才會開始。」

他的雙手從我身上滑開，在我的肌膚上留下悸動的點。「我猜我安全度過了梅格萊恩。」「勉強度過。」我嘲諷他，接著當片段回憶烙印在我腦中，我的臉就變紅了。我想到古斯的嘴輕觸我的嘴脣，讓我張開嘴；古斯的牙齒在我的鎖骨上；古斯的雙手抓緊我的腰，大拇指擦過骨頭突出的部位。

這一刻在我們之間拉長——或者應該說，這一刻在我們之間變得緊繃，而由於我們並沒有靠近，因此氣氛更加緊張。歌聲開始減弱，接著一名瘦瘦高高、有一張馬臉的男人拿著麥克風跳到舞臺上，邀請新客人到舞池中迎接下一首歌。

我抓著古斯的手腕，穿過人群來到舞池。這一回，他的臉頰變紅了，額頭上顯露出憂慮的皺紋。「光憑這件事，妳就應該把我寫進妳的遺囑。」他說。

「你應該不會想要在指導期間說話。」我回答他，把頭歪向馬臉男人。他正在請人群中的志願者示範關鍵動作，同時以拍賣商的速度說話。「我猜這傢伙應該不會重複太多次。」

「珍妮艾莉，別忘了妳的遺囑。」古斯低聲銳利地說。

「給古斯・埃佛列特，一整個櫃子的牛仔帽。」我低聲回應他。

他發出像油炸般爆裂的笑聲。我想到那天晚上在我耳邊的笑聲。當我們在地下室跳舞時，我們沒有說任何話，不過他在我耳邊發出笑聲，而我明白（或者至少懷疑），那是因為他隱約意識到我們應該為了如此親熱而感到害臊。我們應該感到害臊，但那天晚上有更多迫切的情感。就像在汽車電影院的時候。

我感到肚子熱熱的，努力壓抑這個想法。

舞臺上的小提琴聲響起，所有人很快就隨著樂聲跳動。專家湧入舞池，填滿焦慮等待的新手之間的間隔，而我們兩人至少就占了新手的百分之二十。古斯推擠到我身邊，緊緊依附著穿過那道雙開鐵門之後就成為安全毯的我。主持人透過麥克風大喊：「大家準備好了嗎？開始吧！」

在他的第一聲指令之下，群眾擠到右邊，夾帶著我和古斯。當眾多靴子和高跟鞋倒轉方向的時候，古斯抓住我的手，把我拉離一個正在執行藤步（雖然比較像是重重踩在我的腳上）的男人。我發出尖叫。

音樂沒有歌詞，只聽見主持人奇特而帶有叫賣節奏的指示，以及鞋子拖在地面上的聲音。古斯在應該後退的時候前進，撞到一名噴了大量髮膠的金髮女郎，引來對方凶狠的瞪視，讓我哈哈大笑。「抱歉！」他在音樂中大喊，舉起雙手表示投降，然而當群眾再度轉換方向，他的雙手碰到那名女子粉紅蕾絲覆蓋的胸部。

「哦，老天爺！」他邊說邊踉蹌後退。「很抱歉，我——」

「老天爺跟這件事無關！」女人雙手插腰，怒聲回應。

「很抱歉。」我抓著古斯的手替他求情。「他在外面老是闖禍。」

「我？」古斯半笑著喊。「是妳把我撞向——」

我拉著他穿過群眾，來到舞池的另一端。當我回頭看時，那個女人正隨著流行樂曲跳舞，臉色像大理石棺般冰冷。

「我應該把我的電話號碼給她嗎？」古斯把嘴巴湊近我耳邊，嘻笑著問。

「我想她應該會比較想要你的保險卡。」

「或是逼真的犯人素描。」

「或是鐵撬。」我回擊。

「好吧。」古斯展開笑容，發出笑聲。「妳說夠了。妳只是想要找不跳舞的藉口而已。」

「我在找藉口？」我說。「你去摸那個女人的胸部，就是要讓我們被趕到這裡。」

「才不是。」他搖頭並抓起我的手臂，笨拙地拉著我，重新跟隨眾人的舞步。「我打算長期從事這項活動。妳最好永遠空下妳的星期六時間表。」

我笑著隨著他跳舞，但我的內心卻劇烈起伏。我並不想要產生這樣的感覺。當我從頭到尾思考這個局面，猜測它的結果，就不再覺得有趣——我會喜歡上他而感到嫉妒，而他和我分享的生活內容則跟和美髮師分享的沒什麼兩樣。

可是他又會說「妳最好永遠空下妳的星期六時間表」之類的話。他會攬著我的腰，避免撞上因為太專注跳舞而沒有注意到的支撐梁。他會笑著讓我邊轉圈圈邊進入他懷裡，然後讓我不斷旋轉，而其餘群眾則踏著大幅的舞步後退，大拇指勾在真實或想像的皮帶環。

這是我不曾見過的古斯（是踢足球的古斯？或是會接阿姨打來的三分之一電話的古斯？還是曾經結婚與離婚的古斯？），而我不知道該如何應付這個突然出現的古斯。

他心中再度產生了某種變化，而他（不管是否刻意）正展示出來。他顯得比過去更輕鬆，較不疲倦，快活而撩人。在經歷過去一個星期之後，這樣的他只會讓我更感到挫折。

他說：「我們得喝一杯。」

「好啊。」我同意。也許喝一杯可以帶走我心中怪異的不自在感覺。我們回到酒吧。他把一堆仍舊帶殼的花生挪開，點了兩杯雙倍威士忌。「來敬酒吧。」他舉起他的杯子說。

「敬什麼？」我問。

他露出得意的笑容。「敬妳的幸福快樂結局。」

我以為我們是朋友，以為他尊重我，而此刻我卻覺得他又開始稱呼我為精靈公主，嘲笑我天真愚蠢的世界觀，像藏起祕密撲克牌般隱瞞他的破碎婚姻，並藉此再度證明自己懂得比我更多。我的肚子裡點燃強烈的怒火，沒有去碰他舉起的杯子，仰頭把自己的威士忌一飲而盡。古斯似乎以為我只是疏忽。他仍舊在喝他的威士忌，我就回到舞池。

我必須承認，憤怒地跳排舞是一件格外可笑的事，但是這一點都不能阻止我這麼做。我們又跳完兩首曲子，喝了兩杯烈酒。

當我們回去跳第四支舞（這是一支較複雜的舞蹈，適合資深的舞者，而主持人便趁這個機會去上廁所並休息聲帶），雖然我們還沒有喝醉，但卻完全跟不上舞步。在向右轉兩圈的過程中，我的腳絆到凹凸不平的地板，古斯抓住我的腰避免我跌倒。當他看到我的臉，他的笑容消失了。他（理所當然地）靠在支撐梁（我先前的敵人），攬著我的腰把我拉向他。他的手隔著牛仔褲，讓我的肌膚發燙。我試圖在他這樣摟著我的時候保持腦袋清醒。「嗨。」

他低聲說話，把嘴湊向我耳邊，好讓我在音樂中聽見他的聲音。「有什麼問題嗎？」

問題在於他用大拇指在我的腰際畫圈圈，他帶有威士忌味的氣息吹到我的嘴角，而這樣的舉動對我造成的效果讓我感到很蠢。我太天真了。

我一直相信自己的雙親，也從來沒有察覺到自己和雅各之間有失落的拼圖，而我現在又開始喜歡上極力勸我別愛上他的對象。

我往後退離開他，想要說「我想回家」或「我有點不舒服」。

可是我從來就不擅長隱藏內心想法——尤其是過去這一年以來。

我沒有說任何話，只是奔向門。

我衝到停車場冰涼的空氣中，直接前往我的 Kia 汽車。我可以聽到古斯追著我，喊我的名字，但是我實在是太尷尬、失望，外加其他不知名的情感，以至於無法回頭。

「珍妮艾莉？」古斯再度呼喚，並跑向我。

「我沒事。」我把手插入口袋尋找鑰匙。「我只是——我想要回家。我不是——我並沒有……」我的聲音逐漸減弱，笨拙地試圖將鑰匙插入鎖中。

「我們必須等醒酒之後才能去別的地方。」他提醒我。

「那我就坐在車上等酒醒。」我的雙手顫抖，鑰匙再度滑過鎖。

「讓我來吧。」古斯從我手中拿了鑰匙，插入鎖裡，打開駕駛座的車門鎖，但是他並沒有走開讓我打開門。

「謝謝。」我說話時沒有看他。

當他伸手摸我的臉、把我的頭髮從臉頰撥開時，我縮起脖子。他把頭髮塞到我的耳朵後方。「不管有什麼事，妳可以跟我說。」

此刻我抬頭看他，不理會撲通撲通的心跳，注視他的眼睛。「為什麼？」

他挑起眉毛。「什麼為什麼？」

「為什麼你要說，我可以告訴你？」我說。「為什麼我要告訴你任何事情？」

他噘起嘴巴，下巴的肌肉隆起。「什麼意思？我做了什麼嗎？」

「沒有。」我轉向汽車，但古斯的身體仍舊擋住門。「讓開，古斯。」

「這樣不公平。」他說。「妳對我發脾氣，可是我卻連嘗試彌補都不行嗎？我到底做了什麼——」

「我沒有對你發脾氣。」我說。

「妳有。」他爭辯。我再度嘗試打開門。這回他移到旁邊，讓我開門。「拜託，珍妮艾莉，告訴我吧。」

「我沒有發脾氣。」我堅持這一點，聲音岌岌可危地顫抖。「我沒有對你發脾氣。我們甚至沒有熟到可以發脾氣。我只是你認識的熟人，甚至也不算是朋友。」

他的眉間出現兩條溝，嘴脣變得扭曲。「拜託，別這樣。」他幾乎上氣不接下氣地說。

「別哪樣？」我質問他。

他張開雙臂說：「我不知道！不論是怎麼了，別這樣。」

「你以為我多蠢？」

「妳在說什麼？」他問。

「我猜我不應該因為你什麼都不告訴我而驚訝。」我說。「反正你也不尊重我或是我的意見。」

「我當然尊重妳。」

「我知道你結過婚。」我脫口而出。「我知道你結過婚，然後在自己的生日分手。你不只沒有告訴我這些，還聽我傾訴我為什麼做這樣的工作、它對我有什麼意義，還有——還有談到我爸和他做的事——而你卻高高在上地在那裡——」

古斯發出惱怒的笑聲。「高高在上？」

「——覺得我既愚蠢又天真——」

「我當然沒有——」

「——隱藏你失敗的婚姻、還有關於你的生活的所有事情，好讓你能夠鄙視所有像我這樣迂腐的人，仍舊相信——」

「別說了。」他厲聲說。

「——而你卻——」

「別說了！」他從我面前退開，走過車身長度的距離，然後轉身以憤怒的表情說：「珍妮艾莉，妳不了解我。」

我冷漠地笑了。「我也知道。」

「不。」他搖頭，衝回我面前，停在距離不到六英寸的地方。「妳以為我的婚姻對我來說是玩笑嗎？我的婚姻維持兩年。兩年後，我太太為了我們婚禮上的伴郎離開我。這樣算不算迂腐？就連某些金魚都能活得更久。我甚至不想要離婚，即使在她外遇之後，我還是想要和她在一起。不過妳知道嗎？幸福快樂的結局不會發生在所有人身上。妳沒辦法讓某個人一直愛自己。

「信不信由妳，我跟妳坐著聊天好幾個小時，不是為了偷偷在心裡評斷妳。如果說我要花一陣時間才能告訴妳，『嗨，我老婆跟我的大學室友跑了』，那也不是因為妳的關係，好嗎？也許是因為我並不想要大聲說出那句話。想想看，妳媽並沒有在妳爸對她不忠之後離開他，我媽也沒有在我爸打斷我的手臂之後離開他，可是我卻沒辦法讓我太太留下來。」

我的心情沉到谷底。我感覺喉嚨縮緊，胸口感到刺痛。這一切突然都變得合理：猶豫、迴避話題、不信任人、害怕承諾。

沒有人選擇古斯。從他還是個小孩子的時候，就沒有人選擇他，而他為此感到羞恥，彷彿那正是他的本質。我想要告訴他，那不是他的本質——不是因為他有問題，而是因為其他人有問題。然而我無法說出任何話，只能盯著他筋疲力竭地站在那裡、胸膛隨著沉重的呼吸起伏，內心為他感到難過，並且怨恨這個世界對他如此過分。

在此時此刻，我已經不在意他為什麼消失，或他去了哪裡。

他揉著自己的前額，眼中的光芒消失，下巴也失去力量。

我有千言萬語想要對他說出來，但卻只說出：「派克？」

他再度抬頭，目瞪口呆地問：「什麼？」

我低聲說：「你說的大學室友，是指派克嗎？」

古斯閉上嘴巴，下巴周圍的肌肉隆起。「沒錯，派克。」他勉強擠出聲音。

派克是個穿著古怪的藝術系學生，左眉毛幾乎拔光，有一雙漂亮的藍色眼珠及古怪可笑的特質。我跟朋友會想像，他這種特質在做愛時會讓他變得很像興奮的黃金獵犬；而我們也相當確信他常常做愛。

古斯並沒有看著我。他又在揉額頭，看起來就像三十秒鐘前的我，沮喪而尷尬。

「在你的生日……真是個混蛋。」

我並沒有發覺到自己說出口，直到他回答：「我得說，她並不是故意選在那天。」他把視線移開，茫然盯著停車場。「是我設法從她口中問出來的。我知道有哪裡不對勁，然後……總之就是這樣。」

仍舊是個混蛋。我心想。我搖搖頭，不知道自己還能說什麼。我走向前伸出雙臂擁抱他，把臉貼在他的脖子上，感受他深沉的呼吸。過了片刻，他也伸手抱住我。我們站在剛好不會被停車場孤單的泛光燈照射的地方，彼此擁抱。

「我很遺憾。」我低聲朝著他的肌膚說。「她應該要選擇你的。」這是我的真心話——即使我不確定我說的「她」是指誰。

他的雙手繞到我的背後，嘴巴和鼻子貼在我的頭頂。屋內傳來克羅斯比、史提爾斯、納許與尼爾・楊哀傷的翻唱歌曲，吉他撥弦聲聽起來好似在哭泣。古斯輕輕搖著我。我對他說：「我想要了解你。」

「我也想要了解妳。」他朝著我的頭髮低聲說。我們繼續站在那裡好一陣子，直到他再度開口：「時間很晚了。我們得進去喝杯咖啡才能回家。」

我並不想要回家。我不想要離開古斯，但還是說：「當然了。」

他緩緩退開，一隻手滑到我的喉嚨，停留在脖子和肩膀之間的彎曲部位，粗糙的大拇指抵在我的鎖骨邊緣。他再度搖頭。「我從來就不覺得妳很笨。」

我點頭。我不知道該說什麼。即使我知道，我也不確定說出來的聲音會像此刻的血液般沙啞沉重，或是像此刻的胃部般顫抖高亢。

古斯的視線朝下看我的嘴巴，然後又抬起來看我的眼睛。「我以為——我覺得，相信愛情是很勇敢的。我是指那種持久的愛情。即使知道有可能傷害自己，還是去嘗試，真的很勇敢。」

「你呢？」

「我怎麼樣？」他低聲問。

我需要清喉嚨，但是我沒有這麼做，以免讓我的想法、我的感受變得太明顯。「你不覺得你會再度嘗試嗎？」

古斯往後退，鞋子在碎石上發出摩擦聲。「重點不在於我相不相信行得通。」他說。「不相信某樣東西，並不能阻止一個人想要得到那樣東西——如果不夠謹慎的話。」

他的視線傳遞熱度到我身上。當他終於轉身朝向酒吧，寒冷的空氣再度刺痛我的肌膚。「來吧。」他說。「我們去買咖啡。」

謹慎。當我面對古斯時，這是我所缺乏的。
一個好例子，就是我隔天早晨宿醉。
我醒來時收到的第一則訊息來自他。
上面只寫著：喔。

十八　前任

我們再也不會在晚上待在各自的露臺。星期天，古斯到我家，看起來就好像穿過垃圾壓縮機的途中被吐出來。我感覺自己至少也跟他的模樣一樣糟。

我們把放在露臺上的躺椅攤開，躺在上面，頭上放著冰袋，大口喝他帶來的瓶裝開特力運動飲料。「妳有寫作嗎？」他問。

「我一想到文字，就會真的作嘔。」

古斯在我旁邊咳嗽。「別說那個詞！」他說。

「抱歉。」

他問：「要點披薩嗎？」

「你在開玩笑嗎？你剛剛幾乎——」

「珍妮艾莉，別說那個詞，只要回答我的問題。」

「我們當然應該點披薩。」

到了星期一，我們差不多恢復精神，至少足以在白天時坐在各自的餐桌前工作（我打了兩千個字）。到了一點四十分左右，古斯舉起今天第一張訊息：我傳簡訊給你了。

我回覆他：我記得。這是我們友誼中歷史性的一刻。

他寫：不是那個。我在一分鐘前傳簡訊給你。

我的手機放在床上充電。我舉起食指示意，然後匆匆離開房間去拿手機。簡訊內容只寫著：妳知道怎麼調瑪格麗特雞尾酒嗎？

我傳簡訊回覆他：古斯，這些字比你寫在筆記本上說你傳簡訊給我的字數還要少。

他立即回覆我：我想要提出正式的詢問。寫在筆記本上是非常隨興的溝通形式。

我告訴他：我不知道怎麼調瑪格麗特，不過我知道誰會。

他問：金快活（註21）嗎？

我拉開百葉窗，探身到窗外，朝著我們的屋子後方、廚房窗戶的位置大吼：去Google！

我的手機響起。他傳簡訊給我：過來吧。我試圖不去理會這則簡訊對我造成的影響——全身顫抖、發熱。

我回去拿電腦，然後光著腳走過去。古斯在他的門廊迎接我，靠著門柱站立。

「你沒辦法站直嗎？」我問他。

「如果有東西可以靠，就沒辦法。」他回答，然後讓我進入他的廚房。我坐在中島的凳子，他則進入客廳拿他的調酒器、龍舌蘭和橙味甜酒。「請別在意，不用來幫我。」他嘲諷地說。

「別擔心，我絕對不會幫你。」

當他調好酒，我們就到前方門廊，一直工作到最後一道陽光消失在深藍色的密西根天

21　墨西哥龍舌蘭酒的大品牌。因為瑪格麗特調酒會使用到龍舌蘭，因此古斯才這樣問。

空。星星一個接著一個從天幕冒出來，宛若被刺破的洞一般。當我們開始飢腸轆轆，我就回到我的屋子去拿剩餘的披薩。我們吃著冷披薩，把腿伸直放在門廊的扶手上。

「看。」古斯指著深藍色的天空。兩道銀光的軌跡劃過群星。當他看著這幅景象，他的眼睛再度施展古斯魔法。我感到胸口劇烈起伏，甚至到疼痛的地步。我喜歡當他看到某樣東西而感動、還來不及隱藏心情時那種脆弱的興奮。

他有時候也會像那樣看我。

我把注意力拉回流星，平淡地回答：「沒錯。」

古斯發出短促的笑聲。「那基本上就像我們——燃燒著從天上直落下來。」

他以黑暗而熱烈的眼神望著我，攪亂了我正在重新恢復平靜的心情。我瞄了他一眼，勉強找些話題：「那團黑色的痕跡是什麼？」我用下巴指著他的二頭肌後方新增的刺青。那裡的肌膚比他橄欖色的膚色更深。

他顯得有些困惑，接著他跟隨我的視線，說：「喔，這裡原本有別的刺青。」

「我知道，是莫比烏斯環。」我說得有些太倉促。

他以有些威脅性的視線盯著我的雙眼片刻，思索著該說什麼。「那是我和娜歐蜜一起刺青的。」這個名字懸在半空中，就像閃電的殘像。娜歐蜜——我猜想大概就是古斯結婚的對象。他似乎沒有注意到我受到的震驚。也許他在心中常常說出這個名字。也許他覺得既然已經告訴過我她的存在，就等於已經拿他們的相簿給我看過了。「在我們剛舉行婚禮之後。」

「喔。」我愚蠢地回應。我的臉頰變得更燙，並且開始感覺疼痛。我很擅長提出他不想談的話題。「抱歉。」

他搖了一下頭，雙眼銳利而專注。「我跟妳說過，我希望妳能了解我。妳可以問我任何妳想問的問題。」

這句話聽起來有點像：妳想占我的上風就來吧！

我希望以一顆熟番茄而言，自己看起來還算漂亮。

放棄這個話題是比較明智的選擇，不過我無法不去試驗他，看看我——珍妮艾莉——是否真的能夠詢問注重隱私的古斯任何問題。

我終於開口問：「它具有什麼意義？」

「就結果來看，沒什麼意義。」他說。失望的感覺在我心中油然生起。我們開門見山說話的方針如此迅速就惡化了。

不過他接著吸了一口氣繼續說：「如果從莫比烏斯環上的一點開始，沿著它一直前進，繞過一整個環之後，不會回到原來的起點，而是會回到另外一面。如果再沿著它繞第二圈，最後就會回到一開始的起點。所以這段路會是原本應該走的兩倍長。我當時大概覺得，這意味著當我們在一起，會比獨自一人更強大。」

他聳聳一邊肩膀，接著心不在焉地抓了抓那團黑色的痕跡。「她離開之後，那個刺青感覺比較像是個爛笑話。我們被困在這個環的正反兩邊，雖然號稱是在同一個地方，但就某個角度來看，卻完全沒有在一起。我們被愚蠢的刺青釘在一起，結果刺青還比我們的婚姻持久百分之五千的時間。」

「唉呀！」我回應。唉呀？我聽起來像個吹口香糖泡泡的保母，試著要理解她喜愛的性感單身父親。這多少是我現在的感覺。

古斯對我露出歪斜的笑容。「唉呀。」他平靜地附和。

我們注視彼此，時間有些過長。「她是什麼樣的人？」這句話剛說出口，我就感到驚恐。我擔心自己會不會問了古斯他不想回答的問題，或即將得到我不想聽的答案。

他深色的眼睛注視我好一陣子，接著他清了清喉嚨，說：「她很強勢。可以說……堅不可摧。」

這實在是太可笑了，但是我不能打斷他。是我自找的，因此我必須知道什麼樣的女人擄獲了古斯的心。

「她是個傑出的視覺藝術家。」他說。「這就是我們認識的情境。我在念研究所的時候，去畫廊看她的展覽，在我認識她之前就喜歡上她的作品。即使我們曾經在一起，我還是覺得我永遠不會真正理解她，感覺她永遠遙不可及。不知為何，這一點讓我感到興奮。」

什麼樣的女人能夠擄獲古斯的心？

跟我完全相反的女人。不會在脾氣暴躁的時候就表現得粗魯，不會在高興、悲傷或不知所措的時候就掉眼淚，不會毫無節制地流露出內心情感。

「不過我當時也覺得……」他停頓一下。「她是我絕對不可能分手的對象。她並不需要我。她不會對我溫柔、或是想要拯救我，也不會讓我真正踏入她的內心來幫助她。這麼說也許很惡劣，不過我從來就不信任自己能夠跟……柔和的人在一起。」

「喔。」我的臉頰發燙。我努力把注意力放在他的手臂而不是臉上。

「我是看到我父母親的例子，妳懂嗎？就像黑洞和亮光，我爸總是想要吞噬一切。」

我瞥了一眼他的臉。他的眉間刻印著銳利的線條。我對他說：「古斯，你不是黑洞，你也不是你爸。」

「嗯，我知道。」他的嘴角掠過懷疑的笑容。「可是我也不是亮光。」

他當然不是亮光，但他也不是我原本以為的憤世嫉俗者。他是個現實主義者，有些太過畏懼希望，以至於無法看清自己的生命；但他也格外擅長聽別人傾訴悲慘遭遇，讓他們覺得沒那麼孤單，卻不會對他們說些承諾或陳腔濫調。他對我、戴夫、葛蕾絲都是如此。

他不會害怕面對醜惡的局面、看到別人展露出最脆弱的一面，他也不會費盡心力想要說服我擺脫自己的情感。他只是觀察它們，而不知怎麼搞的，這樣的方式讓我在多年來的束縛之後，最終擺脫這些情感。

我說：「不論你是什麼，都比夜燈更好。不管有沒有用，身為前精靈公主和最柔和的女生，我可以告訴你，我覺得你是個很溫柔的人。」

他的雙眼溫暖而強烈地看著我，讓我覺得他能夠從我的瞳孔讀出我的內心，看穿我對他的所有感情與想法。我臉上的熱度擴散到全身。我再度把注意力放在他的刺青，用手推了推它。「還有，不管有沒有用，我覺得巨大的黑色斑點很適合你。不是因為像黑洞，而是因為很有趣、很怪。」

他低聲說：「妳如果這麼想，我也沒有遺憾了。」

「你竟然有刺青。」我依舊感到有些驚奇。

「我有幾個，不過如果妳想要看其他的刺青，就得替我買晚餐。」

「不是，我的意思是，你竟然有結婚刺青。」我冒險瞥了他一眼，發現他盯著我，彷彿在等待我揭曉話中的含意。「這是卡萊・葛倫等級的浪漫垃圾。」

「真可恥。」他想要再度揉那個刺青，但我的手指已經先在那裡。

「很感人。」我反駁他。

他長繭的手掌滑到我的手上，明顯比我的手大了許多。我立刻想到在我的襯衫底下撫摸我、滑到我肚子上赤裸肌膚的那隻手。他粗啞的聲音把我從回憶中拉回來：「那個黃金男孩呢？」

我有些猶豫。「你是說雅各？」

「抱歉。」古斯說。「就是那個雅各。六年是很長的時間。妳一定以為你們最後會有情侶刺青、並且有成群吵鬧的小孩吧？」

「我以為……」我說到這裡停下來，整理腦中的詞庫並搜尋適當的話語。古斯的手指粗糙而溫暖，小心而輕盈地放在我的手上，使我必須游過「科學家大概光從這隻手就能精確地重建他」這類想法的阻力池，才能到達存放雅各回憶的地方。「他是個男主角，你懂嗎？」

「我應該懂嗎？」古斯開玩笑地問。

「如果你對我們的挑戰夠認真的話。」我反駁他。「我的意思是，他很浪漫，很戲劇化。他會點亮所有房間的燈光，在任何場合都能說出傑出的故事。我在兩人共享的這些美好時刻愛上他。

「可是當我們只是坐在一起——像是在髒亂的公寓吃完早餐，或是在盛大的派對之後想到我們得清理乾淨——我也不知道……當我們沒有為彼此而閃耀的時候，我會覺得我們只是維持工作上良好關係的夥伴而已。就好像我們是同一部電影裡的演員，當鏡頭沒有在拍的時候，我們就沒有太多的話可以聊。不過我們想要相同的生活，你懂嗎？」

古斯若有所思地點頭，說：「我從來沒有想過娜歐蜜和我要怎麼一起生活，不過我知道那就是未來的狀況：兩個生活。妳選擇想要愛情關係的人，對妳而言是很合理的選擇。」

「嗯，不過這樣並不夠。」我搖頭。「你知道那種看著某人睡在你旁邊、因為他們存在而內心充滿喜悅的感覺嗎？」

古斯的嘴角隱約泛起笑容，接著他輕輕點頭。

「我愛雅各。」我說。「我也愛他的家人，愛我們的生活和他的料理，愛他對急診室的熱情，而且他也像我爸一樣讀很多非小說類書籍——還有，你應該知道我媽生病了吧？」

古斯緊閉嘴脣，形成一條細而嚴肅的線，眉頭也皺起來。「我在我們一起上的非小說課聽說過。」他說。「不過她的病況應該緩解了。」

我點頭。「不過在我畢業之後，她的病又復發了。我說服自己，她一定能夠再度戰勝病魔，可是我內心某個角落想到，如果她死了，至少她能夠看到我要結婚的對象，並從這個想法得到慰藉。她覺得雅各既英俊又傑出，爸爸也相信他能夠讓我過我想要的生活。這一切我都很喜歡。可是每一次我看著雅各的睡臉，我什麼感情都沒有。」

古斯在我旁邊的沙發改變姿勢，垂下視線。「妳爸過世的時候呢？既然妳爸也認識他，難道妳當時不想和他結婚嗎？」

我深深吸了一口氣。我沒有對任何人承認過這件事。直到現在，這一切感覺太過複雜，也太難以解釋。「就某種角度來說，我想他的死幾乎等於是讓我得到自由。我是指，首先，我爸不是我以為的那種人，所以他對雅各的想法也沒那麼重要了。

「不過更重要的是，當我爸過世……說真的，雖然我爸是個騙子，但是我愛他，真的愛他，以至於當我想到他已經不在這個世界上，仍舊會感到好像被撕成兩半。」甚至在我此刻說話時，沉重而熟悉的痛楚仍舊壓迫著我的每一寸肌膚。

我繼續說：「和雅各在一起的時候，我們愛的是彼此的最佳版本，過著我們優雅的生活，可是一旦情況惡化，我們之間……就沒有任何東西留下來。當我不是精靈公主的時候，他就不再愛我，我也不再愛他。我曾經想過幾千次，他是最完美的男友，可是一旦我爸走了，當我既對他生氣又無法不去想念他，我就理解到，我從來就不覺得雅各是我最喜歡的人。」

古斯點頭。「當妳看到他睡著的時候，妳不會受到感動。」

如果他在幾個星期前說這句話，我或許會覺得他在嘲弄我，但是我現在理解古斯。我知道當他歪著頭、表情認真的時候，就意味著他正在解決關於我的謎。

那天在校園裡，當他指出我給所有人快樂結局的時候，我也看過這樣的表情。後來在皮特的書店，當我攻擊他在寫小圈圈手淫式的海明威同人小說，我又看到這個表情。

那天在課堂上，他試圖要弄清我是什麼樣的人、以及我如何看這個世界。而那天在皮特的書店，他理解到我憎恨他。

我想要收回當時的話，告訴他我現在理解他，並且信任他。我想要告訴他某個祕密，就像他告訴我關於娜歐蜜的事。我想要告訴他另一個真實故事，而不是美好的謊言。

於是我說：「有一次，雅各帶我到紐奧良，要為我慶生。我們去很棒的爵士酒吧和肯瓊料理餐廳，還有巫術店，而這段期間我一直在傳簡訊給莎蒂，告訴她我多希望我們在一起，邊喝馬丁尼邊看《紫屋魔戀》。」

古斯笑了。「莎蒂。」他哀愁地說。「我記得莎蒂。」

「喔，好吧，她也記得你。」我說。

「這麼說，妳跟妳最喜歡的人——莎蒂——談論過我的事？」古斯的嘴角抬得更高，眼睛閃爍著光芒。

「你跟皮特談論過我的事。」我挑戰他。

他點頭表示同意。「妳跟她說什麼？」

「是你說我可以問任何問題的。」我反擊。「你跟皮特談什麼？」

「妳的確應該知道。」他說。「我告訴她的上一件事，應該是我們在汽車電影院親熱的時候被逮到。」

我大笑並把他推開，用雙手遮住發燙的臉頰。「我今後再也不能點『粉紅眼』了！」

古斯笑著抓住我的雙手腕，把我的手從臉上拉開，問我：「她又這樣稱呼嗎？」

「當然了！」

古斯搖頭並咧嘴笑。「我開始懷疑她的生意不是靠她的咖啡專業。」

當我們這天晚上終於站起來要去睡覺，古斯並沒有說晚安。他說「明天見」，而這成為我們每天晚上的儀式。

有時候他會到我的屋子，有時候我會去他的屋子。隔絕他與全世界的牆壁並沒有消失，不過至少在我們之間，這道牆變低了。

星期四晚上，當我們坐在松雅的沙發上等候我們的泰式炒河粉送來，古斯終於告訴我關於皮特的事。他不只提到皮特是他的阿姨（而且也曾經是他的足球教練。他向我保證他踢得很爛），也告訴我在他和娜歐蜜分手之後，之所以搬到這裡，正是因為皮特。「我還小的時候，住在安娜堡，皮特住在我家附近。她從來沒有到過我家（她跟我爸合不來），不過她總是陪伴著我的生活。後來在我上高中的時候，瑪姬找到在這裡的學校教地質的工作，於是她們就搬過來，從此之後就住在這裡。皮特求我搬過來。她認識要賣這棟屋子的男人，而且還借錢給我付頭期款。她只告訴我，我什麼時候還她這筆錢都可以。」

「哇！我都不知道瑪姬是地質學教授。」

古斯點點頭。「千萬別在她面前提起岩石。我是認真的，千萬別提。」

「我會努力，不過應該很難辦到。畢竟在日常生活中，岩石是常常被提起的話題。」

「妳會很震驚。」他向我保證。「妳會感到震驚、恐懼，而且更重要的是，妳會無聊到快要死掉。」

「應該要有人發明對付無聊的救命藥。」

「我想那就是毒品的本質吧。」古斯說。「總之，珍妮艾莉，別談岩石了。說說妳搬到這裡的真正理由吧。」

話語在我的喉嚨中糾結。我只能說出短短的幾個字：「我爸。」

古斯點頭，彷彿在告訴我，如果我無法勉強自己繼續說下去，這樣的說明就已經足夠。

「他過世了，所以妳想要換個環境？」

我湊向前，把我的手肘靠在膝上。「他在這裡長大。」我說。「當他過世的時候，我——我發現他曾經回到這裡，而且非常頻繁。」

古斯皺起眉頭，用一隻手撥起照例凌亂地落在額頭的頭髮。「發現？」

「這裡是他的房子。」我說。「他的另一個房子。他跟……那個女人在一起。」我無法說出她的名字。我不希望古斯知道她是誰，對她有任何正負一方的意見；而且在這麼小的鎮上，古斯或許已經認識她了。

「喔。」他再度用手梳理頭髮。「妳或多或少提到過她。」他往後靠在沙發椅背上，一手拿著啤酒瓶，垂在大腿內側。

「你見過他嗎？」我還沒決定是否想要聽到答案就脫口而出，然後在等待他回答時，心跳變得劇烈。「你在這裡住了五年，一定見過……他們。」

古斯用他那雙水汪汪的深色眼睛檢視我，眉頭深鎖。他搖頭說：「老實說，我對鄰居沒什麼興趣。這一區大多數的屋子都是出租用的。如果我看到他，大概會以為他是來度假的。我不會記得他。」

我迅速移開視線並點頭。一方面，我感到鬆了一口氣：古斯從來沒有看過他們兩人在露臺上烤肉、並肩在花園拔除雜草，或是任何正常伴侶會在這裡做的事——而且古斯似乎也不知道那個女人是誰。不過另一方面，我感到失望，並且理解到我內心某個角落在這段時間當中，一直希望古斯曾經認識他，可以說些我不曾聽過的故事、關於我父親在這裡的新情報。我希望在琴酒箱中嘲笑我的那封薄到可憐的信，不是我唯一能夠得到的關於他的資訊。

「珍妮艾莉。」古斯溫柔地說。「我很抱歉。」

我無法控制地開始哭泣。我把臉埋在雙手中想要隱藏淚水。古斯湊得更近，伸出一隻手抱住我的肩膀，把我拉向他。他溫柔地把我拉過他的腿上，讓我待在那裡，一隻手伸入我的頭髮之下、抱著我的後腦勺，另一隻手則攬著我的腰。

當眼淚開始落下，就再也無法阻止。憤怒與挫折、受傷與背叛、自從發現事實之後就一直堵在我腦中的困惑，全都爆發出來。

古斯的手溫柔地滑過我的頭髮，在脖子後方緩慢地畫圈圈，他的嘴則貼在我的臉頰、下巴、眼睛，接住落下的眼淚，直到我逐漸穩定下來。或者也許我只是耗盡了淚水。也許我是發現到自己像幼童般坐在古斯的腿上，淚水被親走。或者也許我是發現到他的嘴巴停下來，貼在我的額頭上，雙唇微微張開。

我把臉埋到他的胸前，呼吸著他的氣味、他的汗水與燻香——我現在知道他每天開始寫作前會燒燻香。這是他唯一的工作前儀式，另外他偶爾也會為了緩解壓力而抽菸（雖然他幾乎已經戒菸）。他緊緊摟抱住我，手指在我的腦後彎曲。

我全身發熱，感覺自己就像炙熱的熔岩；當古斯把我拉向他，我便注入他身上所有凹陷之處。他的每一口氣把我們拉得更近，直到最後他挺直身體，讓我跨坐在他的腰際，他的手臂緊緊抱住我的背部。我感覺到他在我的下方，一股新鮮的熱度湧上我的大腿。我們盯著彼此，他的手在我的腰際撫摸。

這是在汽車電影院那一晚的十倍。我現在已經知道他在我上方是什麼感覺、他的下巴摩擦在我的肌膚上會帶給我什麼樣的影響、他的舌頭會如何試探我們嘴巴之間的間隙，品嘗我胸部上方柔軟的肌膚。我對於他擁有我多於我擁有他感到嫉妒。我想要親吻他的肚子，把我的牙齒埋入他的腰際，把我的手指嵌入他的背部，然後一直往下滑。

他的雙手滑到我的脊椎，當我覆蓋在他身上時往上挪動。我的鼻子擦著他的鼻子。我幾乎可以從他張開的嘴巴嘗到他肉桂味的氣息。他的右手回到我的臉頰，輕輕移動到我的鎖骨，然後又回到我的嘴巴。他繃緊的手指壓住我的下嘴唇。

我腦中失去警戒或理智，只知道他在我上方、在我下方、在我旁邊。他的雙手讓我的肌膚著火。我呼吸急促，他也一樣。

我的舌尖掠過他彎曲成鉤狀、放入我嘴裡的手指。他把我拉近，直到我們的嘴巴距離只有一吋，隔著帶電而發出嗡嗡聲的空氣。

他抬起下巴，嘴巴邊緣以輕微到令人惱火的動作擦過我的嘴巴。他黑暗的雙眼宛若石油般，炙熱而滑溜地注入我。他的雙手沿著我的體側往下滑，一直到我的小腿，然後又回到大腿，捧住我的臀部並緊緊抓住。

當他的手指從我的短褲邊緣往上挪動、烙印在我的肌膚上，我吸入顫抖的氣息。「幹！珍妮艾莉，」他搖頭，低聲地說。「妳感覺好棒。」

這時門鈴響起，所有動作與氣勢瞬間瓦解在現實之牆上。

我們盯著彼此，僵直了片刻。古斯的視線垂下來看我，然後又抬起來。他用沙啞的聲音對我說：「外送。」

我跳起來，腦袋頓時清醒。我撫平頭髮，擦拭臉上的淚水，走向大門。我簽了信用卡簽帳單，收下裝了保麗龍盒的袋子，然後用和古斯先前同樣沙啞模糊的聲音，向外送員說謝謝。

我關上門，轉身看到古斯不安地站在那裡，頭髮凌亂，襯衫在我剛剛哭泣的部位黏在身上。他抓了抓頭頂，雙眼試探般地瞥向我。「抱歉。」

我聳聳肩說：「你不需要道歉。」

「我應該道歉。」他說。我們就此打住這個話題。

十九　湖畔

星期五，我們開車到戴夫的家，進行第二次訪談。由於第一次的訪談相當徹底，古斯原本沒有打算要安排第二次，不過這天早上戴夫打電話來，說他母親在仔細考慮過後，想要談談關於新伊甸的事。

這是一棟錯層式住宅，大約建於六〇年代後期，屋內聞起來彷彿從當時之後一直有人在裡面抽菸。即使有菸味，再加上內部裝潢也顯得破舊，不過屋內卻整理得很乾淨：毛毯摺疊起來放在沙發扶手上，門口的盆栽排列得井然有序，牆上的掛鉤懸掛著花盆，水槽刷得很亮。

戴夫・施密特大概跟我們同樣的年紀，頂多差個幾歲，不過茱莉安・施密特看起來卻比我媽大上十歲。她的身材嬌小，一張柔和的圓臉布滿皺紋。我不知道是否因為這副身材和臉孔，讓她一輩子被當成甜姐兒對待，她在握手時幾乎露齒微笑。

她和戴夫住在這裡。「這房子是我的，不過是戴夫在付錢。」她說完放聲大笑，拍拍戴夫的背。「他是個好孩子。」我看到古斯瞇起眼睛，審視著眼前的景象。我猜他大概是在尋找兩人關係中有沒有暴力的痕跡，但是戴夫多半只是駝著背，露出尷尬的笑容。「他是個好孩子，而且你們應該聽他彈鋼琴。」

「你們想要喝點什麼嗎？」戴夫匆匆詢問。

「我想要喝水。」我之所以這樣回應，主要是讓戴夫有理由躲到廚房，而不是真的口渴。我漫步在客廳，檢視牆上所有胡桃木相框。照片中的戴夫大約八歲左右，穿著V領背心和草綠色的T恤。他的父親出現在大部分的照片中，而即使在沒有出現的幾張照片，也可以輕易想像到他父親在鏡頭後方，拍下微笑的嬌小女性和她懷裡的嬰兒、握著她的手學步的幼童、在動物園的大猩猩旁邊吐舌頭的笨拙小孩。

戴夫的父親長得瘦瘦高高，有一頭棕髮、濃密的眉毛和後縮的下巴。戴夫長得跟他很像。

「我聽說妳有話想說。」古斯開口。「妳覺得有些事是戴夫沒辦法交代的。」

「我當然有話想說。」茱莉安坐在藍色格紋雙人沙發的其中一個座位，我和古斯則並肩坐在一張布料粗糙的褐色沙發上。「我看到的層面比較多。戴夫只看到我們讓他看到的。而且後來我們像那樣離開——我擔心他對於那地方的看法會從一個極端跳到另一個極端。」

古斯和我對看一眼。我湊向前，試圖對她防衛性的態度擺出友善的姿勢。「事實上，他表現得很公平。」

茱莉安從桌上拿起一包香菸，點燃一根菸，然後把香菸盒遞給我們。古斯拿了一根菸。我知道他這麼做主要是為了讓茱莉安感到自在，而不是真的想抽，不禁莞爾。即使我們寫下與說出來的信念差很多，我開始覺得我能夠理解古斯並讀出他的心思，勝於我遇過的任何人。當我們每天都在一起，我心中越來越強烈地感覺：你跟我很像。

茱莉安替他點燃香菸，然後靠回椅背，翹起二郎腿。「他們不是壞人。」她說。「大多數都不是。我不能讓你們覺得他們是壞人。有時候——有時候好人、或者至少是還不錯的人，也會做壞事。而且有時候他們真的相信自己做的是正確的。」

「妳不覺得那只是藉口嗎？」古斯問。「妳顯然不相信任何的內在道德準則。」

他的口吻彷彿他自己相信這樣的道德準則。在幾個星期前，我會感到很驚訝，但現在卻覺得非常合理。

「也許一開始那種準則是存在的。」她說。「不過當你年紀增長，它會逐漸變形。當周圍的人都抱持相反意見，你要怎麼相信對就是對、錯就是錯？難道要覺得自己比他們都聰明嗎？」

戴夫雙手捧著三杯水回來，並一一遞給我們。茱莉安似乎不太願意在戴夫在場的情況下繼續談，但是她或古斯都沒有提議要戴夫離開。或許是因為戴夫是個三十歲左右的成年人，並且替我們所在的這棟屋子付款。

茱莉安繼續說：「那些人很多都有所匱乏。我指的不只是金錢——雖然那也是事實。那裡有很多孤兒，有很多人離開他們的家人，有很多人失去配偶或孩子。一開始，新伊甸讓我覺得……我的生命中的所有問題，都是因為我沒有過著正當生活才造成的。他們彷彿擁有所有的答案，每個人看起來都很快樂、充實。在一輩子渴求之後——有時候甚至沒有渴求明確的東西，就只是渴求，覺得這世界不夠大，或者不夠明亮——我感覺好像終於撥雲見日了。

「我開始得到答案，就好像他們解答了非常高深的科學方程式。你們知道嗎？就某種程度來說，那真的有用——至少有一陣子是有用的。只要遵守他們的規則、執行他們的儀式、穿他們的衣服、吃他們的食物，感覺整個世界好像都從內在變得明亮了。沒有任何東西顯得平凡。做任何事都有祈禱文，包括上廁所、淋浴、付錢。當時我首度感謝自己活著。「這就是他們能夠為你做的。所以當懲罰開始，當你開始犯錯並失敗，感覺就好像有一隻巨大的手放在浴缸的塞子上，準備把它拔起來，從你身上奪走一切。而我先生……他是個好人。他是個失落的好人。」她的視線掠過戴夫，接著她緩緩抽了一口菸。

「他原本想要當個建築師，蓋體育場和摩天大樓。他喜歡畫畫，而且畫得很棒。可是後來我們在高中的時候懷孕了。他知道未來會是什麼樣子。我們必須認清現實。他從來沒有抱怨。」她的視線再度掃向兒子。「他當然沒有抱怨。我們很幸運，得到上帝的恩賜。但是有時候，當生命迫使你改變計畫……我不知道該怎麼說明，不過當我們在那裡的時候，我感覺到我先生好像……好像拚命要抓緊任何他能抓住的東西，就好像過得正確沒有比……過得不錯重要。」

我想到我爸和松雅，想到我媽即使在知道他的作為之後仍舊和他在一起，堅持她以為事情已經結束。

這種事為什麼會發生？我當時在車中問她，而她卻只是像誦經般回答：我沒辦法談論這件事；我不想談這件事。

然而事實上，我立刻就猜到很有可能的答案。

在我七年級的時候，我爸媽曾經分手。這段期間很短暫，只有幾個月，不過在他們兩人等待有沒有轉圜餘地的時候，我爸出去住在他們共同朋友的家中。我不知道詳細情況。他們並沒有像我朋友的爸媽離婚那樣，到達大吵大鬧的階段，不過即使我當時只有十三歲，我也看出我媽的變化。她突然顯得很感傷，常常望著窗外，躲到洗手間之後腫著眼睛回來。

在爸爸搬出去的前一夜，我把臥室的門打開一道縫，偷聽他們從廚房傳來的聲音。「我不知道。」媽媽一直哽咽著說。「我不知道，我只是覺得結束了。」

「妳是指我們的婚姻？」爸爸在停頓很長一段時間後問。

「我是指我的生活。」媽媽對他說。「我只是你的妻子、珍妮艾莉的母親，其他什麼都不是。我不認為你能想像那是怎麼回事。才四十二歲，就覺得自己已經做完所有要做的事。」

當時我還無法理解媽媽的心情，而顯然爸爸也不能。於是第二天早上，他們和我坐在我的床鋪邊緣，對我解釋一切，然後我就看著爸爸的車駛離，後座放著一個行李箱。

我以為我熟悉的生活結束了。

後來爸爸突然又回家——證明沒有任何事情是無法修復的！愛情能夠克服任何挑戰，生命中的問題永遠都能夠解決。所以當他和媽媽坐下來告訴我媽媽確診的事、以及我們的生活徹底改變了，我知道這不會是永久的。這只是我們的故事當中另一個情節轉折。

在那之後，他們兩個顯得比以前感情更好。他們更常在一起跳舞，更常手牽手，更常在週末出遊約會。爸爸更常說：「妳媽媽在我認識她的二十年當中，曾經變過很多人，而我有機會愛上其中的每一個人。珍妮，這就是婚姻的關鍵。必須持續愛上彼此的各個新版本、持續談戀愛。這是世界上最棒的感覺。」

我以為他們的愛情超越了時間、中年危機，以及癌症。然而那場分手的確發生過。當天我在對媽媽大吼的時候，我內心暗想：那三個月會不會就是外遇的開始？爸爸和松雅會不會就是在那時候重修舊好的？當爸爸遇到松雅的時候，是否正需要相信一切都會再度恢復正常？當媽媽讓他回來的時候，是否也需要假裝已經沒事了。

茱莉安看著我，輕輕搖頭。

「你們懂嗎？」她問。「我只想要過著不錯的生活。如果能夠得到對的結果，我也可以做錯誤的事。」

我想到我和雅各決定要一起過著美好的生活，而我亟欲要和媽媽認識、並且喜愛的人在一起。我想到媽媽的診斷結果及爸爸的出軌，還有我從十二歲起，為了避免憂慮將來可能發生的事而對自己說的故事。我想到當媽媽的癌症復發時，我失去讀研究所的機會、以為我的生活會再度變得破碎，因而大量閱讀的浪漫小說。我想到寫作直到天亮的夜晚，我的背部感到疼痛，理由是我想尿尿卻不願停止工作，因為沒有任何東西感覺比寫書更重要、比給予這些虛構情侶他們應得的結局更重要、比給予我的讀者他們應得的結局更重要。

人們會拚命抓住任何他們能找到的穩固東西？

沒錯，沒錯，我可以理解。我非常能夠理解。

我們這天晚上離開之後，我傳簡訊給媽媽。我已經好幾個月沒有傳簡訊給她了。我寫：

我愛妳。即使妳永遠無法再談起他，我還是愛妳。不過我希望妳能談他。

二十分鐘後，她回應：我也完全一樣，珍妮。

星期六，我們散步到湖畔。當我們走在樹根密布的小徑上時，我說：「這並不是很有創意。」古斯張開嘴巴要回應，但我制止他：「你別膽敢開玩笑說，我這個文類的選項缺乏獨創性。」

「事實上，我是要說，我們沒有更常來這裡，實在是太蠢了。」古斯回答。

「我以為你已經厭倦這裡了。」

古斯搖頭。「我幾乎沒有到過這片沙灘。」

「真的？」

「樹根。」當我抬起頭，古斯警告我，因此我小心翼翼地跨過它。「我並不是那種特別熱愛沙灘的男人。」

「當然不是。」我說。「如果你是的話，應該會穿上宣傳這件事的T恤或帽子。」

「沒錯。」他同意。「總之，我比較喜歡冬天的這片沙灘。」

「真的？在冬天，我還寧願死掉。」

古斯的喉嚨發出笑聲。他離開樹根密布的小徑，踏上沙灘，然後伸出手，協助我從稍稍突出的岩石跳下去。他說：「冬天的景象真的很棒。妳沒看過嗎？」

我搖頭說：「我在密西根大學的時候，基本上都待在校園裡，沒有到處去探索。」

古斯點頭。「皮特和瑪姬搬到這裡之後，我會在寒假來這裡找她們。她們會替我買機票或巴士車票當禮物，讓我來這裡度假。」

「我猜你爸不會在意。」當我想到古斯還是個孩子、孤單而不被需要時，內心突然湧起怒火，不禁脫口而出。我小心翼翼地看著他。他的下巴稍稍緊繃，但臉上則沒什麼表情。

他搖搖頭。我們踏著同樣的步伐，沿著湖向前走。他瞥了旁邊的我一眼，接著又望回沙灘。「妳不用擔心提起他。情況沒有那麼糟。」

「古斯。」我停下來面對他。「光是你必須特別提起這一點，就代表那比正常情況還要糟糕。」

他猶豫片刻，接著再度開始向前走。「不是這樣的。」他開口說。「在我媽過世之後，我原本可以離開。皮特希望我來這裡，跟她和瑪姬一起住。她總是要我說出我爸和我之間的衝突，這一來她就可以爭取監護權，可是我選擇不要這麼做。我爸在服用心臟病的藥物，每天都要服藥。除非我每天叫他吃藥，否則他不會吃。我大概要提醒他三次，可是如果我提醒第四次，他就會挑起衝突。是真的打起來。有時候我覺得……」他的聲音減弱。「我懷疑他是不是希望我殺了他，或者讓自己發怒到心臟病發作。我輟學去工作，以便支付他的醫藥費，可是當我不在家，他就停止為自己做任何事——像是吃飯、洗澡。我幾乎無法讓他繼續活著。也許他覺得那樣是在懲罰我吧。」

「懲罰你？」我幾乎說不出話來。「為什麼要懲罰你？」

古斯聳聳肩。「我不知道。也許是因為我總是站在我媽那一邊。」

「你媽媽？」

他點頭。「我想他覺得是『我們』跟『他』敵對。而『我們』跟『他』的確是敵對的。他會為了所有問題責怪我媽——很蠢的鳥問題，像是我媽有天晚上忘了替汽車加油，結果我爸發現他得在去工作的途中加油，這一來他就會遲到；或者我媽也可能把他想要留下來的收據丟掉，或是把放在冰箱好幾個小時的剩菜丟掉，結果他到後來才想要吃。

「他對我也很惡劣，不過比較難以捉摸。如果電話響起吵醒了他，他會打我；或者如果他有出門的計畫、可是因為下雪而取消，他也會打我來消氣。我總是在尋找不會惹他發飆的密碼和規則。注意這世界怎麼運作，是保護自己的方式，妳懂嗎？可是對他來說，沒有什麼密碼可遵循。就好像我們的行動跟他對我們的反應完全無關。他總是把我當成懶惰、自私的頑童，把我媽當成自認為皇后、把他的錢當成衛生紙浪費的女人。我媽總是毫無理由地在道歉，然後當他真的傷害我媽或是我，他就會道歉，並且讓步幾天。

「即便如此，失去我媽大概還是讓他僅存的一點人類心靈破碎。我也不知道。」古斯停下來思索。「也許那不是愛情。也許對我媽那麼惡劣，讓他覺得自己擁有力量。至於我，當我長大之後，他對我就沒有那樣的力量了。」

「讓你維持他的生命，是他唯一能夠操控你的方式。」我說。

「我不知道。」他承認。「也許吧。不過如果我離開，他會死得更快。」

「你會覺得那是你的錯嗎？」

「是誰的錯並不重要。重點是他會死掉，而我會知道我原本可以阻止事情發生。而且我媽媽沒有離開。我既然知道她不會樂見那種事發生，我又怎麼能離開呢？」

「你不會知道。」我說。「你當時還只是個孩子。」

「皮特喜歡說，我從來就不是一個孩子。」

「這是我聽過最悲哀的說法。」

「別一副好像我很可憐的樣子。那是從前的事，都已經過去了。」

「你知道你的問題是什麼嗎？」我問他。這回當我停下腳步，他也停下來了。

「我知道幾個問題。」

我說：「你不知道憐憫和同情的差異。我不是在憐憫你。當我想到你被如此對待，就會感到悲傷。想到你沒有得到所有孩子都應該得到的，我就會生氣。沒錯，很多人經歷過跟你一樣的情況，我也會為他們生氣及悲傷，可是因為是你，我會更加難過。我認識你，喜歡你，也希望你能擁有美好的人生。這不是憐憫，而是在乎某個人。」

他專注地盯著我，然後搖頭。「我不希望妳把我看成那樣的人。」

「哪樣的人？」我問。

「就像一個憤怒、破碎的沙袋。」他以陰鬱而緊繃的表情說。

「我沒有。」我走近一步，想要尋找適當的語句。「我只把你看成古斯。」

他審視著我，嘴角泛起不具說服力的笑容，然後又消失了，讓他看起來疲憊不堪。「不過我的確是。」他平靜地說。「我的確憤怒而混亂。每一次我想要更接近妳，就會覺得好像所有警鈴都響起來。我試著想要裝成正常人，可是卻沒有辦法。」

他的話讓我心跳加劇。更接近妳。我瞥了一眼湖面，以便掌握自己目前的情況。「我以為你了解，這世上沒有所謂的正常人。」

「也許沒有吧。」古斯說。「不過像我這樣的人和像妳那樣的人之間，還是有差別的，珍妮艾莉。」

「不要侮辱我。」我銳利地回瞪他。「你不覺得我會憤怒嗎？你不覺得我會痛苦嗎？我的生命也不是完美的。」

「我從來就沒有覺得妳的生命是完美的。」他說。

「放屁！你稱呼我為精靈公主。」

他邊咳嗽邊笑。「因為妳是亮光！妳難道不懂嗎？」他搖搖頭。「重點不是發生什麼事，而是妳怎麼面對事情、妳的人格特質。妳總是像強烈的亮光，即使在跌到谷底的時候，覺得憤怒與沮喪，妳仍舊知道該怎麼做人，該怎麼告訴別人妳——妳愛他們。」

「閉嘴。」我說。古斯開始向前走，但我抓住他的手肘，把他拉到我面前。「古斯，你不會毀了我。」

他僵住了，嘴脣張開，雙眼在我臉上搜尋某樣東西。他的頭微微傾斜，眉間出現深深的溝痕。

我希望他此時能夠理解，我看到了他。他並不需要做任何特別的事、找出神祕的密碼來解開他的祕密。他只需要繼續跟我待在一起，讓我慢慢地發現他，就好像他在我們相逢之後對我做的。

「我不需要你告訴我，你有多在乎我。」我終於開口。「兩天前，你在我哭泣的時候擁抱我。我想我大概在你的襯衫上擤了鼻涕。我不要求你任何東西，只希望在你需要的時候，提供你在我膝上哭泣之類的微薄回報。」

他深深吁了一口氣，湊向前把臉埋在我的脖子側面，就像害臊的小孩一樣——即使他溫熱的氣息喚醒我肌膚底下的某樣東西。我的手往下掠過他手臂上的肌肉弧度，把手指插入他粗糙的手指之間。地平線上的太陽已經很低，薄薄的雲層表面顯現淺橘色的條紋，看起來就像融化的橘皮香草冰棒，在丹寧藍色的海面上漂浮。古斯再度抬起頭注視我的眼睛。從飄動的雲之間射下的大片光線，替他塗上色彩。

這是沒有任何尷尬的時刻，舒適的寂靜籠罩著我們。這是那種如果我在寫它、會覺得可以完全跳過的時刻。

但是我錯了。因為此時此地，在沒有任何事發生、而我們也終於說完所有話題的時刻，我知道我有多愛古斯，知道他開始對我有多大的意義。我們在過去三天說出了那麼多內心話，而我知道今後還會說出更多，不過這是一年以來，我首度感覺自己內心不再塞滿被封印的感情與壓抑的言語。

我覺得有些空虛，有些輕鬆。

快樂——不是浮動或狂喜的心情，而是低調、穩定的快樂——在人生最佳的時期，存在於一切事物底下，成為和這個世界之間的緩衝。

在這裡和古斯在一起、什麼都不做，讓我感到快樂。即使只是暫時的，也足以讓我覺得自己有一天會再度恢復正常。或許不完全像爸爸過世之前那樣（大概不會一樣），不過將會是一種全新而幾乎同樣穩固、安全的樣子。

我也能夠感受到痛苦。要是古斯和我之間的關係破滅了，我會感到輕微的痛楚。我可以輕易想像所有的感受：在我的胃裡、掌心上，失落會形成一陣陣銳利的脈搏，讓我憶起和他站在這裡的時刻是多麼愉快。不過這一次，我不認為放棄是答案。

我想要緊緊抓住他和這個時刻——至少再維持一陣子。

古斯握緊我的手，彷彿是在表示同意。「我真的很在乎妳。」他的聲音幾乎像是耳語，溫柔而粗糙，就像古斯本人。

「我知道。」我告訴他。

當他微笑時，橘光照射在他的牙齒上，將他很少顯露出來的酒窩加深陰影。我們待在那裡，不讓任何事發生在我們周圍。

二十　地下室

我有壞消息和壞消息。莎蒂在隔天早上傳簡訊給我。

我回覆她：我應該先聽哪一個？我緩緩坐起身，小心避免吵醒古斯。說我們在沙發上睡著了，似乎無法正確表達事實。我前晚必須主動決定入睡。

自從我們常常在一起以來，這是我們第一次挑戰電影馬拉松，狂看影片。「妳選一部，我選一部。」他對我說。

於是我們就看了（或是邊聊天邊播放）《二見鍾情》、《慾望街車》、《神鬼奇航第三集》（這是逼我看《慾望街車》的懲罰）、還有瑪麗亞・凱莉的《星夢淚痕》（這時我們進入更瘋狂的境界）。即使在那之後，我仍舊非常清醒、亢奮。

古斯提議來看《後窗》。看到一半，在第一道光線從窗戶射入之前不久，我們終於停止說話。我們非常靜止地躺在沙發兩端，膝蓋以下糾纏在中間，然後開始睡覺。

屋內很冷——我沒有關上窗戶。當早晨氣溫緩緩上升之後，窗戶就蒙上霧氣。古斯幾乎蜷縮成胎兒的姿勢，身上裹著一條小毯子，因此我替他蓋上我先前使用的兩條毛毯，然後潛入廚房，打開水壺底下的瓦斯爐。

這是一個靜止的藍色早晨。如果太陽已經出來，那麼應該是被薄霧遮蔽了。我盡可能安靜地從餐桌轉盤拿起一包咖啡粉和法式濾壓壺。

這項儀式感覺和第一天早晨不一樣，更日常化，因此也更加神聖。

上個星期的某個時期開始，這棟屋子就開始感覺像我自己的。

手機在我手中震動。

我戀愛了。莎蒂說。

愛上那個幽靈帽子？我問她，內心感到興奮。莎蒂總是最棒的，不過戀愛中的莎蒂更是無與倫比。她會變得更像她自己，更狂野、更有趣、更愚蠢、更聰明、更柔和。戀愛讓我的摯友從內在發光。即使她每一次失戀都驚天動地，她卻仍舊不會封閉自己。每一次她再度戀愛，她的喜悅都會溢出到我和全世界。

我輸入簡訊：妳當然戀愛了。告訴我來龍去脈吧！

莎蒂寫：我也不知道！我們只是每天晚上待在一起。他最要好的朋友喜歡我，我也喜歡他。前幾天晚上，我們整夜沒睡，直到天亮。當他去上廁所的時候，他朋友跟我說：「妳得小心他。他非常迷戀妳。」我就說：「哈哈，我也一樣。」總結來說，我有更多壞消息。

我回覆：妳剛剛提過了。繼續說吧。

他希望我能去見他的家人……

那的確很糟。我表示同意。要是他們很友善怎麼辦？要是他們要妳在他們家玩紙牌、喝威士忌可樂怎麼辦？

莎蒂說：我的意思是，他希望我這個星期就去。在七月四日假期。

我低頭看著這段文字，不知道該說什麼。一方面，我此刻在名為古斯的這座孤島生活了一個月，但沒有得到孤獨恐懼症或幽閉煩躁症。

另一方面，我已經好幾個月沒有見到莎蒂，因此很想念她。古斯和我之間的關係是令人興奮的快速釋放型友誼，類似大學的住宿營或迎新週，可是我和莎蒂之間卻有好幾年的歷史。我們可以談論任何事情，而不需補充說明背景知識。我並不是在說，古斯和我之間的對話需要很多背景說明。他和我共度的生活點滴正逐漸形成架構。每天我都對他更了解，而當我每天晚上上床睡覺，也會期待隔天早上能夠發現更多關於他的事。

即便如此——

莎蒂說：我知道這個時間點很糟糕，可是我已經跟我老闆說過了。我在八月又會在生日請假。我保證到時候我會自己收拾整間性愛地窖。

水壺開始發出哨音。我放下手機，把熱水澆在咖啡粉上，然後蓋上濾壓壺的蓋子，浸泡咖啡。手機收到新的簡訊亮起，於是我便湊向工作檯。

莎蒂說：很顯然地，我不需要去見他的家人，可是我覺得？？？我必須去。不過如果妳現在需要我，我就不去。我可以去找妳。

我不能對她做這種事。我不能把她從讓她在這幾個月當中最快樂的東西拉走。

如果妳八月過來，可以待多久？我問她這個問題來開啟談判。

一則 email 傳入我的信箱。我忐忑不安地打開它。松雅總算回覆我關於門廊家具的問題：

珍妮艾莉，

我會很想要那些門廊家具，不過我想我無法負擔買下那些家具的金額。如果妳打算送我那些家具，可以跟我說，我會帶一輛卡車和朋友一起去搬。如果妳打算賣給我，我很感謝妳的提議，不過沒辦法接受。

不論如何，可不可以找個時間談談？我希望能夠當面跟妳談——

「嗨。」

我關上email，轉身看到古斯拖著腳步進入廚房，用手掌丘揉他的右眼。他的捲髮有一邊翹起來，身上的T恤像博物館玻璃展示櫃中的羊皮紙般皺巴巴的，一邊的袖子捲起來，露出我不曾看過的大面積手臂。我突然對他的肩膀產生欲求。

「哇哦。」我說。「這就是古斯・埃佛列特化妝前的模樣。」

他仍舊睡眼惺忪地張開雙臂，問：「妳覺得怎麼樣？」

我的心跳加速。「就跟我想像的一樣。」我轉身背對他，從櫥櫃拿出幾個馬克杯，希望自己對於和他在同一棟屋子起床，能夠表現得比我實際上感受到的更輕鬆。

他一如往常倚靠著工作檯，用雙手支撐身體，抬起嘴角露出笑容。「感謝《神隱任務》的傑克・李奇。」

我在胸口畫十字說：「阿門。」

「咖啡好了嗎？」

「快好了。」

「要去門廊還是露臺？」他問。

我試著想像自己有幽閉煩躁症。我想像這一切變得陳舊：笑容、皺起來的衣服、只有我和古斯共用的語言、玩笑話、哭泣、接觸與未接觸。

莎蒂傳來新的簡訊：我會待至少一星期。

我回覆她：到時候見，寶貝。隨時告訴我妳的戀情最新發展。

星期三，我們白天都在我的屋子寫作（我現在已經完成全書的三十三%了），並且等待買家來拿樓上臥室的家具。由於我和古斯已經養成偶爾在夜晚使用門廊家具的習慣，因此我暫時不打算賣掉它們。我開始把樓下的所有擺飾裝箱，載到二手店，甚至賣掉樓下一些比較不需要的家具。客廳的雙人沙發和扶手椅消失了，壁爐架上的時鐘消失了，廚房餐桌旁的櫥櫃中的餐桌墊、錐狀蠟燭、祈願蠟燭也都捐出去了。

或許是因為這裡變得比較不像家而更像樣品屋，因此這裡就成了我們實質上的辦公室。當我們結束這天的工作之後，就移動到古斯的屋子。

他到廚房拿冰塊，我便趁機瀏覽（窺探）他的書架。當我在搬來的那天晚上，從客廳窗戶看到燈光照射這些書，就想要好好觀察它們了。

他有很多古典與現代作家的選集，包括托妮•莫里森、馬奎斯、福克納、喬治•桑德斯、瑪格麗特・愛特伍、羅珊・蓋伊。大多數的書都依照英文字母排列，不過他顯然有一陣子沒有整理新書，因此這些書疊在前方及其他書的上方，收據仍舊夾在封面底下露出來。

我蹲下來想要看清離門最遠的書架底層。這裡的書完全沒有依照順序排列。當我看到印著《葛列果理・華納高中》的薄薄的書背，不禁大吃一驚。

我打開這本畢業紀念冊，翻到E（註22）的姓氏。當我看到在一張黑白照片中，蓬鬆髮型的古斯雙腳分別踩在壞掉的鐵軌兩側，不禁笑出來「我的天哪！上帝，謝謝您！」

「哦！拜託！」古斯走回房間時對我說。「珍妮艾莉，難道妳不懂得敬畏任何東西嗎？」他把冰桶放在餐具櫃上，試圖從我手中搶走畢業紀念冊。

「我還沒看完。」我把它拉回來。「事實上，我懷疑我永遠不會看完。我希望這本書是我醒來第一個看到、睡前最後看到的東西。」

「好啦，變態。妳還是繼續看妳的內衣目錄吧。」他再度試圖從我手中搶走畢業紀念冊，但我轉身把它抱在胸前，迫使他從兩側伸手環抱我。

「你可以奪走我的生命——」我閃躲他的手並高喊。「你可以奪走我的自由，但是你永遠無法從我手中奪走這本畢業紀念冊。」

「我寧願只奪走這本畢業紀念冊。」他邊說邊再度撲向畢業紀念冊。他抓到紀念冊的兩邊，雙臂再度抱住我，但我仍舊沒有放手。

「我不是在開玩笑。這麼燦爛的光芒，不該隱藏在書櫃裡。《紐約時報》應該要看看這

22 埃佛列特（Everett）的起首字母是E。

個，《GQ》也該看看這個。你得拿這張照片競選《富比士》最性感男性。」

「我要再度聲明，我在那張照片裡才十七歲。」他說。「不要物化未成年的我。」

「我當時如果遇見你，一定會迷戀你。」我對他說。「你看起來就像是在萬聖節商店買了整套叛逆青年服裝。江山易改本性難移，這句話說得真是沒錯。我發誓你現在還穿著跟這張照片裡完全一樣的衣服。」

「這句話百分之百不正確。」他爭辯時仍舊貼在我的背後，雙手環抱住我，放在紀念冊上。我勉強將手指插入照片那一頁。當我再度打開紀念冊，他鬆開手，湊向我的肩膀想要看得更仔細。他的雙手沿著我的雙臂滑下，停在我的腰際。

這個動作像是為了取得平衡，避免倒向我的肩膀。

我們有多少次機會，可以得到這樣的局面？還有多久，我就會失去設法僅存的一點點自我控制？

當我們之間確實發生了關係，就再也無法挽回了。我會失去他。他會嚇壞，擔心我會太愛他，對他要求太多，而他勢必會毀了我。至於我……則會太愛他，並且勢必毀滅。

我太過浪漫主義，無法對任何事保持輕鬆的心態。即使我們完全不適合在一起，我也陷入古斯太深，而不只是純粹肉體上受到吸引。

看樣子，我或他都無法停止嘗試突破界線。當我們在看（或假裝在看）畢業紀念冊時，他的雙手輕輕在我的腰際來回，把我拉向他又推開，就像是極為精準的隱喻。我可以感覺到他緊繃的肚子貼在我的背上，而我選擇把注意力放在他的照片。

我心中飄飄然的感覺消褪，照片重新吸引我的注意。在我的高中畢業紀念冊上，大概有百分之三十的男生選擇同樣的焦慮表情，但是古斯卻不一樣。他的嘴巴歪斜的線條緊繃，沒有笑容。將他的上唇一分為二的白色傷痕更深、更新，而他的眼睛周圍則浮現疲倦的黑眼圈。即使古斯常常帶給我小小的驚奇，在直覺層次上，我覺得我理解他並認同他。在讀書會，古斯知道有某樣事物改變了我，而看著這張照片，我知道他在拍這張照片之前不久曾遭遇某件事。

「這是在你媽媽……」我的聲音減弱，無法說下去。

古斯把下巴貼在我的肩上點頭。「她是在我高二的時候過世的，這是我高三的照片。」

我說：「我以為你輟學了。」他再度點頭。

「我爸的哥哥在一間很大的墓園當守墓人。我知道我只要一到十八歲，他就會雇用我當全職員工，提供保險和各種福利，可是我朋友馬爾坎堅持我們還是要拍照交出去。」

「謝謝你，馬爾坎。」我低聲說。即使我心中充滿悲哀，我仍舊試圖保持輕鬆的氣氛。我思索著我現在的眼睛看起來是否也像這樣失落而空虛，在我爸的喪禮之後，我的臉頰是否也如此凹陷。「我真希望我當時就認識你。」我無助地說。我無法改變任何事情，可是我可以陪在他身邊。我可以愛他。

我爸或許是個騙子，是個花心男子，也是個常出差的商務人士，可是在我小時候，我從來不曾有過真正感覺寂寞的回憶。我父母親總是陪在我身邊，家對我來說也永遠是安全的場所。

怪不得在古斯眼中，我看起來像個精靈公主，穿著金光閃閃的鞋子，蹦蹦跳跳地走在人生道路上，對宇宙懷有深厚的信心，堅信任何人都可以實現自己的理想，得到想要的東西。我對於自己無法回到過去看清他、對他更有耐心而感到心痛。我應該看到古斯的寂寞。我應該停止對自己說故事，更確實地觀察這個世界。

他的手一直在動。我意識到自己的身體也隨著他的手在動，就好像他是帶我搖晃的波浪。不論何時他把我拉向他，我發現自己會往後貼著他，弓起身體感受他貼在我身上。他的雙手往下滑到我的腿部，抓住我的肌膚，而我得盡最大努力保持呼吸平穩。

我們在玩一個遊戲：我們可以進展到什麼地步，而不去承認我們有所進展？

「我有一個想法。」他說。

「真的？」我嘲諷地問，不過我的聲音因為好幾種矛盾的情感而沙啞。「你希望我去拿攝影機記錄下來嗎？」

古斯的手緊緊抱著我，而我也往後靠向他。「真有趣。」他平淡地說。「就如我說的，我有個主意，不過那會影響到我們的調查活動。」

啊，調查。這提醒我，不論這是什麼，我們都得把它當作交易的一部分。終極而論，這仍舊是某種遊戲。

「好吧，什麼事？」我轉向他。當我移動的時候，他的手滑過我的肌膚，但是他沒有把手放開。

他扮了鬼臉，然後說：「我跟皮特和瑪姬說，我會去跟她們慶祝七月四日獨立紀念日，可是那天是星期五。」

「喔。」我從他面前退開。當他的手還在我身上，想起這世界上還有其他人的存在感覺很令人迷惘。「這麼說，你要跳過我們的一次調查之夜嗎？」

「這個嘛……事實上，如果我要繼續寫稿的話，一定得去看看新伊甸的場地。」他說。

「既然我沒辦法在星期五去看，那麼我希望我可以在星期六去。」

「我懂了。」我說。「所以我們這星期要跳過浪漫喜劇課，踏上文學小說田野調查之旅？」

古斯搖頭。「妳不需要去。這次調查我可以自己去。」

我挑起一邊的眉毛。「我為什麼我不能去？」

古斯憂慮地咬住自己的下嘴唇，唇谷旁邊的傷痕變得比平常更白。「這趟旅程會很嚇人。」他說。「妳確定妳想要看到嗎？」

我嘆了一口氣。又來了。又是老套的「精靈公主無法面對殘酷世界」說詞。

「古斯，」我緩緩地說。「如果你要去，我也要去。這是約定。」

「即使我這星期要蹺掉浪漫小說男主角訓練營？」

「我想你這個月已經跳了夠多排舞。」我說。「你應該得到休假，參加獨立紀念日派對。」

「妳呢？」他問。

「我隨時都應該得到休假。」我說。「不過我的休假主要是去跳排舞。」

他清了清喉嚨。「我是指星期五。」

「好啊。」我立即回應。古斯露出他招牌的閉嘴笑容。然而我接著說：「等等，也許會去。」他的表情變得失望。我迅速補充：「有沒有辦法……」我想了又想，思索該如何說出這件事。「皮特跟我爸的情婦是朋友。」

「喔。」古斯顫抖著張開嘴巴。「我……之前問她能不能邀請妳的時候，我真希望她告訴我這件事。如果我知道，我不會同意……」

「我不確定她知不知道這件事。」

「或者她有可能為了得到我的承諾，刻意隱瞞重要訊息。」他說。

「你應該去。」我說。「我只是不確定自己能不能去。」

「我會去弄清楚。」古斯迅速地說。「不過如果她不來呢？」

「我會去。」我說。「不過我一定會跟瑪姬提起岩石的事。」

「珍妮艾莉，妳實在是變態又彆扭。」古斯說。「這就是我喜歡妳的理由。」

我感覺一顆心好像沉下去又彈得更高。我回答他：「喔，沒錯。」

他說：「我得聲明，我覺得邀請妳到我阿姨家、結果又說妳的壞話，實在是太過分了。」

通常當我要參加派對的時候，我會以此為藉口來買應景的服裝，或者至少買雙新鞋，不過即使在我賣掉大量家具之後，當我在星期五早上登入我的銀行帳戶，仍舊感覺網站在對我皺眉。

我傳簡訊給古斯：我不確定能不能參加派對。我剛剛才發現，我連帶一份馬鈴薯沙拉的錢大概都付不出來。

我看到他在打字時螢幕上出現「……」。他停下來，然後又開始寫。過了整整一分鐘，符號消失，我也重新回去盯著通往地下室的門。

除了延後處理的主臥室和浴室之外，我幾乎把一樓所有東西（包括釘在牆上的東西）都拿走了，只剩下地下室還沒處理。

我深深吸了一口氣，打開門俯視黑暗的階梯。底下是水泥。這是好事——我不需要擔心地下室有裝潢，裝設更多我得想辦法擺脫的家具。我按下開關，但是燈泡是壞的。下面並不是完全漆黑——我從外面看到地下室設有玻璃磚窗戶，想必能夠引進自然光線。我舉起手機當作手電筒走下去。有幾個紅色與綠色塑膠桶疊起來放在牆邊，旁邊是裝滿工具的金屬架與獨立式冰庫。我走到架子前方，摸到蒙上灰塵的一箱燈泡。我用手指鉤住蓋子，把它打開。

其中一個燈泡已經被拿走了。

也許就是在地下室階梯那顆已經燒壞的燈泡。

或許爸爸來到下面要做別的事，然後和我一樣，發現燈泡壞了，就拿出那顆燈泡，爬了一半的階梯，到他可以不用踮腳就能更換燈泡的地方。

這回的痛楚宛若魚叉。疼痛不是會隨著時間而緩和嗎？要到什麼時候，拿到我爸曾使用過的東西才不會讓我感到胸口疼痛、難以呼吸？要到什麼時候，琴酒箱中的那封信才不會讓我感到害怕？

「珍妮艾莉？」

我聽到聲音立刻轉身，真心以為會看到幽靈或殺人犯，或是一直躲在這棟屋子地下室深處的殺人幽靈。

不過我看到的卻是古斯。他從階梯上半段的牆壁下方俯身看著我，從走廊照射到階梯的燈光照亮他的背部。

「媽的！」我喘著氣說，心臟仍舊因為興奮而怦怦跳。

「妳的門沒鎖。」他邊走下階梯邊對我說。「我看到地下室的門是打開的，差點被嚇死。」

「我以為自己一個人在地下室，卻聽到有人說話的聲音，也差點被嚇死。」

「抱歉。」他環顧四周。「這裡沒有很多東西。」

「沒有性愛地窖。」我表示同意。

「我們有討論過這件事嗎？」他問。

「莎蒂很期待。」

「我懂了。」在停頓一下之後，他說：「我想告訴妳，妳不必做這些事。如果妳不想要的話，妳不必做這些事。」

「賣房子的時候，如果放了一堆布滿塵埃的工具、還有一盒燈泡，感覺滿奇怪的。」我指出。「介於附完整家具和空無一物之間的灰色地帶。除此之外，我也需要錢。這些東西全部都得賣掉。這可以稱為縱火大拍賣，提供我不必放火燒掉房子、詐領保險金的另一個選項。」

「這正是我要來找妳談的。」

我瞪著他問：「你要提議燒掉我的屋子，進行縱火保險詐騙計畫？」

「是關於馬鈴薯沙拉。」他說。「我應該先告訴妳，妳不用帶任何東西去參加皮特和瑪姬的獨立紀念日派對。事實上，不管妳帶去什麼東西，最後都會放在已經太滿的餐桌底下，然後在那天晚上離開的時候，她們會讓妳把它帶回去。如果妳試圖把它留下來，就會在三天後發現它在妳的包包裡發霉。」

「她們會準備所有東西？」我問。

「所有東西。」

「包括白色俄羅斯？」

古斯點頭。

「那麼岩石呢？她們會準備岩石，或者我應該自己帶去？我希望拿它來開啟閒聊的話題。」

古斯說：「我剛剛發現到一件事：妳已經不再受到邀請。」

我說：「喔，我當然已經受到邀請。她們不會拒絕帶岩石的人。」

「好吧，在那樣的情況下，我應該會生病。妳必須自己前往。」

「放輕鬆點。」我搓了搓他的手臂。「我不會談岩石的話題。不會談太多。」

他露出笑容走近我，搖頭說：「我不去。我病得太嚴重了。」

我的手仍舊放在他的肘窩。他的肌膚在我的手指之下感覺很燙。當我握緊他的手，他靠得更近，並再度搖頭。我的背碰到工具架冰冷的邊緣。他的視線上下打量我，在我的肌膚上一路留下雞皮疙瘩。我把他拉得更近，兩人的肚子貼在一起，我感覺肋骨與肚臍後方、以及所有我們接觸的地方湧起強烈的渴望。

他輕輕抱著我的腰，緩慢地拉向他的腰間。我感覺一股熱度衝下我的身體，就好像在一道汽油上冒起的火焰。我屏住氣，看著他的表情變化，血液彷彿減緩流速，在血管中變得濃稠，但我的心跳卻加速。他的笑容彷彿烙印在嘴角，雙眼因為專注而變得黑暗。

如果他此時能夠看穿我的內心，我也不在乎。我甚至希望被看穿。

我腦中反覆出現「一次一次一次」的念頭，宛若沙漠上的風滾草。

接著古斯緩緩俯身，鼻子沿著我的鼻子往下滑，直到他的氣息吹到我的嘴唇，甚至沒有接觸就使之張開。當他的嘴唇粗野地接觸我的嘴唇，我的手指嵌入他的肌膚。他的親吻強烈、炙熱而緩慢，讓我覺得好像會在第一個親吻結束之前就在他身上融化。

他帶有咖啡的味道，尾韻是香菸，讓我永遠不會厭倦。我抓著他的頭髮，他的舌頭滑入我的口中。他把我貼在工具架上，雙手舉到我的下巴，將我的嘴巴朝向他，然後再度親吻我，這次甚至更深，彷彿我們急於要探索彼此的深度。

每一個吻、每一次撫摸都粗野而溫暖，就像他本人。他的雙手滑下我的胸部，伸入我的上衣底下，像下雪般觸碰到我的腰部、我的胸罩，讓我的肌膚感到疼痛。我們彼此一起搖擺。他緩緩地把我壓向後方的架子，發出嘎嘎聲。他朝著我的嘴笑，使我更加渴望他。

我把雙手鑽入他的上衣中，他的嘴巴沿著我的喉嚨滑下，緩慢而飢渴。他一隻手抓著我的腰，另一隻手則滑到我的半罩式胸罩蕾絲下方，在我的肌膚上沉重地畫著圈圈。他一開始很溫柔，每一個動作都慵懶而帶有意義，但是當我在他的撫摸之下弓起身體，他把我抓得更緊，讓我喘息。

他稍微退開，氣喘吁吁地問：「我弄痛妳了嗎？」

我搖頭，古斯便再度摸著我的臉頰，然後小心翼翼地轉動我的臉，親吻我兩邊的太陽穴。我抓著他的上衣下襬，拉到他的頭上。當我看到他瘦削、堅硬的曲線，胸部便劇烈起伏。我把他的上衣丟到地上的同時，他便抱住我，長繭的手掌沿著我的身體兩側往上，同時也把衣服往上拉。他把我的上衣丟到一旁，然後熱烈地凝視著我，用低沉、粗糙的聲音說：「天哪！」

我勉強微笑。「你在對我祈禱嗎？」

「差不多。」他回答我，漆黑的視線從我的身體掃向我的眼睛。他下巴上的肌肉隆起，雙手繞到我的背後解開我的胸罩，我的身體則朝著他弓起。

他拉下我一邊的胸罩吊帶，視線追隨著自己手指緩慢的移動。他的手指滑下我乳房側面，劃過它的曲線。當手指再度滑回上方，他粗糙的手掌托住我的胸部，使我全身戰慄。他的力道依舊輕到令人火大，但他的視線卻熱烈而黑暗，彷彿會刺穿我。我隨著他的動作搖擺，回應他的撫摸。

當他的視線回到我的眼睛，嘴角便稍稍抽動。他把我另一邊的吊帶也拉開，內衣便掉落下去。他的深色眼睛熱烈地看著我的胸部，緩緩地注視著我，使我情不自禁地扭動，彷彿能夠摩擦他的視線。他下巴上的肌肉在脈動，接著他把我用力拉向他。

這樣做會有後果。這絕對是壞主意。

他湊得更近，把我壓在架子上。我伸手摟住他的腰部。

二十一　野炊

古斯的雙手沿著我的體側往下滑，感受每一道赤裸的線條與曲線。

「妳好美，珍妮艾莉。」他低聲細語，更溫柔地親吻我。「妳真他媽的漂亮。妳就像是太陽。」

他的嘴巴滑下我的身體，品嘗他接觸到的所有部位。這樣還不夠。我的指甲嵌入他的背部。他把我從架子拉開，帶我到旁邊的冰庫，摸索著我短褲上的釦子。我抬起自己的身體，讓他能夠把短褲拉下我的大腿。當他直起身子，他的雙手沿著我的大腿往上摸，滑到我的內褲兩側下方，深入我的肌膚。我拱起身體，他把我的大腿拉向他的腰，嘴唇強烈地在我的嘴唇上移動。「天哪，珍妮艾莉。」他說。

我試圖回應，但我的欲求使我的聲音被擠壓成喘息。我把自己緊緊貼向他，他的撫摸則變得銳利。

我們停止對彼此溫柔。我無法放慢自己、謹慎地對待他，我也不希望他謹慎地對待我。我解開他的褲子並拉下來。他的一隻手滑到我的雙腿之間。他發出呻吟，另一隻手來到我的大腿外側，他的嘴則沿著我的肚子往下滑。他的雙手抓住我的大腿。我抓住冰箱兩側，讓他蹲低到我的雙腿之間品嘗我。我感受到壓力，呼吸變得急促。他的手指陷入我的大腿根部皺褶，他的名字從我嘴唇之間溜出去。他更用力地抓著我的臀部。這樣還不夠。我想要他。直到他回覆我同樣的話，我才發現自己把這個念頭說出口——「我想要妳，珍妮艾莉。」

他直起身體，把我拉向冰庫邊緣，拉起我的腰部貼向他，我的大腿則緊緊夾住他的身體兩側。

「古斯。」我喘著氣說。他的視線往上移動。我的肌膚底下炙熱地脈動。「你有保險套嗎？」

他花了一分鐘才回答，彷彿他的大腦在翻譯第二語言：「這裡？在你父親別墅的地下室？」他的雙眼依舊黑暗而飢渴，雙手緊緊抓著我的大腿。

「我想說的是，在你的口袋裡。」我仍舊氣喘吁吁地說。

他笑了，發出沙啞的咯咯聲。「如果我帶著保險套來跟妳談馬鈴薯沙拉的事，妳會有什麼感受？」

「很感謝。」我說。

「我不知道會發生這種事。」古斯苦惱地用一隻手抓起頭髮，另一隻手則仍舊幾乎使我疼痛地抓著我。「在隔壁有一些。」

我們盯著彼此片刻，接著開始抓起我們丟在地上的衣服穿上。當我們爬上階梯時，古斯抓了我的屁股。「天啊。」他再度說。「上帝，感謝您賜給我這一天。另外也要感謝傑克・李奇。」

我們並沒有穿上鞋子，直接跑出門，穿過院子。我首先跑到他的大門，轉身看到古斯正跑上階梯。他看著我，發出粗啞的笑聲，搖搖頭抱住我的腰，把我貼在門上再度親吻我。

我用手指抓住他的頭髮，忘記我們在哪，忘記一切，只知道他的雙手在我身上滑動並伸入我的衣服底下，他的舌頭誘導著我的嘴唇張開，而我則盡可能地撫摸著他的每一個角落。我發出不滿足的微弱聲音，他則把手繞過我的腰轉動門把，引我往後進入他的家中。

我們走了幾乎不到三英尺，他便再度脫下我的上衣，並且脫下自己的上衣。轉眼間，我就躺在他的工作檯上。他解開我的短褲，沿著我的臀部與大腿往下拉，最後掉落在地面上。他走入我的雙膝之間。

我抬起身體，讓他把雙手滑下我的乳房，抓住我的乳頭，按摩著我直到我體內的一切都變得緊繃。我用雙腿夾緊他，讓他把我抱離檯面，轉身把我壓在書櫃上。他的雙手抓住我的大腿，我則靠著書櫃弓起身體，讓兩人的髖部貼在一起。

還不夠，還差得遠。

他解開自己的褲子，從我的正下方把它拉下。我的手徒勞無功地想要拉下他的內褲。他調整我靠著書櫃的位置，自己把內褲拉下。

感覺到他的身體貼著我，幾乎讓我無法承受。當我把自己的髖部貼向他，不禁發出喘氣聲。他用一隻大手抱住我，然後朝我的肌膚呻吟：「幹，珍妮艾莉。」

他低沉的聲音讓我全身起雞皮疙瘩。他的另一隻手伸到我肩膀高度的書櫃，摸到在我視野邊緣的藍色罐子。

他從那個罐子裡拿出一個保險套。我情不自禁地笑出來。「我的天哪。」我朝他的耳朵喃喃低語。「你總是靠著書櫃做愛嗎？你的書現在是不是在我背後？這是某種自我意識的展現嗎？」

他往後退，帶著嘲諷的笑容，用牙齒撕開包裝。「這裡剛好在我出門的路線上。別裝聰明了。」他鬆開手，倒退幾英寸。「這是我第一次在這裡做，不過如果妳不喜歡，我們也可以等到哪天下雨時，偶然路過某個很棒的沙灘洞穴。」

我貪婪地試圖抓住他，在他退開前咬住他的下嘴唇。他縮短我們之間的空隙，一邊貪婪地親吻我，一邊戴上保險套。他的雙手回到我的腰際，這回變得溫柔而輕盈。他引導我緩慢而性感地親吻，我則在期待中顫抖。

他的第一次插入緩慢到幾乎讓腦袋融化。當他深入我當中，我體內的一切都在他的周圍變得緊繃。我屏住氣，眼睛後方出現星星，為他的尺寸感到訝異，喜悅的浪潮在我體內洶湧。

「喔，天哪。」當他緩緩搖動著插入時，我喘著氣說。

「妳在對我祈禱嗎？」他對著我的耳朵開玩笑，讓我的背脊戰慄。我無法忍受這麼緩慢的動作。我擠向他，快速而熱情，他也呼應我的熱度。

他把我從書櫃拉開，轉身坐上沙發，採取仰臥的姿勢，把我拉到他身上。他再度插入我體內，雙手摩挲著我的肋骨，我則氣喘吁吁地呼喚他的名字。我湊向他，雙手在他胸前張開，努力避免鬆開。他的嘴在我的乳房徘徊，一陣醉人的炙熱欲求脈動竄過我體內。

「我已經渴望妳很久了。」他用氣音說，雙手抓緊我的屁股。

他沙啞的聲音使我心中盪漾興奮的情感。「我也是。」我壓低聲音承認。「從我們在汽車電影院的那天晚上。」

「不對。」他堅定地說。「更早。」

我的心跳劇烈，彷彿有個箱扇在裡面吹散亮片，而我體內的一切都在增幅——像緊繃的鋼索並且顫抖。古斯繼續朝我的肌膚低語：「在妳穿著黑色禮服和過膝靴應門之前，在我看到妳在讀書會上頭髮全濕並且捲起來之前。」

古斯一隻手繞過我的腰，把我們兩人翻過來。我的一隻腳繞過他的臀部，另一隻腳則沿著他的小腿滑下。他在我的臉頰旁邊低語，沙啞的聲音宛若電流般閃爍著穿過我的身體。

他的親吻掠過我的下巴。「還有在那場糟糕的兄弟會派對之前。」

我內心感到緊張。我試圖回話，但古斯的一隻手纏住我的脖子後方，另一隻手則沿著我的中央滑下，劃過我的喉嚨，彷彿溫暖的小刀劃過奶油。我們朝著彼此起伏，迷失在彼此當中，周遭的一切都變得模糊而不重要。

「哦！」當他推得更劇烈、更深，我發出喊聲。接著我突然完全崩潰，陣陣喜悅發自我的體內，我緊緊抱住他。他在我上方支撐身體，將嘴巴埋到我的脖子。接著我們兩人同時鬆開，氣喘吁吁，肌肉顫抖。

他倒在我旁邊喘氣，但仍舊把一隻手垂在我身上，手指彎曲放在我的肋骨上，另一隻手臂遮住眼睛搖頭，發出微弱而粗啞的笑聲。

「怎麼了？」我依舊喘著氣詢問。我轉到側躺的姿勢，古斯也同樣側躺，他的手從臉上放下，沿著我的大腿與腰際側面往上滑。他湊向前親吻我汗濕的肩膀，把臉埋在我的脖子側面。

「我只是想到妳剛剛談起我的書櫃。」他用粗啞的聲音說。「即使在我為了妳的身體瘋狂的時刻，妳還是不會停止吐槽我。」

我感到一陣暖意自心中湧起——包含羞澀、輕飄飄、以及某種更柔和而更難說明的心情。「在那之前」——我聽到他在我的腦中低語。我往後躺，把頭靠在抱枕上。古斯的手沿著我的髖骨滑到我的肚子，五指張開，湊近並緩緩親吻它。

我的手腳感覺疲憊而軟弱無力，但是我的心卻依舊劇烈跳動。即使我知道我跟古斯之間會發生某件事，但是我不會想像到他會像這樣，隨時把手放在我身上，雙眼注視我的嘴巴、身體和眼睛，親吻我的肚子，對著我的肌膚發出笑聲。我們赤裸裸地擁抱，就好像我們已經做過一百次這種事。

這是什麼意思？我心想，接著又想到：不要為所有事情尋找意義！不過當我重新想起剛剛發生的一切，就感到胸口有種緊繃的感覺。我知道我喜歡撫摸古斯，被他撫摸，可是這個……這是不曾預期的，而我有可能更喜歡它。

他把頭靠在我的胸前，他的手放在我髖骨之間稍微凹陷的地方，慵懶、輕柔地來回撫摸。他親吻我的乳溝、我的肋骨側面；即使我處在幾乎完全放鬆的狀態，仍舊全身打顫。

「我愛妳的身體。」他的聲音在我身上迴盪。

「我也喜歡你的。」我說。我戳了戳他嘴脣上的傷口。「還有你的嘴巴。」

他露出笑容，用手肘撐起身體，一隻手仍舊放在我的肚臍上。「我真的不是要跑到妳的性愛地窖去引誘妳的。」

我坐起身說：「你怎麼知道我沒有引誘你？」

他的嘴角抬得更高。「因為妳沒有那個必要。」

他的話語再度在我體內回響：我已經渴望妳很久了。不，在那之前。我的心跳加速，接著在聽到電話響起時嚇了一跳。

「該死。」古斯發出呻吟，在滾下沙發前親吻了我的肚子最後一次。他從地上抓起褲子，然後從口袋掏出手機。

當他看到螢幕，臉上的笑容消失了，深色的眉毛間出現驚愕的皺紋。

「古斯？」我心中突然湧起憂慮。

他抬起頭，看起來有些驚慌。他緊緊閉上嘴巴，把視線移回手機上。「對不起。」他說。「我得接這通電話。」

「喔，好吧。」我坐起身，迅速發覺到自己完全赤裸。

「該死。」他這回壓低聲音說。「只要幾分鐘就好。我可以在妳家跟妳會合嗎？」

我瞪著他，努力壓抑內心的傷痛。

如果他是打算在做愛之後立刻把我趕出去、接一通神祕電話怎麼辦？

這沒什麼。不會有問題。我不會有問題。

我現在已經對他失去欲望。事情原本就應該如此發展。我原本就不打算赤裸著身體跟他躺在一起，讓他緩慢、謹慎地親吻我身體的每一個角落。不過當我站起來撿起衣物，仍舊感到心情沉到谷底。

我回答他：「當然了。」我還沒穿上上衣，古斯已經走過一半的走廊。

我聽到他說「哈囉」的聲音，接著臥室的門關上，把我隔絕在外面。

我走回自己的屋子時，已經十一點了。古斯和我應該很快就要出發去參加野炊。皮特告訴古斯，松雅必須晚一點到，所以我們最可靠的做法，就是參加這場白天到晚上的活動前半段，然後在甜酒開瓶及煙火之前提早回去。當古斯這樣告訴我，我提議我可以自己開車，這樣他就可以待到最後。

「妳不是在開玩笑吧？」他說。「妳絕對無法想像，妳和我一起參加可以省去我被擰臉頰多少次。我不想要單獨跟那群人待在一起超過三十秒。」

我問他：「如果我要上洗手間怎麼辦？」

古斯聳聳肩說：「如果有必要的話，我會盡快逃掉，留下妳在那裡。」

「你不是已經四百歲了嗎？不管是被擰臉頰、或是深深恐懼被擰臉頰，這樣的年紀感覺好像都太老了。」

「也許我四百歲了，不過她們至少比我老一千歲，而且還有禿鷹般的爪子。」

奇特的是，這段對話只比剛剛發生的事早十二個小時左右。我的背脊又起了雞皮疙瘩。

想到永遠無法再和他在一起，我的體內便產生新的疼痛，以彈鋼珠的途徑傳遞，擊中他用眼睛、嘴巴和雙手檢視過的所有部位。想到永遠不能再看到他赤裸而脆弱地在我旁邊、沒有任何隔閡、直接將祕密低聲傾訴到我的骨頭裡，我的心情就變得沉重。

「一次」是古斯的規則，而這次鐵定算數。

我告訴自己：他剛剛接到很重要的電話，跟規則或跟妳都沒有關係。

可是我無法確定。

古斯一直沒有聯絡我，直到十一點四十五分，他才傳簡訊給我：再過五分鐘，可以準備好嗎？

很難。即使我來回踱步消耗能量，仍舊因為先前的回憶、以及對於接下來發生的事感到憂慮而心跳劇烈。我沒有預期到他會把這件事丟在一旁，彷彿沒發生過任何事般傳簡訊給我，不過也許我應該要想到的。

我嘆了一口氣，回覆他：當然。接著我匆匆進入臥室，換上白色背心裙和上次去二手店時買的紅色涼鞋。我把頭髮紮起來，在我剩下的兩分鐘裡盡可能化好妝，然後又把頭髮放下來。

古斯稍微整理過儀容。他的頭髮仍舊凌亂而糾結，不過他穿上了還算沒有皺紋的藍色襯衫，袖子捲起來露出他浮現堅硬血管的前臂。在他坐入駕駛座前，我只點頭打招呼。

我上車坐在他旁邊，比我曾經想像過類似情節時所擔心的更尷尬至少兩倍。我斥責自己：笨蛋，笨蛋，笨蛋！

不過我又想到他親吻我的肚子時，是那麼溫柔、那麼甜蜜。會有一夜情（雖然是白天）感覺如此真實嗎？

我望著窗外，盡可能用最輕鬆的聲音（完全不確實，零分）說：「一切都還好嗎？」

「嗯。」古斯回答。

我試著觀察他的面孔。他的表情只告訴我，我的確應該憂慮。

當我們開到皮特和瑪姬住的街道時，路上已經擠滿了車。古斯停在轉角，然後帶我進入通往花園小徑之一的側門。

我們沒有經過前門，而是繞過屋子來到後院。

一群人同時呼喚古斯的名字。結束之後，皮特又高喊「珍妮艾莉～～！」她的其餘來客也跟著喊。至少有二十個人圍繞著常春藤花架下的幾張牌桌。布滿星星的紙桌巾上，凌亂地擺放著啤酒瓶和紅色免洗杯。一如承諾，露臺邊緣的長桌上，不僅擺滿盛放食物的鋁盤與罐裝啤酒，甚至還得疊起來。

「我英俊的外甥和他美麗的同伴來了！」皮特站在烤肉架旁翻動漢堡，身上穿著寫了「來親吻廚師」的圍裙。她還在上面用麥克筆寫了「開玩笑的！已婚！」瑪姬則穿著她自己的白色圍裙，上面以手寫文字寫著「來親吻地質學家」。在她們奇特的花園中央有一座雪松色露臺，訪客聚集在上面的一張牌桌周圍。在露臺另一端，還有一些客人在巨大的藍色游泳池濺起水花嬉戲。

「真希望你們也帶了泳衣。今天的水溫剛剛好。」當古斯彎腰擁抱拿著鍋鏟的皮特時，她這麼說，並很大聲地親吻古斯的臉頰，然後退開。

我瞥了古斯一眼。「古斯有泳衣？」

「正確地說，沒有。」瑪姬傾向前方親吻古斯的臉頰，轉身又親吻了我，然後繼續說：「不過我們還是替他保留了一件。他小時候簡直就像一條魚！我們帶他去YMCA游泳的時候，必須設定計時器，把他從游泳池拉出來，免得他在池子裡尿尿。我們知道他絕對不會憑自己的意志出來。」

古斯說：「這段故事完全是編出來的，根本沒有發生過。」

「我發誓我說的是真的。」瑪姬用她那沉思般縹緲的聲音說。「你當時頂多才五歲。記得嗎？當你還小的時候，你和蘿絲每個星期都會來游泳池一兩次。」

古斯的表情變了。他的眼中出現某種感情，就好像一道鐵門在眼中關上「沒有。我完全不記得。」

蘿絲？皮特的真名是波西，意思是小花束。蘿絲（Rose）想必是她的妹妹，古斯的媽媽。

「即使你不記得，這仍舊是事實。」瑪姬繼續說。「不管你現在游不游，過去的你很喜歡游泳。你的泳裝放在空房間裡。」瑪姬接著從上而下打量我。「我相信可以替妳找一件適合的，不過長度和寬度可能都會太大。妳的個子很嬌小。」

直到今年夏天，我都沒有這麼想過。

瑪姬揉了揉我的手臂，寧靜地微笑。「這是跟荷蘭人住在一起的結果。在這方面，我們屬於體格強健的血統。來見見大家吧。小古斯，你也來打招呼。」

就這樣，我們被帶著穿過皮特和瑪姬的後花園。古斯認識所有人（這些人主要是當地大學教職員，以及這些教職員的伴侶與小孩，另外還有瑪姬的兩個妹妹），不過顯然除了有禮貌地打招呼之外，跟他們沒什麼好聊的。瑪姬的妹妹達希比瑪姬高了三英寸，有一頭像稻草的黃色頭髮和藍色大眼睛；蘿莉則比瑪姬矮了足足一呎，留著灰色短髮。「她有很嚴重的中間小孩症候群。」瑪姬引導我和古斯到花園另一個角落時對我低語。花園的這個角落設置了扔沙包遊戲區。兩隻拉布拉多犬愉快地來回奔跑，笨拙地試圖接住小孩子丟出去的沙包。

「我相信他們會很樂意讓你們參加。」瑪姬把手揮向遊戲區。

古斯轉向她，展露罕見而頑固的滿面笑容說：「我想我們可以先喝杯飲料。」

瑪姬溫柔地拍拍他的手臂。「喔，你果然是皮特的教子，小古斯。我替你們端來我世界知名的藍色潘趣酒吧。」

她繼續向前走。當我們跟隨她時，古斯對我使了一個眼色，暗示我那杯飲料會很難喝，不過在我們緊繃的開車旅途之後，光是這樣的眼色，就足以使我全身上下直到腳趾都熱熱的。「全世界惡名昭彰。」他對我低語。

「你知道這條小徑上的石頭是什麼種類嗎？」我低聲回他。

他懷疑地搖頭。「我先警告妳，要是妳問這個問題，我絕對不會原諒妳。」

我們離開小徑，來到樹葉茂密的一個角落。從這裡看不到扔沙包遊戲場地，也看不到露臺。

我開口問：「古斯，一切都還好吧？」

他的眼神有片刻變得銳利，但他眨了眨眼，那個表情就消失了，取而代之的是謹慎的冷漠表情。「嗯，那沒什麼。」

「可是有個『那』。」我說。

古斯搖頭說：「沒有。沒什麼『那』，只有藍色潘趣酒，而且會有很多。妳得加快腳步。」

他開始再度走向露臺，我只好跟隨他。當我們到達露臺，瑪姬已經替我們準備了兩杯倒得滿滿的飲料。我喝了一口，盡我最大的努力不咳出來。「這裡面是什麼？」

瑪姬用手指數著成分，以空靈的聲音說：「伏特加、椰子蘭姆酒、藍古拉索酒、龍舌蘭、鳳梨汁，再加上一滴普通蘭姆酒。妳喜歡嗎？」

我回答：「很棒。」那杯酒聞起來就像打開的去光水瓶子。

「小古斯，你呢？」她問。

「太棒了。」古斯回答。

「比去年更棒吧？」皮特離開烤肉架的崗位加入我們。

「至少在灑出來的時候，更有可能讓一輛汽車的烤漆剝落。」古斯回答。

皮特哈哈大笑，重重地拍他的手臂。「瑪姬，妳聽到了嗎？我就說這東西可以拿去當噴射機燃料。」

瑪姬露出笑容，不理會他們的嘲笑。陽光照射在古斯臉上，剛好呈現出他的祕密酒窩，並且把他的眼珠打亮成黃金琥珀色。這雙眼睛注視著我，他的臉上露出溫和的笑容。他並沒有看起來像另一個人。他看起來更自在、更確實，彷彿這些日子以來我只面對過他的影子。

此時此刻，站在這裡，我覺得自己好像偶然遇上某種祕密而神聖的東西，比我們在他家中發生的事更親密，就好像古斯把我一直欣賞的房屋窗簾拉開，而我雖然曾經夢想過屋內裝潢，卻仍舊低估了它。

我喜歡看到古斯像這樣和他知道會永遠愛他的人在一起。

我們剛剛才做愛做到驚天動地，不過如果我要再次親吻古斯，我希望親吻的是這一個他——不會覺得整個世界壓在自己身上，以至於隨時都要倚靠某樣東西才能保持站立。

「……也許可以選在八月第一個星期？」皮特正在說話。她、瑪姬和古斯都在看我，等待我回答我沒有聽見的問題。

「我可以。」古斯說。「珍妮艾莉，妳呢？」他看起來仍舊很放鬆、愉快。我思索著眼前的選項：答應某件我完全不知道是什麼的事情、承認我沒有在聽、或是問（有可能不利的）問題套出更多資訊。

「幾……幾點？」我邊說邊期待自己選對了，也希望這個問題具有意義。

「平日的話，我們通常在七點開始，不過因為那天是週末，所以可以選在任何時間。話說回來，傍晚之後大概還是最適合——畢竟這是一座湖畔城市，大家如果要看書，會去趴在沙灘上看。」

「這一定會很有趣。」瑪姬輕輕拍手說。「你們兩個雖然表面上好像差很多，不過我相信你們的內在成分其實很相似。就像拉長石和——」

「上帝祝福妳。」古斯說。

「不對，古斯，我並沒有要打噴嚏。」瑪姬親切地告訴他。「拉長石是一種很漂亮的石頭。」

「真的很漂亮。」皮特附和。「看起來就像從外太空來的。如果我要拍一部科幻片，我一定會讓全世界都變成拉長石。」

「說到科幻片——」古斯開口，並瞥了我一眼。我知道他找到把話題拉離岩石的方法。「妳們有沒有人看過茱蒂・佛斯特的《接觸未來》？那真是他媽超屌的電影。」

「埃佛列特。」皮特說。「注意你的用詞！」

瑪姬用手摀著嘴哈哈笑。她的指甲塗成奶油色，上面灑了藍色小星星。皮特今天的指甲則塗成深紅色。我懷疑皮特擦指甲油的興趣是受到瑪姬影響——由於長年生活在一起，她的妻子某部分特質也感染到她。我向來喜歡這樣的想法：兩個人彷彿逐漸變成一個人，或者是重疊的兩個部分，就好像兩棵樹的樹根糾結在一起。

「回來談那場活動吧。」皮特再度轉向我說。「也許七點會比較好。這一來就不會占用太多沙灘時間了。」

「聽起來不錯。」我說。「可以把細節 email 給我嗎？這樣的話，我回家之後就可以重新確認行事曆。」

「我不確定細節。妳需要知道的只有準時到場！瑪姬和我會想一些好的問題。」皮特說。

我顯然露出了猶豫的表情，因此古斯稍稍湊向我說：「我會寄 email 給妳。」

「古斯，我幾乎沒有看過你在用 email 的證據，甚至比你有泳衣的證據還少。」我說。

他聳聳肩，挑起眉毛。

「我很慶幸我不是唯一這麼覺得的。」皮特說。「當你寄了一大堆狗狗影片而沒有得到回覆，就會開始懷疑這個帳號使用者是不是試圖用沉默來表達什麼！」

古斯用手臂勾住皮特的脖子。「我跟妳說過，我不會檢查信箱；這不代表有人要求我寄信的時候，我也沒辦法寄——只要是當面提出，而且有正當理由。」

「狗狗影片在任何情況，都是很正當的理由。」瑪姬若有所思地說。

「看妳們的狗跑來跑去，對我們來說有什麼意義？」古斯問。

「說到拉布拉多犬，」瑪姬開口。「我剛剛提到拉長石……」

古斯看著我，咧嘴笑了。事實證明，他說得完全正確。我們絕對應該不惜代價迴避岩石的話題。當瑪姬從一顆石頭談到另一顆石頭，因為某顆石頭的有趣花絮聯想到另一顆石頭的有趣花絮，我很快就迷失了對話的方向。過了一陣子，就連皮特（通常抱持愛慕）的視線似乎也變得呆滯。

「喔，太好了！」當有其他人來到屋子側門時，她有些草率地說。「我得去跟客人打招呼才行。」

古斯告訴瑪姬：「如果妳也想去打招呼，別為我們耽擱了。」

瑪姬裝出誇張的震驚表情，高喊：「絕對不會！」她抓住古斯的手臂。「你的阿姨也許不夠專一，可是對我來說，沒有人比你更重要，小古斯！就連拉布拉多也一樣——不過千萬別告訴牠們。」

我湊向古斯低語：「就連拉長石也一樣。」他的臉稍稍轉向我，露出笑容。他距離我很近，以至於他的臉有一大片看起來很模糊。他的藍色嘴唇上的藍色潘趣酒氣味，彷彿為我的血液帶來流行搖滾的節奏。

「所以我剛好次於拉布拉多嗎？」桌前的一名男子以玩笑的口吻問瑪姬。

「不是，別傻了，吉伯特。」皮特邊說邊帶回幾名新訪客，她的手中拿著漂亮的花束。

「你跟拉布拉多不分上下。」

古斯低頭看我，臉上的笑容消失，變成若有所思的表情。我看著他縮回自己的殼裡，突然很想不顧一切地抓緊他，把他留在這裡。

他的視線掃向我。「我得把一部分藍色潘趣酒弄出自己的身體。妳可以一個人待在這裡嗎？」

「當然。」我說。「除非你其實是要進入屋內，把你小時候的照片藏起來。如果是這樣的話，不行，我不能一個人待在這裡。」

「我不會做那種事。」

「你確定？」我追問，試圖逗他笑，讓那個快樂安全的古斯回到表面。「別忘了皮特會告訴我，所以你沒辦法藏起來。」

他抬起嘴角，眼睛閃爍光芒。「如果妳想跟著我到洗手間來確認，那是妳的特權。」

我內心高聲歡呼。「好啊！」

「好啊？」他問。

在他銳利的視線下，我的身體已經在發燙。我說：「古斯，你希望我跟你一起去洗手間嗎？」

他笑了，沒有離開。他上下打量我，然後斜眼望向皮特。當他的視線回到我身上，臉上的笑容消失了，眼中也失去光芒。

「不用了，我馬上回來。」他說。

他溫柔地碰了我的手臂，轉身走入屋內，留下我獨自一人。我感覺到好久沒有如此尷尬——至少從我在讀書會喝包包裡的葡萄酒那天晚上以來。不幸的是，我想像我現在會重蹈覆轍，試圖抹去剛剛發生的事件的記憶。

古斯拒絕了我。在他把我壓在書櫃上的幾個小時之後，他拒絕了我。

這比我之前在權衡和古斯發生關係的利弊時，腦中編織的最惡劣情節還要糟糕。

他為什麼要跟我說他渴望我好久了？在那一刻，這句話聽起來很性感，可是現在卻讓我覺得，自己好像是他總算解決的待辦事項。我愚蠢的致命缺陷再度出現。

我在落地窗前等候，有好幾分鐘的時間都低著頭，把發燙的臉對著飲料。當我的手機收到古斯的 email 響起，我嚇得跳起來。我的心跳加速，然後當我點進去看，一顆心便跌到谷底。信上的內容只有：皮特書店的活動，八月二日，晚上七點。

我回想起瑪姬說過，古斯和我的作品表面上差很多，所以「這」一定會很有趣。我非常確信我剛剛承諾要和他一起參加讀書活動。

笨蛋笨蛋笨蛋。我已經有一個月的時間幾乎隨時和古斯接觸。如果我整整一個月只和一顆血淋淋的排球待在一起，當潮水把它捲進海裡的時候，我一定也會哭出來。

不，不對，事情不是這樣。我並不是因為寂寞或把現實浪漫化的傾向，才會感到如此悲傷。

我理解古斯。我知道他的生活充滿混亂。我知道他的牆壁厚到必須花好幾年才能鑿穿，而他也幾乎打心底不信任這個世界。我知道我不是那個光憑「做自己」就能夠解決這一切的神奇人物。

說到底，我完全了解古斯是什麼樣的人，卻於事無補。因為即使古斯大概永遠不會在雨中跳舞，我想要的仍舊是他。只有古斯。正是古斯。

我已經準備好要心碎，而現在我懷疑自己只能束手無策地做好準備，等它發生。

二十二 旅程

「來吧，小古斯，進來吧！」瑪姬把水潑向游泳池邊緣，但古斯只是後退，搖頭並咧嘴笑。

「怎樣？你怕會把你特地燙的頭髮弄塌嗎？」皮特從烤肉架前嘲笑他。

「這一來我們就會發現你燙過頭髮？」我跟著說。他瞥向我，讓我感到一陣興奮，接著失望地發現，瑪姬借我的鬆弛連身泳衣讓我看起來就像被衛生紙包住、濕漉漉的冰棒。

古斯說：「也許我是怕一旦我進去，沒有人會替我設定計時器，提醒我出來上廁所。」

在游泳池的另一端，一名瘦削結實的小男孩和一名豐滿的小女孩從泳池兩側同時跳入水中，濺起的水花把我們淋濕。古斯回頭看我。「還有那個。」

「哪個？」我問。「樂趣？你怕會感染到它嗎？」

「不是，我是怕游泳池裡已經充滿尿液。妳們兩個可以享受泡在裡面的樂趣。」古斯回到屋子裡。我努力克制自己，不要幾乎每分鐘都去確認他有沒有再度出現。

瑪姬找到一顆海灘球，我們便開始來回傳球。很快地，時間已經到了四點。由於松雅會在五點到，我就表示我要去換衣服。瑪姬也敏捷地跳出來，拿起我們放在泳池周圍水泥地上的黃色毛巾。

我還來不及從她手中拿毛巾，她就把一條毛巾掛在我的肩上，然後引我進入屋內。「妳可以用樓上的浴室。」她以甜蜜到幾乎像是眨眼的笑容對我說。

「喔，好的。」我不自在地說，然後拿起自己的衣服走上階梯。

這道階梯是嘎吱作響的狹窄木階梯，在中途會倒轉，通往二樓走廊。浴室在走廊盡頭，粉紅色磁磚的外觀醜到極致，反而顯得可愛。走廊的一邊有兩扇門，另一邊則是第三扇，每一扇門都是關著的。

離開的時間快要到了，我得敲每一扇門尋找古斯。我努力避免感到尷尬或受傷，但卻很難辦到。

珍妮艾莉，從你們第一次的對話，他就明白告訴妳，他不是可以讓妳抱持任何期待的人。他那種人就連妳也沒辦法浪漫化。

我在浴室用毛巾擦乾身體，穿上衣服，然後走出去輕輕敲第一扇門。門內沒有回應，因此我走到走廊另一邊。

門內傳來含糊的聲音：「啊？」我小心翼翼地打開這扇門。

古斯躺在角落成對的單人床之一，雙腿伸直，背部靠著牆壁。在他的右邊，百葉窗有部分打開，透進一道道光線，投射在地上的影子之間。「該走了嗎？」他抓著後腦勺問。

我環顧室內不搭調的家具，發現這裡缺乏植物。在床邊桌上有一盞足球造型的燈，床腳對面小小的藍色書櫃上擺滿了書，有美國版也有外國版的，都是古斯的書。「你來這裡思索自己有限的生命嗎？」我把頭歪向書櫃問他。

「我只是頭痛。」他說。我走到床邊，想要坐在他旁邊，但是他在我走到之前就站起來。

「我要去說聲再見。妳最好也去，免得皮特把妳列為黑名單。」他說完就離開房間，留我一個人在這裡。我走近書櫃。書櫃上方擺了四張裝在相框裡的照片。一張是深色眼睛的嬰兒，周圍有蓬鬆的假雲朵，整張照片都處於柔焦狀態。第二張是年輕大約三十歲的皮特和瑪姬，兩人都把墨鏡戴到頭上，一名穿涼鞋的小男孩站在她們之間。在小男孩的頭上、皮特和瑪姬的肩膀之間，可以看到一小片灰姑娘城堡。

第三張照片更舊，是一張深褐色調的肖像，照片中一名深色捲髮、一邊有酒窩的小女孩在笑。第四張則是團體照，穿著紫色體育服的小男生小女生全都排好隊，一旁則是更年輕、更瘦的皮特，脖子上掛著口哨，頭上的帽子在眼睛上方壓得低低的。我立刻找到古斯：瘦削而邋遢，臉上帶著害羞的笑容，一邊的嘴角抬得較高。

這時從樓下傳來聲音：「……確定你們沒辦法留下來嗎？」皮特在問。

我把相片放下來，離開房間，出來後關上房門。

我們在開車回家的前幾分鐘都沒有說話，不過古斯終於開口問：「妳玩得開心嗎？」

「皮特和瑪姬都很親切。」我模稜兩可地回答。

古斯點頭說：「她們的確很親切。」

「是啊。」我說完就不知道該說什麼。

古斯強烈的視線移向我，稍微緩和了一些，但是他緊閉嘴巴，接下來就沒有再看我這邊。

我望著窗外的建築一閃而過。商店今天的營業時間大多都已經結束，但剛剛我們還在皮特家時，這一帶有遊行，因此街道兩邊仍舊排列著攤販推車；穿著紅、白、藍衣服的家庭在推車之間走動，手中拿著一包包爆玉米花和美國國旗的紙風車。

我心中有許多問題，但這些問題全都很模糊，無法問出來。在我自己的故事中，我並不想成為因為某些愚蠢的不良溝通、而阻礙明顯美好事物的女主角，但是在我的現實生活中，我情願冒這樣的風險以保持自己的尊嚴，而不是把一切都攤開來給古斯看，直到他最後坦然承認，他對我的渴望並沒有我對他的渴望那麼多。

再一次。我悲慘地想著。就算有些醜惡，也要面對事實。

當車子開到我們屋子前方的路緣（因為行人增加，因此比我們原先預定的晚了許多），古斯說：「告訴我明天要怎麼辦。」

「明天？」我問。

「新伊甸之旅。」他打開車門的鎖。「如果妳還是想去，就跟我說。」

這就是結果？即使是作為田野調查的夥伴，他現在也對我完全失去興趣？

他下了車。就這樣。下午五點，我們分道揚鑣——在七月四日，在我只認識他和他阿姨的鎮上。

「我為什麼會不想去？我說過我要去。」我怒沖沖地問。他現在已經走向自己的門廊。他轉身聳聳肩。

我問他：「你希望我去嗎？」

他說：「如果妳想去的話。」

「這不是我問你的問題。我問你的是，你希不希望我明天跟你一起去。」

「我希望妳做任何妳想做的事。」

我把雙臂抱在胸前，怒聲問：「幾點？」

「九點左右。」他說。「大概要花一整天。」

「很好。到時候見。」

我走入自己的屋子，憤怒地踱步，卻沒有效果，於是我坐到電腦前方，憤怒地寫作，直到夜幕低垂。當我再也寫不出一個字，我便走出門到露臺上，看著煙火在湖面上形成條紋，閃閃發光的亮點飄落到水面，看起來就像流星。我努力不去看古斯屋子的方向，但每隔不久，我就會看到他廚房裡的電腦光線。

他直到午夜都還在工作。這時莎蒂傳簡訊給我：好吧，確定了。我戀愛了。祝我一路好走吧。

我也是。

我被搖動房屋的雷聲喚醒，翻身起床。時間是八點，但室內因為風暴雲而仍舊很暗。我邊發抖邊從梳妝臺的椅子拿了睡袍，匆匆進入廚房煮開水。巨大的閃電從天空劈下來，落在波濤洶湧的湖面；閃爍的光線照亮後門，彷彿閃光燈一般。我呆呆地看著這幅景象。至少在電影之外，我從來沒有看過暴風雨下在大量的水面上。我思索著這場雨會不會改變古斯的計畫。

也許讓他改變計畫最好。既然他可以突然對我不理不睬，我也可以打電話取消在書店的活動，今後彼此不再見面。他可以繼續堅持他那「只限一次、不交往」的規則，我可以去俄亥俄州，和一個保險員（不管這是什麼意思）結婚。

水壺在我後方發出哨音。

我替自己泡了咖啡，坐下來工作，文思再度源源不絕地湧出。我已經寫到四千個字的目標。書中那個家庭的世界被破壞了，艾莉諾父親的第二個家庭出現在馬戲團。她母親曾經和一名客人有不愉快的相逢經驗，因此比以前更神經質。艾莉諾和來自塔爾薩的男孩上床，結果在潛回帳篷時被逮到，全靠機械工尼克替她掩護。

另外還有那兩個小丑。他們在馬戲團後方的樹林幽會之後，差點被出櫃，兩人因此大吵一架。其中一人前往鎮上的酒吧，到後來卻在拘留室醒來。

我不知道這些情節要怎麼兜在一起，不過我知道情況必須變得更糟糕。這時已經是九點十五分，但我還沒有得到古斯的聯絡。我坐在沒有摺起棉被的床上，隔著窗戶瞪他的書房。我可以從他的窗戶看到燈罩透出的溫暖金黃色燈光。

我傳簡訊給他：今天的天氣會影響田野調查嗎？

他回覆：或許不會是愉快的旅程，不過我還是會去。

我問：我還是可以去嗎？

當然了。過了一分鐘，他再度傳簡訊給我。妳有健行鞋嗎？

我回覆他：當然沒有。

妳穿幾號？

七號半。怎樣？你以為我們穿同樣的尺寸嗎？

他說：我會向皮特借鞋子。接著他又補充：如果妳仍舊想要來的話。

我回覆他：天哪，你想要把我排除在這次活動之外嗎？

他花了比平常更久的時間回覆，而等候的時間讓我感到不舒服。我利用這段時間去換衣服。最後他終於回覆：沒有。我只是不希望妳覺得這是義務。

我猶豫著該怎麼反應。接著他又傳簡訊給我：如果妳想來的話，我當然希望妳來。

不是當然。我回覆時既生氣又感到放心。你從來就沒有清楚地說出這一點。

現在清楚了嗎？他問。

比較清楚了。

我希望妳來。他說。

那就去借鞋子。

他回覆：如果妳想要的話，帶筆記型電腦吧。我可能會在那裡待一陣子。

過了二十分鐘，古斯從路緣按喇叭。我穿上雨衣，在暴風雨中奔跑。我還沒有跑到車子，他就湊過來打開車門。我上車後用力關上門，然後把兜帽拉下來。車內很溫暖，車窗則蒙上霧氣。後座放了手電筒、超大的背包、較小的防水背包，以及一雙沾滿泥巴的紅色鞋帶健行鞋。古斯注意到我盯著這雙鞋，便說：「這雙鞋是八號——沒關係吧？」

當我回頭看他，他幾乎顯得驚恐，但這個表情很細微，所以可能只是我的想像。「很幸運，我為了預防萬一，帶了很厚的襪子。」我從夾克口袋掏出捲成一團的襪子丟向他。他接過襪子，在手中把它們翻開。

「如果鞋子太小，妳要怎麼辦？」

「把腳趾切掉。」我平淡地回答。

他終於露出笑容，一雙眼睛從漆黑濃密的睫毛底下看我。他的瀏海照例撥到旁邊，肌膚上有我剛剛跳進車內時濺到的一些雨滴。當他吞嚥口水時，臉頰上出現酒窩，然後又消失了。

我痛恨這幅景象對我造成的影響。一根小小的紅蘿蔔，實在不該勝過在我那顆笨兔子腦中高喊「快跑」的直覺。

「準備好了嗎？」古斯問。

我點頭。他在座位上面對前方，駛離我們的屋子。雨勢已經緩和不少，因此雨刷可以用較輕鬆的速度刮著玻璃。我們很快就進入非常舒適的節奏，談著我們的書、雨勢和藍色潘趣酒。我們很快就離開最後這個話題，顯然我們兩人都不願意提起昨天。

一小時候，他駛出高速公路。我問他：「我們要去哪裡？」就我上網搜尋的結果，我知道還要至少一小時才會到新伊甸。

「不是凶殺場所。」他保證。

「要先保密給我驚喜嗎？」

「如果妳希望的話。不過到時候大概只會讓妳失望。」

「世界上最大的毛線球？」我猜測。

他的視線瞥過來，瞇起眼睛審視我。「那會讓妳感到失望嗎？」

「不會。」我說話時心跳不由自主地加快。「不過我猜你可能會覺得失望。」

「珍妮艾莉，這世界上有些奇蹟會讓所有看到的人落淚。巨大的毛線球就是其中之一。」

「好吧，你可以直接告訴我。」我說。

「我們要去加油。」

我看著他。「好吧，那的確令人失望。」

「就像人生。」

「別再說了。」我說。

又過了六十三分鐘，古斯在阿爾卡迪亞（Arcadia）再度駛離高速公路，在樹木茂密的雙車道公路又開了十五英里，最後停在泥濘的路肩。他叫我把筆記型電腦裝入防水袋裡。

我們下車之後，我說：「這裡鐵定是凶殺場所。」就我視線所及，這裡一無所有，只有右邊很陡的堤防，以及長在上方的樹木。

古斯往後靠向車子，說：「也許是某人的凶殺場所，不過不是我的。現在換鞋子吧。剩下的路我們得用走的。」

古斯拿起較大的背包，又拿了一個手電筒。我在穿上襪子和鞋子之後，也拿了另一個背包。「這邊！」他對我喊，然後直接爬上泥濘的堤防到樹林裡。他轉身向我伸出一隻手。我在泥巴上滑了三次之後，他設法把我往上拉到小徑上。至少這裡看起來的確像一條小徑，只是沒有標識或明確理由，要讓一條小徑從這裡開始。

森林內很安靜，只聽見我們的腳步聲和呼吸聲，以及毛毛雨打在葉子上的聲音。我戴著雨衣的帽子，不過在這裡，雨水主要是以霧狀的形式降到我們身上。我已經習慣湖水的藍色與灰色、陽光照射水面與樹梢的金黃色，不過在這裡，所有顏色都濃密而深沉，綠色的所有色調都呈現最飽滿的版本。

這是我這兩天來、甚至是一整年來感到最平靜的時刻。當我們走在聖堂般寂靜的樹林時，古斯和我之間所有不尋常的地方都暫時放在一邊。我的腋下、髮際以及內衣底下都在出汗。最後我停下來，把雨衣脫下。古斯也同樣無言地停下來，脫掉他自己的雨衣。當他的上衣卡到肩膀時，我看到他露出一小片平坦的橄欖色肚子。我把臉別開，等他把上衣重新拉下來。

我們撿起背包，繼續向前走。我的大腿開始發燙，越來越多的汗水和雨水把我的背心和牛仔褲黏在身上。有一陣子，雨勢又變大了，我們便躲進很淺的假山洞等待幾分鐘，直到大雨減弱。灰色的天空讓人很難判斷經過多少時間，不過我們想必在樹林裡走了幾個小時，才看到樹木變得稀疏，燒焦的新伊甸殘骸出現在眼前。

「老天爺。」我低聲驚嘆，停在古斯旁邊。他點點頭。我問：「你以前看過嗎？」

「只看過照片。」他邊說邊走向最近的一輛燒焦的拖車。第二場火不像閃電造成的那一次，不是意外。警方調查時發現所有建築都被澆了汽油。先知（稱呼自己為亞伯父親的男人）死在最後一棟建築的外面，身上著火，使得警方推測是他點燃這個地方的。

古斯吞嚥口水。他指著右邊的拖車說：「這裡原本是育兒室。他們是最早走的。」

最早走——我心想。

被燒死——我心想。我轉身隱藏自己在作嘔。

「人類真可怕。」古斯在我身後說。

我吞下自己的膽汁。我的眼睛感到灼痛，鼻子深處好像在燃燒。古斯回頭看我，視線變得柔和。「妳要搭帳篷嗎？」

他大概看到我臉上的表情，因此很快地補充：「這樣我們才能使用電腦。」他朝著烏雲翻騰的天空點點頭，然後把背包卸下來。「別以為這場雨會很快就停下來。」

「可是不能在這裡。」我說。「在這裡搭帳篷感覺是不對的。」

他點頭表示同意，於是我們繼續走，直到看不到那處遺跡，直到我幾乎可以假裝我們在完全不同的樹林，離新伊甸發生的事很遠。古斯從背包拉出帳篷的桿子，我也上前去幫忙。我的雙手在顫抖，既是因為寒冷，也是因為在這裡感到不安。我把所有注意力都集中在搭建帳篷，封鎖記憶中被燒毀的邪教殘骸景象。

轉移注意力的嘗試只維持幾分鐘。帳篷搭好了，所有東西都安全地放在裡面，只有古斯從他的口袋掏出的小記事本和鉛筆例外。我們又走回那處遺跡。

古斯用我無法領會的猶豫眼神看著我，接著他走向其中一輛拖車——或者應該說是三輛，用夾板和防水布搭建的走廊組合在一起。我壓抑緊張的心情跟隨他，不過才走幾步，他就停下來轉身看我。

「妳可以回到帳篷那裡。」他用粗啞的聲音說。「妳不需要看這些。」

我感覺到喉嚨好像湧起一個疙瘩。顯然我並不想要看這幅景象，但我感到在意的是，他說我不需要看這些，卻仍舊打算要自己去探索。我看得出他也不喜歡待在這裡，可是還是來到這裡，面對它。

事情總是如此。他從來就不會逃避任何部分。也許他覺得有人必須見證黑暗，或者他希望當自己注視黑暗夠久，眼睛就能適應，並看到隱藏在其中的答案。

黑暗會告訴他：這是壞事發生的理由。這樣就講得通了。

我不能迴避這些。我不能把古斯獨自留在這裡。如果他要下降到黑暗中，我要用繩索把兩人的腰綁起來，然後跟他一起下去。

我搖頭，站到他後面。他深色的眼睛俯視著我，雨水淋濕的捲曲睫毛顯得黑暗而沉重，低垂在臉頰上方。

我有很多話想說，但是我能夠說出的只有：「我在這裡。」

當我說出來的時候，他皺起眉毛，下巴緊繃，用典型的古斯風格看著我，讓我喉嚨中的疙瘩好像又上升了一吋。

他點點頭，轉回拖車，用下巴指向它。「那是亞伯父親住的地方。顯然他要尋求一群天使的建議，所以需要這麼大的房間。」

我把視線從古斯身上移到這輛焦黑的拖車。看到它立刻讓我感到暈眩與不安，彷彿這裡的空氣仍舊瀰漫著二氧化碳與灰燼。

我心想：壞事為什麼要發生？這一切該如何解釋？然而我並沒有得到偉大的真相。這麼可怕的事情發生沒有任何理由，而古斯有那樣的生命歷程也沒有任何理由。該死，R.E.M說得沒錯：這個星球上的每一個人都會受傷。有時候我們只能緊緊抓住彼此，直到黑暗再度把我們吐出來。

古斯眨眨眼，擺脫嚴肅的朦朧狀態，然後蹲下來，把記事本放在膝上記筆記。我站在他旁邊，雙腿搖搖晃晃，但眼睛張開，心中對他想著：我在這裡。我在這裡，而且也看到了它。

我們像鬼魂般安靜地在這處遺跡四處走。雨水浸濕我們的衣服與肌膚，寒冷刺骨。古斯保護他的筆記本，避免被雨打濕。

當我們繞過整個地方一圈之後，他往回走向亞伯父親拼拼湊湊的拖車，在兩個小時以來首度瞥了我一眼，說：「天氣很冷，妳還是回帳篷吧。」

天氣的確很冷——颳起了風，氣溫也開始下降，直到我的牛仔褲感覺就像冰袋黏在我的肌膚上。不過我壓根不相信他是因為這樣的理由要趕我走。

「珍妮艾莉，拜託。」古斯輕聲說。這聲「拜託」讓我放棄堅持。我在幹什麼？我關心古斯，但如果他不希望我緊緊抓住他，那麼我就該放手。

「好吧。」我牙齒打顫著說。「我會在帳篷裡等。」

古斯點頭，然後轉身走開。我感到心痛，走回帳篷，跪下來爬進裡面。我把身體蜷縮成胎兒的姿勢，讓自己暖和起來，並閉上眼睛，聽著雨點像彈幕般打在頭頂的布上。我想要逐出所有想法與感情，但當我昏昏欲睡，它們卻似乎更加膨脹，形成黑暗而充滿泡沫的情緒波浪，把我拉向無法得到休息的睡眠。

拉鍊「唧～」的聲音把我從這樣的睡眠中喚醒。我張開沒有聚焦的眼睛，看到古斯濕漉漉地站在帳篷入口。

「嗨。」我發出的聲音很沙啞。我坐起身，撫平頭髮。

「抱歉花了這麼久的時間。」他邊說邊爬進來，把帳篷入口的拉鍊往上拉。「我得拍照、畫地圖之類的。」他坐到我旁邊，拉開他在我們分開後才穿上的雨衣拉鍊。

我聳聳肩說：「沒關係，你說過會花一整天。」

他望著帳篷上方，說：「我的確是指一整『天』。這個帳篷只是為了預防天氣變化。我在密西根待太多年了。」

我點頭裝出了解的樣子。我以為我了解。

「總之——」他回頭看我的腳。「如果妳準備好了，我們可以走回去。」

我們靜默地坐在原地片刻。「古斯。」我疲倦地開口。

「什麼事？」

「你可以告訴我發生什麼事了嗎？」

他盤起腳，往後用手掌支撐身體並注視著我，然後深深吸了一口氣。「哪一部分？」

我說：「全部。我要知道全部。」

他搖頭。「我跟妳說過，妳可以問我任何問題。」

「好吧。」我吞下拳頭大小的疙瘩。「那通電話是怎麼回事？」

「怎麼回事？」

「不要逼我說出來。」我痛苦地低聲說，但他仍舊顯得困惑。我咬牙切齒，閉上眼睛。

「是娜歐蜜打來的嗎？」

「不是。」他這麼說，但並不代表「不是，妳怎麼會有這種想法？」，聽起來比較像是「不是，不過她還是會打電話給我」，或是「不是，不過那是我愛的另一個人打來的」。

我感到胃部緊縮，但還是勉強自己張開眼睛。

古斯的眉頭皺起來，雨滴從他銳利的顴骨滑下來。「是我朋友，凱拉・馬爾坎。」

「凱拉？」我的聲音顫抖而可悲。古斯從中學以來的摯友「馬爾坎」是女的？

古斯臉上突然出現理解的表情。「不是像妳想的那樣——她是我的律師，也是娜歐蜜的朋友——她在處理我們的離婚。」

「喔。」這個回應聽起來微弱而愚蠢，就像我此刻的感受。「你們共同的朋友在處理你們的離婚？」

「我知道這聽起來很奇怪。」他搔著頭髮。「我的意思是，她非常公平，而且她每年會替我舉辦盛大的生日派對，不過我得看她和娜歐蜜去坎昆一個星期的照片。我們沒有談過這件事，不過她卻在處理我的離婚，真的是很……」

「很奇怪？」我問。

他急促地吐了一口氣。「很奇怪。」

我心中有一部分的壓力解除了，但不論凱拉・馬爾坎在古斯心中的地位如何，仍舊不會改變他昨天的行為。「如果不是為了她，那你昨天為什麼要趕我走？」我用細微而顫抖的聲音問。

古斯的眼神變得陰沉。他搖頭說：「珍妮艾莉，我沒有趕妳走。」

「你有。」我說。我努力告訴自己不能哭，但是卻沒用。當我一說出口，眼淚就湧出來，聲音也拉高了。「你昨天對我很冷漠，還想要取消今天的行程。當我想要陪在你旁邊的時候，你卻把我趕回帳篷。還有——你根本不希望我來。我應該聽你勸告的。」

「珍妮艾莉，不是這樣的。」古斯粗魯地捧起我的臉頰，讓我淚汪汪的眼睛看著他。「完全不是。」他親吻我的臉頰。「這不是妳的問題。一點都不是。」他親吻我流淚的左臉頰，用他的嘴接住我右臉頰上的另一顆淚珠。

他把我拉進他的懷裡，雙臂緊緊抱住我，用被雨水浸濕的體溫包覆著我，鼻子和嘴巴磨娑著我的頭頂。

「我覺得自己好蠢。」我嗚咽著說。「我以為你真的——」

「我是說真的。」他迅速說，稍稍拉開距離。「珍妮艾莉，我不希望妳今天來，是因為我知道會很辛苦。我不想害妳一整天都待在燒焦的墳場。我不想讓妳忍受這些。就這樣而已。」

他把我的頭髮撥到耳後。這個甜蜜的動作只是讓我的眼淚掉得更快。「可是你也不希望我到皮特家。」我用破碎的聲音說。「你邀請了我，然後當我們睡過一次，你就改變心意。」

他的嘴唇顫抖，顯露出受傷的表情。「我希望妳在那裡。」他用耳語般的聲音說。當另一顆淚珠滑落我的臉頰，他用大拇指接住。

「聽我說。」他說。「這場離婚拖了太久。我等她提出申請，可是她並沒有提出，然後我也不知道——我並不是很在乎，所以我也沒有去追問，直到幾個星期前，她告訴我如果我去見她，跟她喝一杯，她就會簽那些文件。於是我就到芝加哥去見她，然後在離開的時候，以為一切都已經說定了。昨天馬爾坎打電話來，告訴我娜歐蜜改變了心意。她希望再討論一些細節——事實上，我們共同擁有的東西，就只有一些太貴的銅鍋，那些歸給她，另外還有我們的車子。事情應該沒那麼複雜，可是我拖太久了，然後……」

他揉了揉自己的額頭。「接著馬爾坎問我最近有什麼事，我就把妳的事告訴她，說妳到這裡過這個夏天，她聽了覺得這樣很不妙。」

「很不妙？」我感到火大。「這樣聽起來一點都不公平。聽起來很偏頗。」

「因為妳會離開。」古斯急忙說。「她知道——她知道當我面對妳的時候有多愚蠢，也知道我在大學的時候對妳有多瘋狂，還有——」

「你在說什麼？」我質問他。「你當時甚至都不跟我說話。」

他發出無趣的笑聲。「因為妳討厭我！」他脫口而出。「我會刻意晚到教室，這樣才能看妳坐在哪裡來選擇我的座位；下課後我也會匆匆離開，以便跟妳走在一起；我還會一整個星期每一天都跟妳借筆，在妳落後人群的時候，模仿「三個臭皮匠」（註23）那樣把書掉到

23 美國喜劇組合，拍過多部短片，風格多為鬧劇形式。

地上，這樣就可以跟妳單獨相處，可是妳卻從來就不肯看我！即使當我們在研討會討論妳的故事，我當面對妳說話的時候，妳也不願意看我。我不知道我做了什麼。後來我在那場派對遇見妳，妳終於願意看我，然後——這就是我的重點！我面對妳的時候真的很蠢！」

這項情報讓我感到頭暈。我在腦中重播我記憶所及的所有交流，試圖用他剛剛的說法來看這些事情，但幾乎在所有回憶中，我只是盯著他，然後在他發覺的時候移開視線，內心燃燒著嫉妒、挫折以及一點點的欲望。我可以想像，或許古斯在那場惡名昭彰的兄弟會派對之前，的確也渴望著我，理由是我也受到他吸引。然而其他的一切卻說不通。

「古斯，」我說。「你只批評過我的故事。我在你眼中只是笑話。」

我大概從來沒有看過如此露骨的錯愕表情。「那是因為我是混蛋！」他這麼說。這句話並沒有解釋任何事，不過他接著又說：「我當時是個二十三歲的菁英主義臭小子，覺得班上其他人都在浪費我的時間，只有妳例外！我以為我對妳、還有妳的作品的態度很明顯了。這就是重點！我當時不知道妳在想什麼，現在也仍舊一樣——」

「你以為我把你的褲子脫下來是什麼意思？」我說。

他抓著頭頂的頭髮。「這就是我想要告訴妳的。自從妳來到這裡，我一直想要告訴妳。」他上氣不接下氣地說。「我不記得這種事應該怎麼處理，或者是我該做什麼。即使在我和娜歐蜜還沒有——珍妮艾莉，我不是雅各。」

「這又是什麼意思？」我問他，內心感到受傷。

「我不是女人想要交往的那種對象。」他焦躁地說。「我從來就不是。我是她們因為結束和醫生七年的交往，想要轉換步調而上床、喝醉酒傳簡訊、玩樂的對象。那也好，不過我不希望和妳保持那樣的關係，好嗎？我辦不到。」

我感覺喉嚨被緊緊勒住，把我的聲音擠壓得脆弱而虛脫。「你真的這麼想？這一切都是出於我的認同危機？」

他以沉重的視線看著我。這時我首度覺得自己能夠看穿這雙眼睛。這正是他的想法。他覺得一如我們之間的打賭，他只是我從「真正的我」暫時休息時想要嘗試看看的對象，就好像我是在進行自己相反立場的《享受吧！一個人的旅行》，熱得快也冷得快。

「珍妮艾莉，我希望成為妳完美的法比歐（註24），不過我辦不到。」古斯繼續說。「我不是那種人。」

他說過。「我不是雅各」。我以為他是在侮辱雅各，或是在嘲諷我跟那樣的人交往，可是事實完全不是如此。

古斯仍舊覺得他少了某樣東西——某個其他人都有的特殊的構件——必須擁有它，才能讓身邊的人留下來。這一點讓我感到有些難過。我為了他在我們更年輕時以為我都沒有在看他而難過。

我搖頭說：「我並沒有要你成為法比歐。」我的聲音因為情緒高昂而沙啞，彷彿這不是我這輩子說過最愚蠢的句子。

「妳有。」古斯急切地說。「我在過去二十四小時之內做的每一件事，都讓妳感到受傷。

24　義大利演員與模特兒，後來歸化美國籍。曾在八〇與九〇年代多次出現在浪漫小說封面。

妳希望我能讀懂妳的心思，可是我辦不到。妳希望我知道要怎麼做到這種事，可是我不知道。」

「你錯了。」我說：「我只希望你能把自己的心情告訴我。我想知道你要的是什麼。」

「我會搞砸一切。」他無助地說。

「也許吧！」我高喊。「可是那不是我要的。古斯，告訴我你想要什麼，而不是你為什麼無法得到它，或是你以為我想要什麼，或是你為什麼沒有辦法給我。至少告訴我一次，你想要什麼。這是我對你的唯一要求。」

「我想要妳。」他輕聲說。「我想要以各種方式擁有妳。我想要和妳交往，甚至想要和妳在游泳池玩海灘球，可是我是個殘破的人，珍妮艾莉。

「我被困在妻子和別的男人生活的婚姻裡，只等著這段婚姻結束；我在服藥，我在接受治療。我試圖戒菸，甚至學習如何冥想——而當這一切都在進行當中，當我成為徹底的災難，我仍舊想要得到妳。可是我不確定我們兩人是否有辦法處理我這樣的欲望。我不想要傷害妳，我也不願意去想像失去妳的感受。」

他停頓片刻。在帳篷昏暗的光線下，他整張臉上都是完全的陰影，但他那雙水汪汪的深色眼睛卻彷彿從內部發光般閃爍著。他吸了幾口氣，然後用輕柔的聲音說：「這不代表我不想要得到妳，珍妮艾莉——我一直都想要得到妳。這只代表我也希望妳能夠快樂，而我害怕我永遠無法成為給妳快樂的人。」

他眼中的熱度平靜下來，就好像他迅速燒盡所有的火花，而我也喜歡他這樣的眼睛——

溫暖、毫無修飾而安靜。我觸摸他的兩頰，他注視著我的眼睛，依舊氣喘吁吁。一股暖意湧入我的胸膛，直達我抓住他銳利下巴的手指。

「那就讓我和你一起快樂吧，古斯。」我說完輕柔地親吻他，就如他的本性般生嫩而脆弱。

他的雙手繞到我背後，緊緊擁抱我。

二十三　湖泊

古斯溫柔地讓我躺下，一隻手仍舊放在我的脖子下方，手指糾纏著我的頭髮。我把他拉到我身上。他的雙手抓住我的上衣下襬，拉到我的肋骨部位。他把我濕透的背心拉過我的頭之後丟到一旁，然後捧著我的下巴再度親吻我，緩慢而沉重，強烈而粗野、完全是古斯風格。他的手掌沿著我的中心往上滑，接著又回到下方，解開我濕濕的牛仔褲，然後我們共同設法脫掉我的鞋子和褲子，讓他把我抬到他的腿上。

「珍妮艾莉。」他在黑暗中低語，像是咒文，也像是祈禱。

我想要像那樣呼喚他的全名，讓「奧古斯都」對他有和過去不同的意義。但是我知道這需要花時間，而對於古斯，我想我能夠有耐心。因此我只是親吻他，手指沿著他溫熱的肚子往上滑，脫掉他濕答答的襯衫，然後丟到我的衣服堆。我們坐在黑暗中，看著彼此，不匆促也不害羞。

在地下室，我們彷彿急著要吞噬對方；此刻我則能夠像我一直渴求的那樣審視古斯，欣賞我曾偷窺的他身上所有堅硬的線條與銳利的稜角，而他的雙手也以同樣靜謐的敬畏，追蹤著我臀部的曲線與肋骨的隆起，他溫暖的視線也意味深長地跟隨。我身上每一個被他注視的部位彷彿都隨之亮起來，全身上下的血液湧到表面，競相要在那裡被他的嘴巴與雙手驅散。

他的嘴深深陷入我的脖子側面，接著又到我的喉嚨前方，然後再到我的乳溝。「太完美了。」他朝著我的肌膚低語。他的指尖擦過嘴唇曾經停留的所有地方，他的雙眼則抬起來注視我的雙眼。「妳太完美了。」他發出粗啞的聲音，輕輕親吻我的嘴唇，緩慢而炙熱到彷彿要把我從裡面融化。

他脫掉我的胸罩，把我拉到與他齊平的位置。我感覺到他的胸膛貼在我的胸上，腹部感覺到刺痛般的欲求。他的雙手沿著我的體側滑下。我們都全身濕透，而當我們抱在一起，嘴唇和肌膚在彼此身上滑溜而溫暖，手指、嘴唇、舌頭和腰部滑動、停留，糾纏在一起又分開。

他嘗起來有戶外的氣味，就像松樹、露水、肉桂、以及他自己。我們分開足夠的時間讓他脫下褲子和內褲，接著他趴在我身上，嘴巴沿著我的大腿內側往上，雙手鑽進我的內褲，把它拉下來。他的嘴唇停留在我的肚子，沿著它的曲線往下擦動。當他的嘴終於接觸到我的雙腿之間，我倒抽一口氣，雙手鑽到他的頭髮下方，停留在他的脖子上，讓他捧著我的髖部接近他的嘴。我身上的每一條神經都疾速匯聚到那裡，所有感官都集中到那個部位。

我把他拉到我的高度，他的雙手圍繞著我的乳房，我的大腿則緊夾著他的臀部，在他身上移動，感覺到他在顫抖。「保險套呢？」我低語，他便靠向旁邊抓起背包，把手伸進去摸索，而我則在他下方弓起身體。他找到銀箔包裝，撕開之後不到幾秒鐘，就已經進入我的身體。他的嘴從我的嘴上移開，雙手插入我的頭髮中，接著又到我的肌膚上。他搖得更深入，使我全身上下感受到陣陣喜悅；他的氣息吐在我的耳朵，他的名字像潮水般在我體內滾動，他的聲音則朝著我的脖子低聲呼喚我的名字。

我們的周圍下著雨。我拋開所有和古斯無關、和這一刻無關的東西。我沉醉在他當中，不再試圖說服自己總有一天一切都會變得美好，而是專注在此時此刻已經非常美好的事實上。

當增強的壓力在我們體內震動，古斯的雙手握住我的手。我們氣喘吁吁地抓著彼此，顫抖著結合在一起。當我們結束之後，他並沒有鬆手。我們躺在彼此旁邊，蓋著他從背包裡拉出來的毛毯，雙手交握，沉重的呼吸完全一致。

這天晚上，我們又做了兩次愛——一次是在一個小時後，當我們在談皮特家的活動時，他打斷對話親吻我；另一次則是在更晚一些，在做夢般恍惚的狀態中，當我們在黑暗中醒來時，仍舊糾結在一起，我已經弓起身體，而他則已經硬了。

當我們結束之後，他從背包拿出一包墨西哥玉米片和幾條營養棒，另外還有兩瓶他去排舞時帶的飲料。

我用手肘撐起身體看他。他打開一盞手提燈，光線在他身上投射出紅色與金色的色調。他把玉米片遞給我。「這也是為了預防萬一？」我用下巴指著糧食問他。

古斯的酒窩變深了。他的手掠過我的手臂側面，接著從我的鎖骨滑下來。「這是出於樂觀的準備。我現在是樂觀主義者了。」他的手指游移到我的下巴，把我的臉抬起來，再次親吻我的喉嚨。他的另一隻手也放上來，抓著我的下巴兩側，緩慢而深深地親吻我。他退開時，手指插入我的頭髮，大拇指徘徊在我的下嘴脣上。他問我：「珍妮艾莉，妳快樂嗎？」

「快樂到極點。」我說。「你呢？」

他把我擁入懷裡，親吻我的太陽穴。他的聲音在我耳邊響起：「我很快樂。」

到了早上，我們穿上濕濕的衣服，打包行李，走回停車的地方。天空晴朗而明亮。古斯打開收音機，然後把我的手握在變速桿上。陽光透過樹葉和擋風玻璃，在我們身上投射斑點。

我覺得此時我擁有的是皮特家的古斯，而我也覺得自己稍稍接近以前的珍妮艾莉，能夠不畏一切地跌倒。我在自己內心尋找那種繃緊的感受，那種不安地等待事情發生的感覺。如果我努力嘗試，我的確能夠找到，然而這一次，我並不想要那樣。我感覺到這一刻值得日後可能帶來的任何痛苦。我試著反覆告訴自己這一點，直到我確信當我需要時可以隨時想起它。

古斯沒有看我，就把我的手從變速桿舉起來，按在他的嘴巴上。

昨晚，我知道這一切有可能會消失，彷彿在我周圍融化。我有些預期著當早晨第一道冰冷陽光照射在帳篷時，古斯就會意識到自己做了什麼——更重要的是自己說過的所有話。然而當他張開眼睛，他卻閉著嘴巴朝我微笑，並且把我拉向他，把臉埋入我的頭部側面，親吻我的頭髮。

而當我們此刻在車上，古斯也握著我的手不願放開。

兩天前在他的書房發生的事感覺是無可避免的，是我們從夏天開始時就註定要上的速成班，然而這一次則是我連做夢都想不到的。我不會知道這種事怎麼會發生。他看起來完全不像故事中的人物。

在開車回去的路上，我們停在高速公路旁邊一家小餐廳吃早餐。這時我偷偷溜走，在洗手間打電話給莎蒂。在幽靈帽子（里奇——如果這段感情持續，我們得開始用真正的名字稱呼他）的母親堅持之下，莎蒂借住在他妹妹們的房間，因此她溜出來，在死巷的盡頭和我通電話。不過她還是把聲音壓得很低，彷彿全家人都疊在她上方睡覺。

「喔，我的天！」她用氣音說。

「我知道。」我說。

「我的天——哪！」她重複一次。

「莎蒂，我知道。」

「哇哦。」

「哇哦。」我附和她。

「我等不及要去妳那裡，看他為妳神魂顛倒的樣子了。」她說。

這個念頭讓我感覺胃裡好像在冒泡泡。「再看看吧。」

「不對。」她很肯定地說。「他怎麼可能不為妳神魂顛倒？即使是性感、邪惡的古斯也不可能那麼瘋狂，親愛的。」這時有位女士敲了洗手間的門，因此我們便迅速說「我愛妳」和「再見」，然後我就回到黏膩的塑膠皮沙發座位，面對層層鬆餅和古斯。性感、頭髮凌亂、慵懶微笑的古斯在餐桌下又抓著我的膝蓋，將火花傳遞到我的肚子與大腿。

我想要拉著他回到洗手間。

我們原本只是停下來吃早餐，但接下來又到鎮上的書店。店裡除了我的第一本書之外，沒有放我其他的書，而店內的兩本《啟示》也沒有特別展示。後來我們又到了一間有露臺座位的酒吧。

「你最喜歡的負面評論是什麼？」我問他。

他面帶微笑思索，攪拌著眼前的威士忌和薑汁汽水。「妳是指雜誌評論還是讀者評論？」

「先講讀者評論吧。」

「我想到了。」他說。「是在亞馬遜書店上，一顆星：我沒訂這本書。」

我仰頭大笑。「我喜歡那種不小心訂錯書的評論，討論這本書跟他們原本想訂的書有多大差異。」

古斯也咯咯笑。他在餐桌下摸著我的膝蓋。「我喜歡那種解釋我想要幹什麼的評論。比方說：『這名作者試圖寫出強納森‧法蘭岑的作品，可是他不是強納森‧法蘭岑』。」

我裝出作嘔的樣子，古斯便遮住眼睛，直到我停止。我問：「你有嗎？」

「妳是指，試圖寫出強納森‧法蘭岑的作品？」他笑了。「我沒有，不過我試圖要寫出好書。這種說法好像沙林傑。」

我發出笑聲，他也對我咧嘴笑。當我們喝著各自的飲料時，再度陷入輕鬆的沉默。「我可以問你一件事嗎？」過了片刻，我問他。

「不行。」古斯面無表情地說。

「很好。」我說。「你為什麼不想要讓我接近新伊甸？我知道你說過，你不希望我覺得自己有義務去看，我也了解你的意思，可是我們打賭的重點，就是你要說服我，這世界就像你說的一樣，不是嗎？那應該是很好的機會。」

他沉默好一陣子，用手梳理凌亂的頭髮。「妳真的覺得這就是我們打賭的本質？」

「好吧，我希望至少有一部分的理由，是你想要用這一招來和我上床。」我嘲諷地說，但他臉上的表情卻很認真，甚至有些憂慮。他搖頭望著窗外。

「我從來就不希望妳看到我眼中的世界。」他說。

「可是我們的打賭……」我試圖要理解這個問題。

「那個打賭是妳提出來的。」他提醒我。「我只是想到，也許當妳嘗試寫我寫的東西——我也不知道，或許我希望妳能夠了解，那不適合妳。」他說到這裡連忙補充：「不是因為妳沒有能力！而是因為那不是妳。妳思考事情的方式不是像那樣的。我總是認為妳看這世界的方式……很棒。」他橄欖色的臉頰上隱約泛起紅暈。他搖頭說：「我從來就不希望妳失去它。」

混亂的情緒哽在我的喉嚨。「即使我看到的不是真的？」

古斯的眉毛和嘴巴變得柔和。「當妳愛上某個人，」他斷斷續續地說。「妳希望讓他們覺得這個世界看起來不一樣了。妳想要給所有醜惡的東西意義，並放大良善的東西。這就是妳為妳的讀者、為我做的事。妳創造美好的東西，是因為妳愛這個世界。或許世界並不總是看起來像妳的書中那樣，可是……我認為把它們寫出來，可以稍微改變這個世界，而這個世界不能失去這樣的東西。」

他用一隻手抓起頭髮。「我總是很佩服這一點。妳的作品總是讓這個世界顯得更明亮，也讓書中的角色顯得更勇敢一些。」

我的胸口感到溫暖的流動，就好像爸爸過世之後一直卡在那裡的冰塊碎開了一點，整塊冰開始融化。事實上，得知我爸的真相讓這世界變得黑暗而陌生，可是一點一滴地發現古斯卻有相反作用。「或者也許我是對的。」我平靜地說。「有時候人們比他們想像的更開朗、更勇敢。」

他的嘴唇上閃過隱約的笑容，接著在他陷入沉思時消失。「我不認為我曾經像妳這麼愛過世界。我記得自己害怕它，接著對它感到憤怒，然後又決定不要太在意它。可是我也不知道，也許當我做這些事——和戴夫那樣的人談話、走在燒焦的建築之間——我內心的某個角落希望能夠找到某樣東西。」

「比方說？」我低聲問。

他把手肘放在桌上。「像是妳描寫的那種世界，或是證明事情不像表面上那麼糟的證據，或是證明它其實利大於弊。還有譬如當我們把這一切——這一切狗屎和野花加在一起，這世界會得到正面的結果。」

我把手伸過去，他讓我握住他的手，深色的眼睛柔和而張大。我坦白地對他說：「當我首度發現到我爸的婚外情，我試著計算：他可以撒多少謊、欺騙多少次，而仍舊算是個好父親？他可以和那個女人有多深入的關係，而仍舊愛我媽、仍舊喜愛自己的生活？我試著計算他在離家的時候會有多快樂，或是會多想念我們。當我心情特別糟的時候，我會去計算他要多討厭我們，才會去做他做的那些事。而我永遠不會得到答案。

「有時我仍舊想要得到答案，也有時我害怕會找到什麼樣的答案。不過人類不是數學問題。」我沉重地聳聳肩。「我可以同時想念並痛恨我爸。我可以擔心這本書、為了我的家庭而難過、對於自己住宿的屋子感到噁心，卻仍舊在眺望密西根湖時，為它的巨大壯觀而感動。我去年整整一個夏天，都覺得自己永遠不會再感到快樂；而現在，過了一年，我仍舊感到噁心、憂慮與憤怒，但有時候我也感到快樂。壞事不會一直挖掘你的生命，直到洞變得太深，沒有任何好事能夠再讓你感到快樂。不論有多少鳥事，總是會有野花，會有皮特和瑪姬、森林中的暴風雨和照射波浪的太陽。」

古斯露出微笑。「還有靠在書櫃，或是在帳篷裡做愛。」

「理想上是如此。」我說。「除非世界在轉眼間凍成冰河時期。在那樣的情況，直到苦澀的結局來臨之前，至少還能看到雪花。」

古斯摸著我的臉孔兩側。「我不需要雪花。」他親吻我。「只要有珍妮艾莉（註25）在。」

---

25 在這裡與一月（January）雙關。

嗨～～～親愛的，我只是想確認我們九月一號依舊能夠拿到稿子。珊蒂一直在詢問。我很樂意挺身當人體路障，避免讓她追上妳，可是她急著要向妳買作品，而且我既然一直向她保證會給她一本新書……嗯，那當然最後就要有一本書了。

古斯前晚跟我在一起。當我挪動身體去拿電話，他在睡眠中跟隨我翻身過來，把臉埋在我的側胸，一隻手伸出來，放在我赤裸的肚子上。

我的心跳加速，部分是因為來自他的身體仍舊新鮮的刺激，部分是因為安亞的簡訊。我不能把未完成的書寄給她。她還沒有遺棄我，已經是奇蹟了。我不能讓她和珊蒂・蘿陷入不甚理想的局面，而不提供能夠緩和衝擊的材料。我從古斯身體下方抽身，不理會他發出的咕噥聲，拿起我的睡袍前往廚房，途中傳簡訊給安亞：我可以辦到。我保證。

她回覆：九月一號。這次的期限非常嚴格。

我沒有去泡咖啡。我已經夠清醒了。

我坐在餐桌前方，開始寫作。當古斯起床，他把燒水壺放在瓦斯爐上，然後走回餐桌，拿起他昨晚留下的啤酒瓶喝了一口。

我盯著他說：「好噁心。」

他把瓶子遞給我說：「妳要喝喝看嗎？」

我喝了一口。「比我想像的更糟。」

他低頭朝我微笑。他的手輕輕擦過我的鎖骨，掠過我的身體，進而打開我的睡袍。他的手指抓住腰帶繩結，把它拉開，讓睡袍完全敞開。他伸手觸摸我的腰部，緩緩把我從椅子上拉起來。

他把我轉過來靠著餐桌，小心地把我抬到桌上，並走進我的雙腿之間。他抓著我敞開的睡袍領子，把它沿著我的手臂滑下，讓我光溜溜地坐在餐桌上。我低聲說：「我在工作。」

他抬起我一邊的大腿，貼在他的腰際，並靠得更近。「是嗎？」他的另一隻手搖動著我的乳房，抓住我的乳頭。「我知道妳想要在打賭中獲勝。這個可以等。」

我把他拉得更近。「不行，我不能等。」

專注力是個問題。或者應該說，要專注在古斯以外的任何東西都是問題。我們決定在白天回到各自的家中寫作。既然我們兩個都沒有足夠的自制力「不」一整天來回寫字條，那麼這應該是比較理想的解決方案。

我想要妳。他有一次這麼寫。

寫作什麼時候變得這麼難？我回他。

好難。他回覆我。

並不是每一次都是由他來煽動。星期三，在超越我能忍耐的時間之後，我寫：我希望你在這裡。並畫了一個箭頭指著我自己。

妳不是唯一這麼想的。他回我，接著又寫道：先寫兩千個字，我們才能再聊天。

這個方法成為關鍵。我們會改變目標：寫完兩千個字就可以待在同一間房間，寫完四千個字就可以觸摸彼此。

我們的工作過程變得比較像兩人三腳而不是短跑比賽，充滿團隊合作與彼此鼓勵。最終我還是決心要贏，可是我已經不確定是要向誰證明什麼了。

到了晚上，我們有時候會出去吃。我們會去點了許多次外送的泰國料理餐廳。這是一家可愛的小餐廳，所有室內裝潢都鍍金，卻坐在地上的坐墊，並且拿假莎草紙封面的菜單點餐。我們也會去點了許多次外送的披薩餐廳。這家小餐廳比較沒那麼可愛，座位是塑膠皮的沙發座位，燈光像偵訊室。我們還會去鎮上一家叫「醉魚」的酒吧。當古斯認識的人走進店裡，他會點頭打招呼，卻不會把他的手從我手中抽走。

即使在我們玩飛鏢，或者晚一點玩撞球的時候，我們都會牽著彼此的手，顯而易見地在一起。古斯會攬著我的腰，或是把手輕輕放在我的腰背部；我的手指會交握住他的手指，或是抓住他的皮帶環。

次日晚上，當我們要去「我的心披薩店」的時候，我們路過皮特書店，看到她和瑪姬在裡面，坐在咖啡廳的扶手椅喝著一杯葡萄酒。

古斯說：「我們應該去打聲招呼。」於是我們便進入店裡。

「今天是我們的紀念日。」瑪姬快活地說。

「是我們搬到北熊岸的紀念日。」皮特補充。「不是我們的結婚紀念日——那是在一月十三日。」

我說：「不會吧？那是我的生日。」

「真的？」瑪姬似乎很高興。「喔，那當然了。那是一年當中最棒的日子。上帝會這樣安排很合理。」

「那是完美的好日子。」皮特附和。

瑪姬點頭說：「今天也是。」

「我願意重新再搬來一次。」皮特說。「這是愛上彼此之外，我們做過最棒的事。」

「還有領養拉布拉多。」瑪姬思慮周到地補充。

「還有邀請新的讀書會成員。看來這樣做得到很好的結果。」皮特眨眨眼補充。

「妳是指，玩弄我們。」古斯微笑著說。

他注視著我。我不知道我們兩個是不是想著同一件事：搬到這裡、並且在那一晚到皮特家參加讀書會或許不是我做過最棒的事，不過仍舊是好事──至少是這幾年來最棒的事。

「留下來喝一杯再走吧，小古斯。」瑪姬堅持地說，並且已經替我們倒酒在冰咖啡用的塑膠杯裡。

一杯變成兩杯，兩杯變成三杯。古斯把我拉到她們對面的扶手椅，讓我坐在他的腿上。她們的手垂在椅子之間，彼此交握；古斯的手則在我的背上悠閒地畫圈圈。我們一直談笑到深夜。

到了半夜，皮特終於宣布她們要回到拉布拉多在等候的家中，瑪姬也開始四處打掃收拾，我們才離開。不過我們醉到無法開車，因此便走在炎熱的天氣和蚊群中。

當我們走在路上，我在內心一次又一次反覆：我快要愛上他。我開始愛上他。我愛他。

我們回到兩人的屋子，但沒有進入，繼續沿著小徑到湖泊。畢竟今天是星期五，而且我們的上課約定還是有效。

我們脫下衣服奔跑，一邊尖叫一邊手牽手跳入冰冷的水中。水淹到我們的大腿、腰部、胸部。當冰水來回打在我們身上，我們的牙齒打顫，肌膚也一直抖。「太可怕了。」古斯氣喘吁吁地說。

「我原本以為會更溫暖一點！」我也對他喊。古斯把我拉向他，雙手繞到我的背後摩擦，替我的肌膚增添暖度。

接著他深深親吻我，並說：「我愛妳。」髒兮兮的塑膠袋在水面上漂過我們旁邊。他親吻著我的太陽穴、臉頰與下巴，再度說：「我愛妳，我愛妳。」

「我知道。」我把手指掐入他的背部，彷彿緊緊抓住能夠停止時間，讓我們停留在此時此刻——我們和太冰的湖水，還有漂過水面的垃圾。「我也愛你。」

「想想看，」他說。「妳還答應過我，不會愛上我。」

二十四　書

「我不想做這件事。」我說。古斯和我站在樓梯頂端的主臥室外面。

「妳不需要去做。」古斯提醒我。

「可是既然你能夠學會在雨中跳舞——」

「我還沒有做過那種事。」他插嘴。

「——我應該也能直視醜惡的事情，擊退它們。」我把話說完。

我打開門，做了幾次深呼吸，才把心情平靜下來繼續前進。遠處的牆邊放著一張加州國王尺寸雙人床，兩側擺了同色系的藍綠色茶几和飾以藍色與綠色珠子的燈罩。一幅裝在畫框中的克林姆複製畫掛在高大的灰色床頭板上方。在床的另一邊，靠牆擺了一張二十世紀中期現代主義風格的梳妝臺。一張小圓桌放在角落，桌上鋪著黃色桌布，上面擺了時鐘和一疊書——我的書。

除此之外，這間房間基本上很普通，也沒太多個人特色。古斯打開其中一個抽屜，裡面沒有任何東西。「是空的。」

「她把這裡都清空了。」我的聲音在顫抖。

古斯朝我遲疑地笑了一下。「這樣不是很好嗎？」

我上前一一打開抽屜，裡面都沒有任何東西。我又走向左邊的茶几。茶几沒有抽屜，只有兩層架子，上面那層放了一個陶瓷盒子。
這一定就是我在等待的東西了！這是我一整個夏天都期待會蹦到我眼前的深刻黑暗的答案。我打開盒子。
裡面是空的。
「珍妮艾莉？」古斯站在圓桌旁邊，掀起桌布。桌布底下出現一個醜陋的灰色箱子，彷彿在回瞪著我，上面還有數字鍵盤。
「這是保險箱？」
「或是很舊的微波爐。」古斯開玩笑地說。
我緩緩接近。「也許是空的。」
「也許。」古斯同意。
「或者是槍。」我說。
「妳爸是那種會拿槍的人嗎？」
「在俄亥俄州不是。」在俄亥俄州，他喜歡夜晚在家舒服地閱讀傳記，盡責地陪我媽去看醫生，並且去上地中海料理課程。他是那種會在太陽出來前叫我起床、帶我去划船的父親。就我所知，他最衝動、最大膽的行為，就是讓一個八歲小孩在空蕩的湖面獨自划船二十秒。
然而在他這裡的第二生活當中，任何事都有可能。
古斯說：「妳在這裡等一下。」我還來不及抗議，他就溜出房間。我聽著他下樓梯的腳步聲，接著過了片刻，他拿了一瓶威士忌回來。

「那是做什麼用的？」我問。

「讓妳穩定手用的。」古斯說。

「怎樣？在我把子彈從我的手臂挖出來之前嗎？」

古斯翻了白眼，轉開瓶蓋。「在妳把保險箱砸開之前。」

「如果我們像喝酒一樣喝綠果昔，一定可以長生不老吧。」

「如果我們像喝酒一樣喝綠果昔，我們永遠離不開廁所，而且對現在的妳也沒有幫助。」

我接過瓶子喝了一口，接著我們坐在保險箱前方的地毯上。「會不會是他的生日？」古斯提議。

我奔向前方，輸入數字。紅燈閃爍，門沒有打開。我說：「在我們家，所有密碼都是我媽和我爸的結婚紀念日。我懷疑這條規則在這裡會有用。」

古斯聳聳肩說：「也許積習難改？」

我沒有抱著多大的期待，輸入號碼，不過當紅燈閃爍，我仍舊感到肚子不舒服。

我沒有料到會有新一波的嫉妒襲來。我感到不公平，自己竟然無法徹底了解他；我感到不公平，他有某一部分是松雅知道、而我永遠不會知道的。也許保險箱的密碼甚至是他們之間的某個重要數字，像是紀念日或松雅的生日之類的。

不論如何，她應該會知道密碼。

我只需要寄一則 email 去問，但是我不想要寄那則 email。

古斯揉著我的肘窩，把我拉回現實。

「我現在沒時間去弄這個。」我站起來。「我得完成一本書。」這個星期完成——我下定決心。

我告訴自己：重點是要能夠輕易賣掉這棟屋子。一個保險箱沒什麼大不了的，屋子基本上是空屋。我可以賣掉它，然後回到自己的生活。

不過現在當我想到這件事，我必須盡可能不去想到，這一來我和古斯不知會變得如何。我來這間房間想要整理出頭緒，但相反地卻弄得更亂了。另一方面，在亂糟糟的情況中，我的工作卻進行得很順利。我在寫第一本書之後，就沒有寫得這麼快速了。我感覺到故事在我前方奔跑，而我必須盡一切可能去跟上腳步。

除了每天晚上一個小時（我們真的會設定計時器）之外，我不讓古斯進入我的屋子，並且將其餘時間都花費在樓上的第二臥室寫作。從這間房間我可以看到底下的街道。我一直寫到深夜，然後當我起床，又再度從之前停止的地方繼續寫下去。

我成天穿著家居褲，甚至發誓如果我能完成這本書，就要用別的名稱來稱呼它，彷彿我是在和非常關注我（絕對不算膠囊的）衣櫥的神明討價還價。

我沒有淋浴，幾乎什麼都不吃，大口喝水和咖啡，不過沒有喝酒。

八月二號星期六，我們約定去皮特家參加活動的這一天凌晨兩點，我終於寫到「家庭祕密.docx」的最後一章。我盯著閃動的游標。

一切都進行得和我想像的差不多。小丑情侶安全無事，但仍舊保守祕密。艾莉諾的父親偷了她母親的結婚戒指，賣掉之後把錢送給他亟需這筆錢的另一個家庭。艾莉諾的母親仍舊不知道另一個家庭的存在，以為她只是忘了把戒指放在哪裡，當他們到下一座城鎮拆開行李，戒指就會從口袋或摺起來的毛巾掉出來。在她心中，她丈夫綁在她手指上的彩色毛線足以取代戒指，畢竟構成愛情的不是亮晶晶的東西，而是實際的東西，在變舊或生鏽之後需要修補或擦亮。這些東西會弄丟，也必須定期替換。

而艾莉諾則完全心碎。

馬戲團繼續前進。塔爾薩離他們越來越遠。他們在那裡待的一個星期變得模糊，就如醒來後的夢一般。她回頭張望，覺得心中的刺痛永遠不會平息。

到此為止。我知道我應該在這裡停筆。

這個故事有很好的循環性質。這種暫時性的簡潔可以讓讀者想像遠超出結局之後。或者也許不行。

故事照著原本的計畫寫完了。我的心情感覺沉重，身體感覺寒冷，而眼睛則濕濕的，不過大概主要是因為疲憊及頭上的風扇。

然而我不能在這裡停筆。不論這一刻有多麼悲傷美好，我並不相信它。這不是我認識的世界。我們會失去美好的東西——母親健康的歲月、在夢幻工作中的機會、太早過世的父親——但也會發現其他的東西：提供全世界最難喝的濃縮咖啡的咖啡廳、舉辦排舞之夜的酒吧、像古斯這樣邋遢、美麗的鄰居。我把手放在鍵盤上，開始打字。

白色雪花開始飄落在她周圍，降落在她的頭髮與衣裳。艾莉諾從布滿塵埃的道路抬起頭，驚愕地看著突然的降雪。這當然不是雪，而是花粉。白色的野花突然出現在道路兩旁，風搖開它們的花蕾，捲走花粉。

艾莉諾思索著接下來要去哪裡，並想像著那裡的花會是什麼樣子。

我儲存草稿，用 email 寄給安亞。

主題：不一樣的東西。

請不要恨我。愛妳的珍。

我很早就起床，開車二十分鐘到最近的 FedEx 列印稿子，以便放在手邊。當我回到屋子，看到古斯躺在門廊沙發上等我，用手臂遮住眼睛。他移開手臂看我，接著露出微笑並坐起身，挪出空位讓我坐下。

他把我的雙腿拉到他的膝上，把我拉近他。「怎樣？」他問。

我把那疊紙放到他膝上。「現在我只要等著看安亞把我炒魷魚，珊蒂會有多生氣，還有我們能不能賣出這本書，好讓我有東西可以『占你上風』。」

古斯說：「安亞不會炒妳魷魚。」

「珊蒂呢？」

「她大概會很生氣吧。」古斯說。「不過妳寫出了新書，而且以後還會寫更多。也許妳甚至還會寫出她想要的書。妳會賣掉這本書，只是未必會比我的書更早賣出去。不論如何，我相信妳會找到足以占我上風的東西。」

我聳聳肩。「我會盡量嘗試。你呢？——你快要寫完了嗎？」

「事實上，我的確快完稿了。大概只要再一兩個星期。」

「那大概相當於我把這一個星期的髒碗盤洗乾淨的時間。」

「時間點剛剛好。」古斯說。「看看命運之神是怎麼掌管這一切。」

「命運之神很習慣做這種事。」

我們在活動之前先道別去做準備。我在亟需的淋浴之後弄乾頭髮，躺在床上，筋疲力竭地看著風扇轉動。房間感覺不一樣了，我的身體也感覺不一樣了。我甚至會相信自己剛剛奪走某人的四肢和生命，並且愛上它們。

我陷入夢鄉，然後在活動的一小時前醒來。古斯在三十分鐘後來敲我的門。我們走路前往書店——我通常不想要在參加活動前流汗，不過在這裡，似乎不需要那麼在意。在北熊岸，每個人都會流汗，而且在穿了一整個夏天的短褲和T恤之後，僵硬的黑色禮服不再吸引我。於是我再度穿上白色的二手背心裙及繡花靴子。

當我們抵達書店，皮特和瑪姬把我們帶進辦公室喝一杯香檳。「這樣可以消除所有不安。」瑪姬快活地說。

古斯和我心照不宣地互看一眼。我們都有足夠的參加活動的經驗，知道在這樣的城鎮，出席的通常都是當地朋友和家人（至少在你出第一本書的時候。在那之後，他們通常就懶得出席了）以及在書店工作的人。瑪姬和皮特把展示桌移到櫃檯旁邊，並擺出十張左右的摺疊椅，因此顯然她們也很明白這一點。
「可惜學校現在沒有上課。」皮特彷彿讀出我的心思般這麼說。「那時候就會有很多人參加了。教授喜歡規定學生參加這種活動，或者至少可以得到額外分數。」
瑪姬點頭。「我一定會規定我的學生參加。」
「從今以後，我會在我的每一本書提到拉長石。」我向她保證。「這麼一來妳就有很好的理由這麼做了。」
她抓住胸口，彷彿她剛剛聽到這幾個月以來最甜蜜的話。
「孩子們，活動要開始了。」皮特宣布，並帶我們走出辦公室。在櫃檯後方還有四張椅子。皮特引導我們坐在她和瑪姬之間，後者將會「訪問」我們。聽眾當中也有洛琳和她的先生，另外還有幾個我在野炊時見過的女人，以及五個陌生人。
一般而言，我寧願聽眾是我不太認識的人。事實上，我寧願完全不認識聽眾。不過這場活動感覺氣氛很好，很輕鬆。
皮特依舊站著，歡迎所有人來參加活動。我望向古斯，立刻察覺到不太對勁。
他的臉色變得蒼白，嘴巴緊閉，所有溫度彷彿都被活門封住般消失了。我低聲呼喚他的名字，但他卻只是盯著「群眾」。我跟隨他的視線，看到一名嬌小的女人。她有幾乎全黑的捲髮和藍眼睛，眼尾向上，搭配高聳的顴骨和輪廓銳利的臉孔。我花了幾秒鐘（在我感覺自己的胃好像從雙腿間掉到地上之前的幸福的幾秒鐘）才得到答案。
我的心跳加劇，就好像身體在大腦承認之前就已經了解了。我望向瑪姬。她噘起嘴脣，雙手交疊放在膝上，身體僵硬而靜止，完全不像平常的樣子。皮特雖然很有自信地繼續說話，但我看出她的肢體語言也出現變化，有點像是一隻母熊的姿勢：凶狠地想要保護孩子，隨時準備撲出去。

她坐下來，挪動椅子坐好。這是很隨興的動作，不過我覺得她好像在顫抖。

我的心臟仍舊在胸膛中劇烈跳動，害我擔心所有聽眾都會聽見。我的雙手也開始流汗。娜歐蜜很美。我應該要知道她一定很美。我或許知道，不過我沒有想到自己會見到她，尤其不會預期到她會獨自出現在這裡，像那樣看著古斯。

我心想，她的表情顯得歉疚，接著又想到，顯得飢渴。

我感到緊張。她來這裡是有目的的。她有話要對古斯說。

天哪，如果我在這裡吐了怎麼辦？

皮特開始問問題，大概類似：你們何不先來談談你們的書呢？

古斯在他的座位上轉身面對皮特。他在回答。我沒有聽進他說話的內容，但他的語調平靜而機械化。接著他看著我，等候我回答。從他臉上完全看不出他的想法。

他的表情就像爸爸屋中的主臥室：沒有個人特色，清理得乾乾淨淨。裡面沒有任何要給我的東西。我真的覺得我會嘔吐。

我壓抑下嘔吐的衝動，開始介紹我的上一本書。我做過很多次——事實上還把它寫出來。我甚至不需要聽見自己在說什麼，語句就會自動流出來。

我真的感到噁心。

接著皮特又從放在她面前的手寫清單問問題（談談你們的書吧。你們寫作的過程是什麼樣子？你們會從哪裡開始？你們受到誰的影響？……等等。），在這些問題之間，瑪姬則會追問她自己的玄奧問題（如果你們的書是飲料，會是什麼飲料？你們會不會想像自己的書應該在什麼樣的地方閱讀？寫一本書的情感歷程是什麼樣子？你們在生活中，是否曾經遇到無法只用文字來描述的時刻？）。

我心想：此時此刻應該會很難描寫吧。

有多少不同的方式可以描寫：艾莉諾想要把她今天吃的東西全部吐出來？

或許有很多。

時間緩慢地流逝。我不知道自己希望時間過得更快，或擔心接下來發生的事會更糟糕。

這個問題似乎打破了魔咒。時間結束了。到場的少許人湧到前方跟我們說話，並拿書給我們簽名。我咬緊牙關，努力進行交際，但內心卻感覺像是有風滾草在滾動的荒蕪沙漠。

娜歐蜜待在其他人後方，靠著書櫃。我不知道是她從古斯感染到倚靠的習慣，或是古斯受到她的影響。我害怕注視她太久會看出更多與古斯的相同點，另一方面，這一個小時以來，我一直試圖要在古斯身上找到和我之間的相同點，證明就在今天下午，他也曾強烈地朝著我的肌膚低聲呼喚我的名字。皮特堵住娜歐蜜，試圖要引導她離開書店，但她在爭辯，接著洛琳也加入她們，試圖避免場面變得太難看。

我聽不見她們在說什麼，不過我看到娜歐蜜的捲髮隨著點頭而快速擺動。桌子周圍的人群散開，瑪姬正在向他們收錢，明晰的視線從收銀機投射到門邊的對話。

古斯終於注視我。他似乎準備要解釋，但我臉上的表情想必讓他改變主意。他清了清喉嚨。「我得去了解她為什麼要來這裡。」

我沒有說話，也沒有任何行動。他回看了我不到兩秒鐘，然後站起來到店內的另一邊。我的臉很燙，但我的身體卻冷到發抖。古斯請皮特離開。當她看著我，我無法承受她的視線。我站起來匆匆走入辦公室，然後從辦公室走出後門，來到只有幾個大型垃圾箱的後巷。

我知道古斯並沒有邀請她，但是我無法猜測古斯看到她會受到什麼樣的影響，或者她為什麼要來。

堅強、美麗的娜歐蜜——她的未知性吸引古斯。她不需要古斯，也不會試圖拯救古斯。古斯不會害怕傷害她，並且曾經想要一輩子和她在一起。如果有機會，不論發生什麼事，古斯都會永遠和她在一起。

我想要大叫，但我只能哭出來。我已經燒盡所有怒火，只剩下恐懼。也許我一直都只有恐懼，只是用更暴躁的情緒掩飾起來。

我不知道該做什麼，只好走回家。我到家的時候天已經黑了，而且我又忘了開著門廊的燈，因此當有人從柳編長椅站起來，我幾乎從階梯摔下去。

「對不起！」說話的是女人的聲音。「我並不想要嚇妳。」

我只聽過這個聲音兩次，但是這個聲音深深烙印在我腦海中。我不會忘記這個聲音。

松雅說：「我希望我們能談談——不，不只是希望，我『必須』跟妳談。拜託，只要五分鐘。有很多事是妳不知道的。我想這些事應該能夠幫助妳。我這回把它們都寫下來了。」

二十五　信件

「我不想聽。」我說。

「我知道。」松雅說。「但是我如果沒有確實告訴妳，我就會有負於妳父親。」

我發出粗暴的笑聲。「看，這就是問題所在。妳原本就不應該跟我父親在一起。」

「原本就不應該？如果妳追溯妳父親最初的生活，然後只憑開始的部分預測將來會如何發展、發生什麼事，那麼他也許永遠不會找到妳母親，妳也許不會存在。」

我感到怒火中燒。「可以請妳離開我的門廊嗎？」

「妳不了解。」她從牛仔褲口袋掏出一張紙展開。「拜託，只要五分鐘。」

我開始打開門鎖，但她卻開始在我背後朗讀。

「我遇見華特・安德魯斯，是在十五歲的語文課上。他是我第一個交往對象、初吻的對象，也是第一個男友。他是我說『我愛你』的第一個男人——或男生。」

鑰匙卡在門鎖中。我驚愕地停下動作。我轉向她，一時喘不過氣來。松雅的眼睛不安地瞥了我一眼，接著又回到紙上。

「我們在他上大學的幾個月之後分手。在那之後有二十年，我沒有再聽到他的消息。後來有一天，我在這裡遇見他。他從往東一個小時車程的地方來出差，並決定要在北熊岸多待幾天。我們決定去吃晚餐。我們談了好幾個小時，他才告訴我他最近分手了。我們道別的時候，彼此都相信再也不會見到對方。」她抬起頭看我。「我真心相信。但是當妳父親開車離開這座小鎮的時候，他的車拋錨了。」她再度注視那張紙，眼中泛起淚水。

「我們當時都處於低潮。我人生當中唯一發生過的好事，就是我們在一起的時候。我們開始每週末都會見面。他甚至請了一星期的假，來這裡找房子。事情發展得很快，而且毫無阻礙！我說這些不是為了要傷害妳，但是我真心相信，我們擁有第二次的機會。我以為我們會結婚。」她短暫地停下來搖頭，然後在我阻止她之前匆匆說下去。

「他申請調到大急流城（註26）辦事處。他買了房屋——就是這棟房屋。當時這棟房屋狀態很糟，破破爛爛的，可是我還是感受到多年來第一次那麼快樂。他談到要帶妳到這裡，把小船划到這裡，然後我們三個人整個夏天一起泛舟。我當時心想，我會和愛我的男人住在這裡，直到死亡那一天。」

「他結婚了。」我低聲說。我的喉嚨感覺好像要塌陷。「他當時仍舊是已婚身分。」

古斯也是已婚身分——我心想。

情緒迅速地在我心中膨脹。我想要恨她。我的確恨她，但我也感受到她的痛苦和我的混在一起。我同樣感受過新戀情帶來的興奮。這是一段療癒的戀情，和某個幾乎已經遺忘的人發生第二次的機會。然後在面對他們的現實生活、得知他們曾經和其他人在一起的歷史、有一段自己無從接觸的關係時，我也感受到同樣的痛苦。

松雅緊緊閉上眼睛。「我當時沒有實際的感受，一直到妳母親的診斷結果出來為止。」

26 密西根州第二大城。

診斷這個詞仍舊帶給我衝擊。我試圖隱藏這一點，重新開始轉動我的鑰匙，不過此刻我的眼中已經泛起大量淚水，使我無法看清楚。

松雅繼續朗讀，速度變得更快：「接下來的幾個月，我們保持聯絡，但他不確定會發生什麼事。他只知道自己必須陪在妳母親身邊，而我對此無能為力。不過他越來越少打電話來，最後完全失去音訊。後來有一天，他寄了一則 email 給我，告訴我說她已經好多了，而且他們之間的關係也已經好多了。」

我再次不自覺地停止開門。我面對松雅，蚊子和蛾在我周圍飛舞。「可是那是好幾年前的事了。」

她點頭。「當妳媽媽的癌症復發，他打電話給我。珍妮艾莉，他當時身心交瘁。我知道不是為了我，而是為了她。他很害怕。後來他因為工作經過這裡，我答應再跟他見面。他在尋找慰藉，而我——我當時和瑪姬的朋友開始交往。那個人是個鰥夫，人很好。我們當時還不是很認真在交往，不過我知道我們之間是有機會的。也許這一點讓我感到有些害怕，或者也許我內心某個角落會一直愛著妳父親，或者也許我們只是自私而脆弱。我不知道，我也不會假裝知道。

「可是我要說清楚：在他第二次來找我的時候，我已經對未來的發展不抱任何想像。如果妳父親失去妳的母親，他絕對無法忍受繼續看到我，而且我也不會相信他是真心愛我。我只是他轉移注意力的對象。我甚至有可能相信自己欠他那麼多。

「當他開始修理屋子，即使他沒說，我也知道那不是為了我們。妳的母親恢復健康之後，歷史再度重演。他來訪的頻率越來越低，打電話的次數也越來越少，最後停止聯絡。這一次我甚至沒有收到email。我可以站在這裡告訴妳，我們絕對是善意的，這種事沒有簡單的答案。我知道我不被允許在此時此刻感到心碎，可是我的確心碎了。

「我感到心碎，也為自己陷入這種局面感到憤怒。我被迫屈辱地站在這裡告訴妳……」

「那麼妳為什麼要這麼做？」我質問她並搖頭，內心湧起新的一股憤怒。「如果你們之間像妳說的，已經結束了，那麼妳為什麼還會有那封信？」

「我不知道！」她大聲喊，眼中瞬間湧起淚水，形成一顆顆迅速滑落臉頰的淚珠。「也許他希望妳擁有這棟屋子，可是擔心妳母親沒有足夠的氣力告訴妳，或者覺得不應該要求她告訴妳。也許他覺得如果直接寄鑰匙和信給妳，就沒有人會站在這裡說服妳原諒他。珍妮艾莉，我不知道！」

我立刻理解到，媽媽不可能會告訴我。即使松雅出現過，媽媽仍舊無法談論、證實或說明這件事。她只想記得所有美好的事情。她想要緊緊依附這些回憶、避免它們消失，不願稍稍放鬆，面對一想起來就會害她心痛的爸爸的其他部分。

松雅含著淚水吁了幾口氣，然後擦拭她濕潤的眼睛。「我只知道，華特過世的時候，他的律師把那封信和鑰匙寄給我，另外還有他寫的紙條，上面寫著要我把信和鑰匙交給妳。我並不想做這件事──我已經繼續前進，終於和我愛的人在一起，終於得到幸福；但是他走了，我沒辦法對他說『不』。他希望妳知道真相，知道一切，而且他希望妳在知道之後仍舊愛他。我猜他要我來這裡，就是要我確保妳原諒他。」

她的聲音岌岌可危地顫抖。「而也許我來這裡的原因，是因為我需要告訴某個人，我也感到很抱歉，我也會永遠想念他。或許我希望某個人了解，我是個完整的人，不只是某個人的錯誤。」

「我不在乎妳是不是完整的人。」當我說出口，我理解到這是事實。我不恨松雅。我甚至不認識她。重點根本就不是她。我的眼淚掉得更快，讓我喘不過氣來。「重點是他，是關於所有我無從得知、也沒辦法問他的事情，關於他讓我媽承受的痛苦！我永遠不會知道該如何建立家庭，也不會知道在我從他們學到的事當中，有哪些（或者根本沒有）是可以相信的。我必須回頭檢查所有回憶，去思考那是不是謊言。我現在已經沒辦法更深入了解他了。我失去了他。我已經永遠失去了他。」

我此刻已經淚流滿面。這一年來我一直忍受的虛線狀的痛苦彷彿終於把我從中間劈開。

「親愛的。」松雅平靜地說。「我們永遠不會完全了解我們所愛的人。當我們失去他們，永遠都會覺得我們看得不夠多，可是這就是我要告訴妳的。這棟屋子、這座小鎮、這幅風景——都是他想要分享的關於他的一部分。妳確實來到這裡，不是嗎？妳來到這裡，在他喜愛的鎮上，得到湖邊的這棟屋子，還有那些信——」

「那些信？我只有一封信。」我說。

松雅露出震驚的表情。「妳沒有找到其他的信？」

「什麼其他的信？」

她顯得真心困惑。「妳沒有讀第一封信。妳根本沒有讀它。」

我當然還沒有讀它。那是我能夠得到關於他的最後的新訊息，而我還沒有做好準備。在他過世後過了一年，我仍舊沒有準備好說再見。我準備好說很多話，但不是再見。那封信一整個夏天都留在箱子底層。

松雅壓抑情緒，摺起她的談話清單，塞進她身上過大的毛衣口袋。「妳擁有他的訊息。妳是這世上最後一個擁有他的訊息的人。如果妳不願意去看，那是妳的自由，可是別假裝他什麼都沒有留給妳。」

她轉身離去。她已經說完所有要說的話，而我就這樣讓她說了。我感覺自己很蠢，彷彿輸掉了沒有人對我說明規則的一場遊戲。不過在此同時，即使我在她開車離去之後仍舊因為痛苦而暈眩，我還是站立著。

我經歷了害怕一整個夏天的對話。我進入了一直封閉的房間。我戀愛之後又感到心碎，聽到自己不想聽的事實，而我仍舊站立著。美麗的謊言都消失了，毀滅了，而我仍舊保持直立。

我懷著新的決心轉向門，進入屋內，在黑暗中直接走到廚房，把那個箱子搬下來。信封蒙上了一層灰塵。我吹走灰塵，翻開沒有封住的信封口，拿出信件。我站在水槽前方讀信，光線只有來自頭頂上方的黃色燈光。

我的雙手抖得很厲害，幾乎無法辨識信上的文字。

今晚——今晚幾乎和我們失去他的那天晚上、或是喪禮的那天晚上一樣糟糕。在其他任何情況，我會希望陪在我身邊的就只有我爸媽而已。

該死，我的確希望他們陪在我身邊。我希望爸爸穿著他那件皺皺的睡衣，縮在沙發上讀居里夫人的傳記。我希望媽媽穿著她的 Lululemon 瑜伽服，在他身邊執拗地替壁爐架上的相框撢灰塵，並哼著爸爸最喜歡的歌：現在是一月裡的六月，因為我戀愛了。

在我離家去上密西根大學之後的第一個感恩節，當我走進家裡給他們驚喜的時候，看到的就是這幅景象。當時我突然產生強烈的思鄉病，在最後一刻決定還是要回家過節。當我背著行李袋打開大門的鎖進入屋內，媽媽尖叫並把除塵撢掉落到地上。爸爸把腳從沙發放下，瞇著眼睛在他們客廳金黃色的燈光中看我。

「怎麼可能？」他說。「這不是我親愛的女兒、公海上的海盜女王嗎？」

兩人都衝向我，緊緊抱住我。我開始哭泣，彷彿直到我們團圓，我才充分理解到自己有多想念他們。

此刻的我再度感到心碎，並且很想要見到我爸媽。我想要在沙發上坐在他們之間，媽媽的手指梳著我的頭髮，然後我會告訴他們我搞砸了，我愛上了盡一切可能警告我不要愛上他的對象。

我會告訴他們，我現在身無一文，生活變得亂七八糟，不知道該如何修復。我也會告訴他們，我前所未有地心碎，並害怕自己無法修復。

我緊緊抓著從筆記本撕下來的紙張，用力眨掉眼淚，終於能夠開始認真閱讀。

這封信和信封上一樣，日期寫的是我的二十九歲生日——一月十三日，我爸過世之後七個月。也因此，當我開始閱讀時，覺得這一切都如做夢般虛幻。

珍妮艾莉：

我通常（雖然不是每一次）會在妳生日的時候寫這些信，不過距離妳的二十九歲生日還有很長一段時間，我希望在那之前可以準備好把這封信、還有其他所有的信交給妳，因此我今年提早開始寫信。

這封信裡要跟妳道歉。我不想在我們慶祝妳生日之前，給妳一個恨我的理由，可是我會試著鼓起勇氣。有時我擔心真相不值它造成的痛苦。在一個完美的世界，妳永遠不會知道我的錯誤。或者應該說，我一開始就不會犯下這些錯誤。

不過我當然已經犯錯，而我這些年來一直在猶豫該不該告訴妳。我一再回到同樣的結論：我希望妳能夠了解我。聽起來雖然自私，但事實就是如此。不過這並不只是為了自私，珍妮艾莉。如果真相公開，我不希望妳到時候受到打擊。我希望妳知道，比我的錯誤更重要的、比我做過的任何好事或壞事更重要的，就是我對妳的愛是完全不會動搖的。

我擔心真相會帶給妳什麼樣的影響。我害怕妳不會像我愛妳的那樣愛我。可是妳的母親有機會自己做這個決定，而妳也應該要有這樣的機會。

女王沙灘巷一四〇一號。保險箱。我生命中最棒的日子。

我奔上階梯，衝入主臥室。時鐘底下的桌布仍舊是掀開的，露出下方的保險箱。我的心在怦怦跳。這回我一定會猜對。如果我猜錯了，我擔心壓在我胸口的重量會把我的身體摺成兩半。我輸入數字——寫在信紙右上方的那個數字——我的生日。保險箱亮起綠燈，鎖打開了。

保險箱裡有兩樣東西：用特大號綠色橡皮筋綁起來的一疊厚厚的信封，還有附PVC鑰匙環的鑰匙，上面用白色字體印著：密西根北熊岸甜蜜碼頭。

我首先抽出那疊信，盯著它們。上面都寫著我的名字，使用的筆各不相同；當我翻到越前面，筆跡越銳利也更堅定。我把這些信封抱在胸前，開始啜泣。他曾經碰過這些關於這棟屋子，我從不知何時起就忘了這一點，但這些信不同。信上有我的名字，是他鑿下自己的一部分留給我的。

在我承受這麼多其他事情之後，我知道我能承受閱讀這些信。我可以直視它們。我搖搖晃晃地站起來，在走出門的時候拿了我的鑰匙。

我用手機GPS毫無問題地找到那座碼頭。車程只有四分鐘。轉兩個彎，我就到達附近的停車場。停車場另外還有兩輛車，或許是員工的車，但當我走下船塢，沒有人來趕我走。我獨自一人聽著波浪輕輕拍打船塢，以及小船搖晃、撞到木頭發出的輕柔「咚」或「噗」聲。

我不知道我在找什麼，可是我知道我在找東西。當我走下船塢時，手中緊握著信，來回走在分岔的小徑上。

我找到了。它的風帆揚起，純白色的表面用藍字印著：珍妮艾莉。

我搖搖晃晃地爬上它，坐在長椅上望著水面。

我不知道自己是否相信來世，可是我想像著把時間拉平，讓這個空間的每一刻都合而為一。我幾乎可以聽見他的聲音，想像他攬著我的肩膀。

「爸。」我低語。

我再度感到自己迷失方向。每次當我開始找到自己的路，我似乎就會滑落得更深。我怎麼能夠相信古斯和我之間的任何事？我怎麼能夠相信自己的感覺？人是很複雜的。人類不是數學問題，而是感覺、決定和運氣的綜合體。世界也是複雜的，不是美麗而朦朧的法國電影，而是充滿災難而可怕的混亂狀態，夾雜著光輝、愛與意義。

一陣風弄亂我膝上的信。我把頭髮從含淚的眼睛撥開，打開第一封信。

珍妮艾莉，

今天妳誕生了。我已經期待了好幾個月。這不是驚喜。妳的母親和我甚至在妳存在之前，就非常想要得到妳。

我所不曾預期的是，今天我感到自己好像也重生了。

妳讓我成為嶄新的人：珍妮艾莉的父親。我知道，這個身分會一輩子跟隨著我。珍妮艾莉，我現在看著妳寫這封信，幾乎無法把文字寫在紙上。

珍妮艾莉，我感到震驚。我從來不知道自己能夠成為這樣的人，得到這一切的感受。我無法想像有一天妳會背上背包，懂得怎麼拿筆，對於髮型有自己的意見。我看著妳，實在很難想像妳會變得比現在更神奇。

妳有十根手指，十根腳趾。即使妳完全沒有這些，妳仍舊會是我看過最棒的傢伙。

我無法說明清楚。妳可以感受到嗎？既然妳已經大到可以閱讀這封信，也知道自己是誰，不知妳能不能想到該如何說明呢？是什麼讓妳和其他東西如此不同？

我想我應該向妳自我介紹，告訴妳此時此刻看著妳睡在母親懷裡的人是誰。

很高興見到妳，珍妮艾莉，我是妳的父親，妳憑藉小小的手指和腳趾認知的那個人。

——

每年一封信，總是寫在那一天。

珍妮艾莉，今天妳一歲了。妳知道我今天是誰嗎？我是在妳搖搖晃晃學步時，引導妳的那隻手。今天妳媽媽和我做了義大利麵，所以妳或許也可以稱呼我為主廚。我是妳的私人主廚。我從來沒有喜歡過料理，不過總得要有人煮飯。

——

珍妮艾莉，祝妳兩歲生日快樂。妳的頭髮顏色變深許多。妳不會記得自己金髮的模樣吧？我比較喜歡妳現在的樣子。這樣很適合妳。妳媽媽說妳長得像她的祖母，不過我覺得妳像我媽媽。如果她還在，一定會很愛妳。我會試著告訴妳一些關於她的事。她來自一個叫作北熊岸的地方。那裡也是我的故鄉，我在妳這個年紀的時候還住在那裡。我媽媽告訴我，我兩歲時很調皮。我當時大概會尖叫到昏倒為止吧。不過那有部分理由是因為我哥哥蘭迪。他有些愚蠢，不過很討人喜歡。他是個很特別的人，現在住在香港。

——

珍妮艾莉，我不敢相信妳已經四歲了。妳現在已經具備人形了。我知道妳一直都具備人形，不過妳現在比以前看起來更像個人。我四歲的時候，弄壞了自己的三輪車。我當時朝著碼頭盡頭的燈塔騎車。我媽媽在跟她的朋友聊天，沒有注意到我，於是我心想，如果能騎到碼頭外面一定很棒。我想看看自己的速度能不能快到騎在水面上，就像卡通裡的嗶嗶鳥。我媽在最後一秒鐘看到我，高聲呼喊我的名字。我轉頭看她，猛拉三輪車的把手，結果撞到燈塔。這就是為什麼我的手肘上會有很大的粉紅色傷疤。它現在應該沒那麼大了，或者也許是我的手肘變得比較大了。上星期妳的頭撞到火爐上，傷勢沒有很嚴重——甚至不需要縫起來，可是妳媽媽和我在妳入睡之後哭了一整晚。

我們難過到了極點。珍妮艾莉，成為父母親感覺就像被委託照顧另一個孩子的孩子。「祝你們好運！」交付孩子的愚蠢陌生人在轉身與妳訣別之前這麼喊。我們恐怕會持續犯錯。我希望當我們越來越大，這些錯誤會越來越小。其實我應該說越來越老才對。我們已經過了長大的階段了。

——

八歲！妳已經八歲了，而且聰明伶俐！珍妮艾莉，妳從來不停止閱讀。我八歲的時候討厭讀書，不過話說回來，我非常不擅長閱讀。蘭迪和道格拉斯總是無情地嘲笑我，不過道格拉斯最近變得跟蝴蝶一樣溫柔。我想如果我更擅長閱讀，我應該會更喜歡閱讀吧。或者應該反過來說，如果我更喜歡閱讀，我就會更擅長閱讀。珍妮艾莉，我爸爸很忙碌，不過是他教我閱讀的。在他開始教我之後，我就不讓我那可憐的媽媽來教我。她會對我說，等到你年紀夠大，就由我來教你開車吧。珍妮艾莉，妳現在最喜歡的書是《愛心樹（註27）》，不過天哪，珍妮艾莉，這本書讓我心碎。妳媽媽有點像那棵樹，而我擔心妳也會如此。別誤會我。像那棵樹是很好的，不過我還是希望妳能夠更冷酷一點，就像妳的老爹。這純粹是為了妳著想。

話說當我八歲的時候，我第一次在商店行竊。這當然是不能容忍的行為，但是我寫這封信的目標是要誠實。我在北熊岸大街上的老式糖果店偷了口香糖。我很喜歡那家店。他們在夏天會用很大的電風扇避免巧克力融化。當我媽很忙的時候，我和我哥哥就會散步到那裡去吹涼風。我從來不覺得自己一個人去沙灘很有趣。也許現在我會有不同的想法。我有好一陣子沒有去那裡了。妳媽媽和我在討論不久就要帶妳去。

27 美國作家謝爾・希爾弗斯坦的童書，描述一棵樹不求回報地為一名男孩付出。

——

珍妮艾莉，妳已經十三歲了，而且比其他任何十三歲都要來得勇敢。今天我不知道自己是誰。我當然仍舊是妳的爸爸，也是妳媽媽的丈夫，不過珍妮艾莉，有時生命是很困難的。有時它會對你要求太多，以至於當你躺平讓世界予取予求，就會開始失去部分的自己。我迷失了，珍妮艾莉。妳記得我跟妳提過的燈塔嗎？我想我應該告訴過妳。有時候我會把妳想成燈塔。我告訴自己，盯著珍妮艾莉，她不會讓你迷失。只要專注在珍妮艾莉，就不會偏離太遠。但也許我太過專注，結果就不偏不倚撞上妳了。

還有妳的媽媽。我知道今年對妳來說是可怕的一年，但是請妳明白，妳媽媽和我會想辦法回到原來的自己，並且回到彼此身邊。請別害怕，我的寶貝，我親愛的公海上的海盜女王。事情總會恢復正常。

——

珍妮艾莉，我在十六歲的時候得到初吻。她的名字是松雅，長得很瘦，個性穩重。

——

距離妳的生日還有幾個月，但是我必須現在就寫這封信。今天妳就要離家去上大學了，我擔心自己會難過到死掉。我當然不能這樣告訴妳。妳會感到很歉疚，但是妳不該歉疚。就各方面來說，妳做的都是正確的事。妳總是那麼聰明，妳應該要去上大學的。而且我們也不是永遠見不到面了。不過當妳今天早上起床之後，我們開車北上時，我會無法從後照鏡看妳的臉。妳在讀這封信的時候（？？？那會是什麼時候？？？），試著回想一下那一天。妳會注意到我無法看妳嗎？也許不會。妳自己就已經很緊張了。不過如果妳記得，現在妳就知道為什麼了。我擔心如果妳顯露出一絲絲的猶豫，我就會掉頭把我們三人載回家。我希望妳永遠陪在我身邊。如果沒有妳，那麼我會是誰？

——

我們都知道，妳應該去念研究所。去他的癌症！珍妮艾莉，妳現在是大人了，也就是說，當妳讀到這封信時，應該知道「去他的」是什麼意思，而我們都知道，妳已經太熟知癌症這個詞了。去他的！我必須老實說，珍妮艾莉，我覺得我們的生活正在內爆。我內心某個角落想要把妳遠遠推開，直到爆炸結束。

我跟妳說過我要對妳誠實，所以我現在要告訴妳這件事。我知道如果我寫在這裡，就無法再收回。有一天妳會讀到這封信。有一天妳會知道。

我背叛了妳媽媽。有時我會覺得我是在尋求慰藉，有時則感覺像是懲罰。也有時候，我懷疑這一切都是在對宇宙大聲咒罵去他的。「如果你要毀了我的生命，我可以毀滅得更徹底。」

有時我覺得我愛上了松雅。松雅是她的名字。在我們還小的時候，我曾經愛上過她。我想我在妳十六歲生日的信告訴過妳。那是我親吻她的年紀。我相信妳不想聽，可是我必須說出這件事。我愛上另一個版本的我，而那個我無法生存在這個地獄當中。珍妮艾莉，妳覺得我很過分嗎？妳如果覺得也沒關係。我在人生中的許多不同時刻都曾經很過分。

我想要重新成為妳媽媽讓我變成的那個人：她的新婚丈夫。重新成為妳讓我變成的那個人：愛妳的父親。我在尋找自己內心失落的部分，可是這對所有人都不公平。

如果我能讓時間倒轉，回到癌症復發前的美好時光，我會奮不顧身地抓住這個機會，修復這件事。珍妮艾莉，別捨棄我。這不會是結局。

——

珍妮艾莉，妳今天就二十八歲了。

當我二十八歲的時候，我美麗的妻子生下了我們的孩子。就在這一天。一月十三日一般公認為歷史上最棒的一天。有時我會想像妳的小孩會是什麼樣子。不一定是妳和雅各的孩子，不過如果是也很棒。

我想像一個長得很像珍妮艾莉的女孩。也許她有十根手指十根腳趾，不過即使她沒有，她仍舊會是完美的。我也想像妳對她來說會是什麼樣的人、什麼樣的母親。

珍妮艾莉，當我想到這些，我通常會哭。因為我知道妳會做得比我更好。這樣想讓我感到心安許多。不過即使妳沒有，甚至即使妳犯了跟我一樣的錯誤，我還是了解妳，珍妮艾莉。

我了解妳遠多於妳了解我。對此我很抱歉，不過如果一定無法取得平衡的話，我並不後悔是偏向這一邊。

妳記得妳第一次失戀嗎？我在妳十七歲生日的信中提到過。妳當時傷心欲絕，難過到沒辦法去打工，所以妳媽就裝成妳，打電話到妳工作的塔可貝爾（註28）說要請病假。

那一刻我實在是太愛她了。她知道該做什麼。她照顧妳的方式讓人無話可說。

順帶一提，她知道。她知道我告訴妳的一切。她讓我找適當的時機再告訴妳。我擔心她會感到羞愧，覺得所有人都在同情她。妳也知道她很討厭那樣。她不確定該不該告訴妳。也許妳不該知道。如果是那樣的話，我很抱歉。不過我還是希望妳知道所有真相。

如果妳覺得這個故事有著悲傷的結局，那是因為它還沒有結束。

自從我開始寫這些信以來，我扮演過無數不同的角色；有些是好的，有些是醜惡的。不過今天，在妳的二十八歲生日，我覺得自己又成為多年前的那個人。

當時我看著妳，數著妳的手指，思索著到底是什麼讓妳和這世上其餘的一切有這麼大的差別。不知從什麼時候開始，我再度感到快樂。我想即使這一切未必永遠不變，我還是會一直把此時此刻珍藏在我心中。看到我的孩子成長為現在這樣的女人，我怎麼可能會悲傷呢？

珍妮艾莉，妳已經二十八歲了。今天我是妳的父親。

28　成立於一九六二年的美國連鎖墨西哥風味速食店。

二十六 摯友

我躺在地上，望著星星。黑暗的毛茸茸雲朵飄過天空，漸漸地蓋過星星。我像是在倒數般看著它們，不過我也不知道是等待什麼的倒數。打開的信紙疊起來放在我周遭，全都已經讀過了。兩個小時並沒有給我結果，不過這是我不曾預期能夠和他在一起的時間。他沒有對我說的話終於說出來了。我覺得我好像歷經一趟時間旅行。

我感覺就像好了一半的傷口，再度被揭開。我腦中播放著《Everybody Hurts》。我可以看出這首歌帶來的慰藉，在於明白自己的痛苦並不是特別的。

這樣的想法讓痛苦同時變得更大與更小。更小是因為全世界都感到痛苦，更大是因為我終於承認，所有我專注的其他感受，都只是從最深的傷痛分散注意力罷了。

我父親過世了。我會永遠想念他。

這一點理應是正常的。

我掏出手機，打開 YouTube 應用程式，鍵入「Everybody Hurts」，然後用我的手機喇叭播放。結束之後，我又重新播放。

疼痛形成深層的節奏，感覺幾乎像是運動，增強的灼痛感穿過我的肌肉與關節。有一次，在我的緊縮型頭痛特別嚴重的季節，醫生告訴我，疼痛是我們的身體在要求被聽見。

「有時候是警告，有時候則像是布告欄。」她說。

我不知道此刻疼痛的用意是什麼，不過我心想，如果我傾聽它，或許它會感到滿足而停歇一陣子。

也許今晚的疼痛甚至會替我帶來一天的緩和。

歌曲再次結束。我又重播一次。

今晚很冷。我不知道一月會比現在寒冷多少。我想要見識看看。我心想，如果我見識過了，就可以認識另一部分的他。

我把信紙和信封整齊地疊起來，站起來準備回家，不過當我想像到位於湖畔的那棟屋子，我感受到一股奇特的新型灼痛（我心想，這是D小調的古斯）。

我感覺整個人好像要散開來，就好像連結我左邊與右邊肋骨的組織被劈開，使我即將分裂。

從我們分開之後，已經過了好幾個小時。我沒有接到電話，甚至連簡訊也沒收到。我想起他看到娜歐蜜時臉上的表情，彷彿看到幽靈站在他面前一樣。古斯曾瘋狂愛慕那個嬌小、美麗的幽靈，愛到與對方結婚，愛到在對方撕裂他的心之後，必須要努力克服悲痛。

我再度開始哭泣，大哭到看不見前面。

我打開手機傳簡訊給莎蒂：我想見妳。

她沒幾秒就回覆我：我會搭第一班火車。

我盯著手機片刻。現在只有另一個人是我真的想要說話的對象。我按下聯絡人資訊，把手機舉到耳邊。

現在是半夜。我並不期待有人接聽，不過鈴聲響了兩次，電話就接通了。

「珍妮?」媽媽連忙低聲問。「妳還好嗎?」
「不好。」我哭喊。
「告訴我吧，親愛的。」她催促我。我可以聽到她坐起身，拉起被單發出窸窣聲，另外還有打開床頭燈的細微「喀喳」聲。「我在這裡，親愛的。全部都告訴我吧。」
我用扭曲拉高的聲音，從頭開始說起:「妳知道雅各在熱水澡的浴缸跟我提分手嗎?」
媽媽倒抽一口氣。「那個小兔崽子!」
接著我告訴她其餘的部分。我全部都告訴她。

莎蒂在上午十點抵達。她背著足以讓一名NBA球員舒舒服服睡在裡面的旅行包，另外還捧了一箱新鮮農產品。當我打開門，看到她站在陽光照射的門廊，我首先探頭看紙箱裡面裝了什麼，然後問:「沒有酒?」
「妳知道距離妳家兩個街區，有一個很棒的農人市集嗎?」她邊說邊迅速進入屋內。「還有，妳知道你們這裡唯一的 Uber 司機是法定盲人嗎?」
我試圖笑出來，但光是看到她，就讓我眼中湧出淚水。「哦，親愛的。」莎蒂邊說邊把箱子放在長椅上，然後把我擁入充滿玫瑰水和椰子油氣息的懷抱中。「我很遺憾。」她對我說，一隻手溫柔地像媽媽一樣撫摸著我的頭髮。
她退開並抓住我的雙臂檢視我，然後輕聲說:「好消息是，妳的肌膚看起來就像新生兒一樣。妳在這裡都吃什麼?」

我把頭歪向裝滿南瓜和綠色蔬菜的箱子，對她說：「完全沒有吃那些。」

「要來擬定飲食方案？」她試著提議。當我點頭，她便拍拍我的手臂，轉身走向廚房，途中抱起那個箱子。「我想也是。在喝酒或哭泣之前，妳需要的是蔬菜。或許還需要像雞蛋之類的。」她到廚房之後停止說話，不知是為了它的尺寸、面積、風格或是髒亂程度而倒抽一口氣。「好吧。」她邊說邊在工作檯唯一空出來的部分，重新分類拿出來的蔬菜。「在我準備早午餐的時候，妳去換掉那條褲子吧。」

「這條褲子有什麼問題嗎？」我指著自己的運動服。「由於我已經正式放棄打扮，這身服裝現在是我的制服了。」

莎蒂翻了白眼，藍色指甲彈著工作檯。「說實在的，珍妮，妳不需要換成晚禮服，不過在妳穿上有拉鍊或釦子的褲子之前，我不會開始為妳煮飯。」

這時我的胃發出咕嚕咕嚕聲，彷彿在對我哀求。我轉向一樓的臥室。那裡的地上有幾件古斯在過去幾個星期丟在那裡的皺T恤。他從來沒有撿起來，於是我就把它們踢到衣櫃門後方堆在一起，這一來我就不需要看到它們。我穿上截短的牛仔褲和艾拉・費茲潔拉的T恤。

做早午餐要花一小時半的工夫，而且莎蒂堅持我們要先洗完所有碗盤才能開動。「看看這些！」我指著沾了麥片、堆得歪歪斜斜的一疊碗，對她說理。「等到我們洗完這些，大概都已經聖誕節了。」

「那我很慶幸我帶了大衣。」莎蒂隨興地聳聳肩說。

最後我們只花了三十分鐘裝滿洗碗機，然後手洗無法放進去的餐具。我們吃完早午餐之後，莎蒂堅持要清掃整棟屋子。我只想躺在沙發上，邊吃堆在胸口的洋芋片、邊看電視上的真人秀，不過結果證明她是對的。清掃是更好的分散注意力方式。

這是我首度不會去想到爸爸的謊言、或是松雅在喪禮接觸我。我不用在腦內重播我和媽媽在車上爭執的細節，或是描繪娜歐蜜豐潤的嘴唇泛起美麗、歉疚的笑容。我不用擔心我的新書、安亞的感想，或是珊蒂的反應。事實上我沒有在想任何事。

徹底清掃讓我進入恍惚狀態。我希望我能夠待在情緒冷凍艙裡面，在沉睡中度過最糟糕的時期，或是任何我想要迴避的心碎回憶。

古斯第一通電話在十一點左右打來，我沒有回應。接著有二十分鐘，都沒有另一通電話。等到他終於再度打來，我的心臟差點要從喉嚨跳出來。他沒有留言，也沒有傳後續的簡訊。

我關掉手機，把它放進臥室的衣櫥抽屜裡，然後繼續去拖洗手間。莎蒂和我決定，在我們結束工作之前，不去談性感邪惡的古斯或幽靈帽子，或是其他任何事。這是一個好決定：打掃有助於麻痺我，而只要我的大腦稍微去想到古斯，這樣的麻痺就會從我身上消失。

到了六點，莎蒂判定打掃工作結束，把我趕到淋浴間，她自己則開始準備晚餐。她做了普羅旺斯燉菜——自從她在獨立紀念日假期和里奇的妹妹們一起看了《料理鼠王》（註29），她顯然就一直想要做這道菜。

---

29 英文片名Ratatouille意思即為「普羅旺斯燉菜」，而開頭的Rat也與老鼠（rat）雙關。

當我們坐在餐桌前面對彼此，我對莎蒂說：「妳可以跟我談他。」即便窗戶和百葉窗都已經關上，我仍舊背對著朝向古斯屋子的窗戶。「我還是想要聽到妳過得很快樂。」

莎蒂說：「晚餐之後再說吧。」這次她又做出正確判斷。結果證明我需要這一頓主要由蔬菜構成、只有閒聊的晚餐。我們聊著看到以前同學登在網路上的文章、她在看的書、我看的節目（只有《偵探小天后》）。

晚餐之後，天空烏雲密布，當我在洗盤子和銀餐具、莎蒂在為我們準備賽澤瑞克（Sazerac）雞尾酒時，大雨開始傾盆而下，遠方的雷聲震動屋子，宛若小型地震。當我擦乾大盤子、收進烤箱右邊的櫥櫃時，她把我的杯子遞給我，我們便到我第一天晚上睡覺的沙發上，各自縮在兩端，兩人的腳蓋著同一條毛毯。

「好了，」她說。「我們從頭說起吧。」

二十七　雨

我們徹夜長談。外面的風雨像波浪般來來去去，當雨勢好像要停止了，新的一波雷鳴與閃電又會襲來。我們聊了很久，中間因為哭泣而中斷幾次，另外也有兩次是莎蒂去替我們準備新的飲料。

在我們成為朋友的這段期間，我看過五次莎蒂傷痛欲絕的分手。「現在是妳對我訴說心情的時候了。」她對我說。「我希望妳這次能夠對我大哭，這一來等里奇毀了我的時候，我才能找妳傾訴。」

「他會嗎？」我邊吸鼻涕邊問，莎蒂便深深嘆了一口氣。

「幾乎肯定會。」

她習慣愛上對於戀愛沒什麼興趣的人。一開始兩人的關係總是很隨興，原本只是玩玩，卻意外地扎根，到最後總是會遇到某種阻礙——某種一開始就存在、但是在一切都還很隨興時並不重要的元素。

她交往過的對象有藥物成癮的廚師、酗酒的滑板手及為弱勢青少年提供課後輔導、前途有望的導師——這名導師最後在對莎蒂說他愛她的同時，也說他想要再維持幾年的單身生活。

我這位摯友在各方面都會讓芝加哥男人對她產生誤解。她個性古怪又喧鬧，喜歡喝得酩酊大醉及通宵狂歡，不在乎隨興約炮，永遠是一群人當中最有趣、最驚世駭俗的，而且她總是發布自拍裸照，次數越來越頻繁。她是個神祕的人，是我在電影之外看過最接近典型男性幻想對象的人物，不過她內心深處卻是個徹底的浪漫主義者。

當她與某人交往時，就會像玫瑰綻放般，敞開我見過最溫柔、純粹、無私、並且忠實的心。當她偶然交往的大男孩看到她的這一面，就會熱烈地愛上她，就如她愛上他們，並且會想像一開始完全沒有計畫的未來。

「我希望我有辦法停止它。」她當時說。

「妳才不希望。」我嘲笑她。她臉上緩緩露出笑容。

「我既愛又鄙視戀愛。」

「我也是。」我說。「男人是最惡劣的生物。」

「最惡~劣。」她唱著附和。我們沉默了幾秒鐘。我臉頰上的淚水已經乾了。太陽開始升起，卻被暴雨雲遮住，擴散出偏藍的光線，透過百葉窗照射在沙發上。「喂。」她終於開口。

「我覺得現在是時候了。」

「什麼時候？」我問。

「我覺得現在是妳墜入愛河的時候了。」她說。「我們認識這麼久，我都沒有看過妳墜入愛河。我覺得現在是時候了。」

「妳在我跟雅各交往前就認識我了，妳明明就看過整段過程。」

「沒錯。」莎蒂聳聳肩。「我知道妳愛雅各，而且也許到最後都是一樣的，不過妳對於雅各並沒有『墜入』，妳是直接走進戀情的。」

「也就是說，『墜入』是帶來傷痛的部分？」我不帶感情地笑了。「如果愛上某人的過程中沒有傷痛，就不算『墜入』？」

「不對。」莎蒂很認真地說。「『墜入』是讓妳無法呼吸的部分。是讓妳無法相信站在妳面前的人存在、並且與妳偶然相逢的部分。它會讓妳感到自己能夠活著、並且剛好置身在此時此地，是很幸運的一件事。」

淚水模糊了我的視野。我對於古斯的確有這樣的感受，但是我過去也曾有過同樣的感受。

「妳說妳沒有看過我墜入愛河是錯的。」我說。莎蒂歪著頭思索。我又說：「我在遇見妳的時候，就有這種感覺。」

她露出笑容，然後把沙發上的一個靠墊丟向我，對我說：「我愛妳，珍妮。」

「我愛妳更多。」

過了片刻，她的笑容消失，然後坦率地對我搖搖頭，說：「我相信他也愛妳。我可以感覺得到。」

「妳甚至沒有看過我們在一起的樣子。」我提醒她。「妳甚至沒有見到他。」

「我可以感覺得到。」她朝著牆壁揮手。這時剛好雷聲再次大作，震撼整棟屋子，閃電劃過窗戶。「我可以從他的屋子感受到這股氣息。而且我具有通靈力。」

「那就這樣吧。」我說。

「沒錯。」她說。「那就這樣吧。」

我終於陷入夢鄉的時刻，以及沉重的敲門聲傳來的時刻之間，大概只有幾秒鐘的間隔，或者也可能是幾小時。客廳仍舊籠罩在暴風雨的陰影中，雷聲也依然震動著地板。

坐在沙發另一端的莎蒂迅速坐直，把毛毯拉到胸前，瞪大一雙綠眼睛，望著第二波敲門聲傳來的方向。她在黑暗中用氣音對我說：「我們會被斧頭砍死嗎？」

接著我聽到他的聲音從門外傳來：「珍妮艾莉。」

莎蒂往後靠向沙發扶手，問我：「是他，對不對？」

他再度用力敲門。我站起來，不確定自己要做什麼。我該怎麼做？我想怎麼做？我望向莎蒂，無聲地問她這些問題。

她聳聳肩。敲門聲再度傳來。「拜託。」古斯說。「拜託，珍妮艾莉，如果妳不希望的話，我不會一直要求妳，但是請妳跟我說話。」他安靜下來。颼颼的風聲拉得很長，就好像在乞求加長的刪節號。我的喉嚨感覺好像崩塌了，彷彿必須先吞下幾次瓦礫才能說出話來。

「妳會怎麼做？」我問莎蒂。

她深深嘆了一口氣。「珍妮，妳知道我會怎麼做。」

她昨晚就說過了：我希望我有辦法停止它。笑點在於她當然有辦法停止它，但是她就是無法不去回應簡訊及電話，她也無法說服自己不在國定假日去造訪新情人的家，而她更不可能放棄戀愛的可能性。

我不知道、也不可能知道古斯會怎麼對我說明昨晚的事，娜歐蜜的事、或是我們現在的局面。我不可能知道，但我可以撐過去。

我回想起之前在車上的那個瞬間，我試圖要把當時的回憶烙印在腦中，以便在我回顧一切時，能夠告訴自己這是值得的。

在幾個星期當中，我過得比這一整年都快樂。

我心想：沒錯，這是事實。

我當時感到呼吸困難，彷彿我赤裸著身體再度跳入密西根湖冰冷的水中。即使有垃圾漂過，我仍舊很感謝自己活著。我很感謝莎蒂在這裡。我很感謝自己讀了爸爸的信。我很感謝自己搬到古斯的隔壁。

不論接下來發生什麼事，我都能夠撐過去，就像莎蒂撐過那麼多次一樣。

當我理解到這一切時，大概有整整一分鐘沒有聽到敲門或喊叫聲。我的心跳加速，奔向門口，莎蒂則從沙發上拍手，彷彿是在觀眾席上看奧運賽跑。

我用力打開門，面對黑暗、風雨交加的門廊，卻沒看到人。我赤著腳跑出去，來到階梯上掃視院子和下方的街道，還有隔壁的階梯。

古斯不在任何地方。我不顧一切地衝下階梯，半途穿過草坪，腳踩入泥地中。我到達古斯的前院，才發現他的車不在這裡。

他離開了。我很想念他。我不確定我是不是又開始哭泣，或者我的淚水都流光了。我的肋骨感到疼痛，裡面的所有內臟都在痛。我的肩膀在顫抖，我的臉是濕的，不過也可能是因為下在我們這條湖畔街道的傾盆大雨。街上現在都在淹水，形成帶走樹葉和垃圾的急流。

我想要大叫。整個夏天我對古斯都很有耐心。我對他說過我會有耐心，也一直很有耐心，而我現在卻在有可能是我們最後機會的時刻拒絕他。

我把手背埋在嘴裡，從肺部發出粗啞的啜泣聲。我想要倒在泥濘的草地上，被吸入地面。我心想：如果我是地面，心中的感受就會比在打掃時更少。

或者也許我會感受到走在我上方的每一步、每一個腳印，但仍舊比我此刻感受到的悲傷好些。

因為我再度明白，莎蒂說得沒錯，我終於墜入愛河。對我來說，能夠與像古斯那樣可以讓我愛上的人相逢，是不可置信地幸運，也是命中註定的。

這時我的視野角落閃起亮光。我轉過去，以為會看到莎蒂站在前門的門廊，但光線並不是來自我的前門門廊。

是來自古斯的門廊。

接著音樂響起，就如第一晚般大聲，就好像 Pitchfork 或波納羅音樂節在我們的這條巷子裡舉辦。

辛妮・歐康諾的歌聲傳來，那是《Nothing Compares 2 U》開頭憂傷的幾句。

門打開，古斯在燈光下走出來，跟我一樣全身淋濕，不過不知怎麼搞的，他那頭斑白的捲髮仍舊有辦法抗拒地心引力，往奇怪的角度翹起來。

歌曲仍舊迴盪在街道上，只偶爾被減弱的暴風雨遠處的雷鳴干擾。古斯在雨中走向我，看起來跟我一樣不確定該哭還是該笑。當他來到我面前，想要開口說話，才發現歌聲大到他無法用正常音量讓我聽見。我在顫抖，牙齒發出咯咯聲，但是我並不是感到寒冷。我覺得自己比較像是站在距離自己身體一段距離的地方。

「我從來沒有安排得這麼妥當過。」古斯終於在音樂聲中對我大喊。他意有所指地用下巴指著自己的屋子。

即使我肚子裡感到痛楚，我臉上仍閃過一絲笑容。

「我以為……」他用手抓起頭髮，環顧四周。「我也不知道。我以為我們可以跳舞。」

我發出笑聲，讓我們兩人都感到驚訝。古斯聽到這個聲音，臉上的表情變得開朗。當笑聲歇止，我的眼中重新泛起淚水，鼻子後方開始感到炙熱。

「你要在雨中跟我跳舞？」我用沙啞的聲音問。

「我答應過妳。」他很認真地回答，雙手攬住我的腰。「我說過我會學。」

我搖頭，努力穩住聲音。「古斯，你不用受到任何承諾的束縛。」

他緩緩地把我拉向他，雙手環抱住我。他身上的體溫只稍微被冰冷的雨水減弱。「重要的不是承諾。」他在我的右耳上方低聲說，並開始晃動身體，用類似跳舞的動作溫柔地帶著我左右搖擺。這和我們在兄弟會派對的那晚剛好相反。「重點在於我對妳說過。」

軟弱的珍妮艾莉。無法隱藏自己內心想法的珍妮艾莉。總是讓他擔心會受到傷害的珍妮艾莉。

我感到喉嚨打結。像這樣被他摟抱、不知道他要對我說什麼，或者這會不會是他最後一次擁抱我，幾乎讓我感到疼痛。我試著要說話，再次主張他不需要對我承擔任何義務，告訴他我了解事情狀況很複雜。

我無法發出聲音。他的手插入我潮濕的頭髮。我閉上眼睛，避免另一道淚水流下，把臉埋在他的肩膀。

「我以為你走了。你的車……」我的聲音逐漸消失。

「……它現在卡在路邊。」他說。「雨下得好像世界末日要來了。」

他勉強擠出笑容，但我無法跟著笑。

歌曲結束了，但我們仍舊抱著彼此搖擺。我害怕他放開手的時刻來臨，同時努力要感受他還沒有放手的這個瞬間。

他說：「我一直打電話給妳。」我說不出「我知道」，只能點頭。

我深深吸了一口氣，問他：「那個人就是娜歐蜜嗎？」

我並沒有說明我指的是「來參加那場活動的美女」，不過我不需要說明。

「沒錯。」古斯在沉默後回答。有幾秒鐘，我們都沒有說話。「她想要跟我談。」他終於進一步說明。「我們去隔壁喝了杯飲料。」

我心想，我仍舊站著——好吧，不太算。我靠著他，讓他承擔我的重量。不過我還活著，而且莎蒂在屋內等我。我會沒事的。

「她想要重修舊好。」我聽到這句話不禁噎到。我本來想要問這個問題，沒想到他卻先宣布出來。

他退開，想要注視我的眼睛，但我沒有配合，仍舊把臉埋在他的胸前。「我猜她和派克前一陣子分手了。」古斯再度把下巴放在我頭上說。他的雙手繞到我的背後。「她……她說她想了很久，但是想要等一等。她想要確認我不是她尋求替代的對象。」

「你怎麼會是她尋求替代的對象？你是她先生。」

他粗啞的笑聲在我體內隆隆迴盪。「我也說了類似的話。」

我感到一陣緊張。

「她不是個壞人。」古斯彷彿是在替她求情般對我說。

我感到心在絞痛。「很高興聽你這麼說。」

「真的嗎？」古斯歪著頭問。「為什麼？」

「你不應該跟爛人結婚。或許所有人都不應該，除了那些爛人以外。」

「這倒是沒錯。」他平靜地說。「她問我能不能原諒她。我想我可以——我是指，最終原諒她。」

我沒有說話。

「然後她問我，有沒有可能想像自己再跟她在一起。我覺得——我可以想像。我覺得那是可能的。」

我心想，也許我該說些話，像是「哦？」「不錯嘛。」「然後呢？」痛苦被聽見之後仍不滿足，在我心中呼嘯。「古斯。」我低聲呼喚，閉上眼睛，流下更多熱淚。我搖頭。

「她問我，能不能重新彌補我們的婚姻。」他喃喃地說。我的手臂失去力量。我從他面前退開，擦拭著臉，拉開兩人之間的距離。我盯著淹水的草地和我泥濘的腳趾。

「我從來沒有想過她會說那種話。」古斯屏息說。「我不知道──我需要一些時間來想清楚。所以我就回家，然後……我開始從頭想一遍，然後我想要打電話給妳，可是又覺得打電話給妳、要妳來替我想清楚感覺很自私，所以我就花了昨天一整天來思考。我一開始覺得……」他再度停下來，有些急躁地搖頭。「我當然可以再和娜歐蜜在一起，但是就算我們重新在一起，我不認為我能夠再結婚。這一切太混亂、太痛苦。然後當我繼續想下去，就理解到我不是那個意思。」

我緊緊閉上眼睛，擠出更多眼淚。拜託──我想要請求他──別說了。可是我覺得好像被卡在自己的身體裡，被囚禁在裡面。

「珍妮艾莉。」他輕聲說。「看看我。」

我搖頭。

我聽著他的腳步在草地上移動。他把我垂下的手滑入他的手中。「我要說的是，對於我跟她，我的確是那個意思，可是對於妳卻不一樣。」

我張開眼睛，淚眼模糊地抬頭看他的臉。他的喉嚨移動，下巴收縮。「我從來沒有遇見過我會這麼喜愛的人。當我想到每天跟妳在一起，我全身上下沒有任何部分會感到窒息。然後當我想到要跟妳進行我和娜歐蜜之間曾發生過的各種爭執，我也不會感到害怕。因為我相信妳更勝於相信任何人，甚至包括皮特在內。

「珍妮艾莉，當我想到妳，想像和妳一起洗衣服、挑戰可怕的蔬菜汁排毒、跟妳一起去古董市場，我只會感到高興。這世界看起來跟我以為的模樣不一樣。我不想要去尋找可能壞掉的東西、可能發生的問題。我不想要因為擔心最壞的情況，就錯過和妳在一起的機會。「我想要給妳妳理應得到的東西，我也想要每天晚上睡在妳旁邊，聽妳抱怨書籍相關的問題。我不認為我配得上這些，我也知道我們之間這樣的關係並不穩固，但這是我想要和妳一起追求的。因為我知道，不論我能夠愛妳多久，都值得承受今後發生的任何事情。」

這段話很接近我在今晚稍早時想到的，以及我們從新伊甸開車回來途中、兩人雙手在變速桿上緊握時的想法，但此刻聽起來卻感覺不一樣，讓我的胃感覺有些酸酸的。

「一定會值得。」他又說了一次，語氣更加輕柔，更加急促。

我低聲說：「你沒辦法保證。」我緩緩從他身邊退開，擦拭我眼中的淚水。

「好吧。」古斯喃喃地說。「我沒辦法保證，但是我相信，也可以預見。讓我來證明自己是正確的。讓我來證明，我能夠永遠愛妳。」

我的聲音細微而虛弱：「我們都是受過傷的人，不只是你。我原本想要相信只有你是，可是我錯了。我的情況很嚴重。我覺得我必須重新學習所有事情，尤其是怎麼再度戀愛。我們該從哪裡開始？」

古斯把我的雙手從我淚濕的臉上移開。他的笑容很模糊，不過即使在烏雲密布的清晨光線中，我仍舊看得到他臉頰上凹陷的酒窩。他的雙手滑到我的腰際，把我輕輕拉向他，把下巴擱在我頭上。「這裡。」他朝著我的頭髮輕聲說。

我的心臟劇烈跳動。這種事有可能發生嗎？我極度渴望他在我生命中的每一個部分，就如他剛剛說的。

「當我看到妳的睡臉，」他用顫抖的聲音說。「我為了妳的存在而感動。」

眼淚再度全速湧到我的眼中。「古斯，如果我們得不到幸福快樂的結局怎麼辦？」我低聲問。

他思索片刻，雙手仍舊在我身上滑動、抱緊，彷彿這雙手無法靜止。他的深色眼睛注視著我的眼睛。當我抬起頭看他，他的眼神再度呈現那性感、邪惡的特質，然而此刻看起來卻比較不那麼性感邪惡，而更……單純地是古斯。

「那麼也許我們應該享受幸福快樂的現在。」古斯說。

「幸福快樂的現在。」我玩味著這句話，像品酒一樣把它放在我的舌頭後方滾動。我們在生命中唯一能夠得到的承諾，就是自己正活著的此時此刻。而我正活著。

幸福快樂的現在。

我可以接受它。我可以學習接受它。

他再度開始緩緩地帶我前後搖擺。我的雙臂摟著他的脖子，讓他的雙手在我的腰上畫圈圈。我們站在原地，學習在雨中跳舞。

二十八　九個月後

「準備好了嗎？」古斯問。

我把《麥肯尼家族》的樣本緊緊抱在胸前。我懷疑自己會有準備好的一刻。不論是對於這本書、或是對於他，我大概都無法準備好。把這本書公諸於世，感覺像是頭下腳上從飛機上墜落，而我只能期待底下有某樣東西會突然竄升並抓住我。我問古斯：「你準備好了嗎？」

他歪著頭思索。他的書正進行到潤稿的階段，因此他的稿子是用長尾夾夾起來，而不是像一般樣本用廉價平裝封面包覆。

到頭來，我的書比他的早三個月賣出去，不過他的書賣得價錢比我高一點。我們兩人都決定放棄筆名。我們寫出了自己感到驕傲的書，即使和我們過去寫的不同，仍舊是我們的書。

少了珊蒂蘿出版社波浪上的小太陽LOGO感覺很奇怪。那個LOGO出現在我過去每一本書的書背上。不過我知道我的下一本書《壞心眼》會有那個LOGO，而這一點感覺很棒。

我的讀者會喜歡《壞心眼》。我也喜歡它，和我喜歡《麥肯尼家族》的程度不相上下。不過或許和我其他書的主角相較，我會更袒護麥肯尼家族成員，畢竟我不知道讀者對他們會有什麼樣的評價。

安亞主張，所有不願意用「最柔軟的絲綢包裹麥肯尼家族、餵他們吃葡萄的傢伙，都是不配擁有珍珠的豬玀。別擔心」。她當然是在今天早上轉寄業界評論時對我說的。這篇評論基本上是正面的，只不過認為書中的人物「過於龐雜」，而艾莉諾本人則「過於尖銳」。

「我想我準備好了。」古斯回答，並把他那疊書頁遞給我。他沒有理由要擔心，而我告訴我自己，我也沒有理由擔心。在過去一年當中，我讀了他的兩本書，他讀了我的三本書。目前為止，彼此的作品並沒有讓我們當中的任一方被對方排斥。

事實上，閱讀《啟示》感覺有點像在古斯的腦中游泳，令人心碎而美麗，但有時卻又相當有趣，而且常常會非常古怪。

我把我的書遞給他。他低頭看到封面插圖就笑了。帳篷的條紋在底部變成螺旋狀，綁住變成剪影的書中人物，把他們繫在一起。

古斯說：「今天是個好日子。」他有時候會這麼說，通常是在我們正在做乏味的工作時，像是把髒碗盤裝入洗碗機，或是穿著骯髒的打掃用服裝清掃他的客廳時。自從我在二月賣掉爸爸的屋子之後，我常常待在隔壁的湖畔小屋，不過古斯也會到我在鎮上住的公寓。公寓在樂器行的上方。當我們白天時間在我吃早餐的角落工作，可以聽到閒逛的大學生駐足，試敲他們絕對不可能放進宿舍的爵士鼓。雖然會干擾到我們，卻也是我們共有的某樣東西。

說真的，我和古斯有時候喜歡一起抱怨。

到了晚上，店鋪關門之後，店老闆（耳朵戴著相同擴耳耳環的中年兄妹）總是會播放他們的音樂——巴布・狄倫、尼爾・楊與瘋馬或是滾石樂團——並坐在他們的後門廊，抽著同一根大麻菸。古斯和我會坐在店鋪上方的小陽臺，讓菸味和音樂飄上來。他會說：「今天是好日子。」或者如果他又關上陽臺的門並且被鎖在外面，就會說「這是什麼爛日子」之類的。

接著他會從逃生梯爬下去，去找抽大麻的兄妹，問他們是否能夠穿過他們的店到建築內的第二樓梯間。他們會說「當然了，兄弟」，然後一分鐘後，他就會拿著新鮮啤酒出現在我後方。

有時我會想念以前屋子的廚房，想念那手繪的藍白磁磚，不過在過去幾個星期，當新的夏天來臨，我聽到住宿在那裡的六人家庭喧嚷歡鬧聲，想像他們和我一樣欣賞那裡的風格，然後或許有一天，四個小孩當中的一個會對他的小孩描述那些細心的設計，在其他一切變得朦朧而模糊之後，仍保留一小片明亮的記憶。

「今天是個好日子。」我同意。明天是娜歐蜜離開古斯的紀念日，他的三十三歲生日之夜，而他終於告訴馬爾坎，他寧願不要舉辦盛大的派對。

他說：「我只想坐在沙灘上讀書。」於是這就成為我們過去兩星期的計畫。我們最終會交換彼此的最新書籍，在戶外讀它們。

我當然很驚訝他做出這樣的提議。我們雖然都喜歡湖畔的風景，不過我在過去一年看出，古斯說他很少花時間在沙灘上不是謊言。他覺得那裡在白天太擁擠，到了晚上又因為太冷而無法游泳。我們在一、二月會花比較多的時間在那裡，沿著冰冷的波浪散步，站在世界邊緣張開雙臂，瞇著眼睛注視即將消失的陽光，讓我們的外套被風吹拂。

湖泊結冰到很遠的地方，因此我們甚至可以走在上面，經過我爸小時候騎三輪車撞上的燈塔。水面結冰的位置很高，再加上雪積在上方，因此我們可以直接走上燈塔頂端，站在上面，彷彿那是埋在我們下方的某個被遺忘文明遺跡。古斯的手臂勾著我的脖子，低聲哼著：現在是一月裡的六月，因為我戀愛了。

我迫於需要，買了一件更大的大衣。這件大衣看起來像是有袖子的睡袋，有毛皮鑲邊的帽子和一圈圈塞了羽絨的 Gore-Tex，長度直達我的腳踝，不過有時候我還是得在裡面穿衛生衣和長袖T恤。

不過太陽——幹，太陽在那些冬天的日子非常燦爛，照射在宛若晶稜般銳利的波浪上。這幅景象就好像在另一顆行星上，只有古斯和我，比以前更接近恆星。我們的臉會麻痺到感覺不到鼻涕流下來，而當我們回到屋內，手指就會變紫（不論有沒有戴手套），臉頰泛紅。我們會打開天然氣火爐，躺在沙發上，邊顫抖邊聊天，因為太麻而無法用優雅的動作脫下衣服並縮到毛毯裡。

「珍妮艾莉，珍妮艾莉。」古斯會呼喚，牙齒因為寒冷而打顫。「即使沒有任何雪花，我們還是全年都有一月。」

我以前從來不曾喜歡過冬天，不過我現在了解到它的美好。今晚坐在鋪了毯子的沙上感覺很棒，不過我們要和三十多個其他人分享那閃閃發光的波浪。在浪花拍打岸邊的聲音中聽見尖叫聲，屬於不同種類的美，比較像是坐在我爸媽家的後院、聽鄰居小孩追逐螢火蟲的夜晚。我很高興古斯願意嘗試這一切。

我們閱讀幾個小時，然後在黑暗中搖搖晃晃地回家。我當晚睡在他家，當我醒來時，他已經下床，廚房傳來咖啡壺煮熱的聲音。

這天下午，我們回到沙灘上並肩坐著，再度閱讀彼此的書。我不知道他對於我的結局會有什麼看法，會不會覺得太做作，或者他會不會對於我沒有認真寫出不快樂的結局而失望。

不過他的書比我的短，因此我先讀完，並且發出笑聲，讓他從書頁抬起頭，驚訝地問：「怎麼了？」

我搖頭。「等你讀完我再告訴你。」

我躺在沙灘上，盯著上方薰衣草色的天空。太陽開始西沉，而我們早已吃完點心。我的肚子發出咕嚕咕嚕聲。我壓抑再度發笑的衝動。

古斯的新書暫時命名為《杯子已經打破》，完全不像浪漫喜劇，不過故事中的確有很重要的戀愛情節線，並且非常接近幸福快樂結局。

主角特拉維斯得到自己所需的各種證據，離開邪教。他甚至說服多莉絲和他一起離開。他們很快樂，非常快樂，但不到一兩頁，先知預言過的摧毀世界的隕石便撞上地球。

世界並沒有被摧毀。事實上，特拉維斯和多莉絲是人類當中唯一受傷的。隕石沒有掉落在營地，而是掉落在兩人經過的道路附近的樹林。他們的死甚至不是因為隕石，而是因為隕石導致他們分心。特拉維斯的視線離開了他好不容易才來到的路上。

右邊的輪胎駛離路肩，而當他太過用力地轉回輪胎方向，他撞到疾馳在逆向車道的半拖車。他發出尖叫煞車，車身像被踩扁的罐子般被撞爛。

我朝著傍晚的天空閉上眼睛，壓抑想笑的衝動。我不知道自己為什麼無法停止，但接著這股感受在我心中變得僵硬。我發覺到我不是在笑，而是在哭。我同時感到被擊敗與得到理解。

我既為書中人物理應得到更好的結局而感到憤怒，又為了他們的經歷而得到某種慰藉。我心想：沒錯，人生往往就是這樣。即使做了所有努力求生存，仍舊因為某種超出自己控制的東西、甚至是自己更黑暗的一面而遭到破壞。

有時候是自己的身體。細胞變成有毒的東西，和自己作對。或者是從脖子產生的疼痛，擴散到頭部外圍，直到感覺好像有指甲嵌入自己的腦袋。

有時候則是欲望、心碎、寂寞或恐懼，驅使一個人偏離正途，邁向自己花了幾個月、甚至幾年去迴避、對抗的東西。

至少他們最後看到的東西——撞向地球的隕石——因為其美麗而轉移了他們的注意力。他們沒有感到恐懼，而是受到魅惑。也許這就是我們能夠對生命抱持的最大期待。

我不知道自己躺在那裡多久，任憑淚水靜靜滑落我的臉頰，不過我感覺到粗糙的大拇指接住其中一顆淚珠。我張開眼睛，看到古斯溫柔的臉孔。天空的顏色變深，呈現冷峻的藍色。在他人肌膚上看到這樣的顏色會讓我緊張，但在這樣的情境，則顯得很美。同樣的事物在某些情況令人排斥，在別的情況卻美妙至極，實在是很奇怪的一件事。

「嗨。」他溫柔地開口。「怎麼了?」

我坐起身擦乾臉頰,說:「你的結局還真是幸福快樂。」

古斯皺起眉頭。「這的確是幸福快樂的結局。」

「對誰?」

「對他們。」古斯說。「他們很快樂,沒有悔恨。他們贏了。他們甚至不需要看到結局。我們只知道,他們永遠活在那個快樂的時刻,自由自在地在一起。」

我感到手臂一陣冰涼。我知道他的意思。我一直很感謝爸爸在睡夢中過世。我希望前一晚他和媽媽在看電視時,讓他笑到必須摘下眼鏡擦眼淚。也許畫面中會出現小船。我希望他稍微喝多了一些媽媽惡名昭彰的馬丁尼,因此在上床時不會感到任何擔憂,頂多只是早上可能不會覺得很熱而已。

我在聖誕節回家時這樣對媽媽說。媽媽哭著擁抱我。「差不多就是那樣。」她向我保證。「我們的生活大部分就像那樣。」我們只有間歇提起關於他的話題。我努力不去追問。她試著一點一滴地說出來,有時候也會在談話中提到有些醜惡的一面。這樣做不會抹滅所有的美好事物。

「這是幸福快樂的結局。」古斯再度說,把我的思緒拉回沙灘上。「而且妳那個又是什麼結局?所有的一切都完全連結在一起。」

「才沒有。」我說。「艾莉諾唯一認為自己愛過的男孩已經結婚了。」

「是啊,不過她和尼克顯然會在一起。」古斯說。「從整本書都能感覺到這一點。尼克顯然愛著她，而她也同樣地愛尼克。」

我翻了白眼。「我想你是在投射自己的情況。」

「也許吧。」他這麼說，對我微笑。

「我猜我們都失敗了。」我邊說邊站起來。

古斯跟隨著我。我們開始走在那條彎曲而樹根密布的小徑。他說：「我不覺得。我覺得我寫了我的版本的幸福快樂結局，而妳寫了妳的版本的悲傷結局。我們必須寫自己認為是真實的事。」

「所以你還是覺得，隕石撞上地球是浪漫小說的最佳情節。」

古斯笑了。

我們忘了開著門廊的燈，不過這裡沒有東西會讓我們絆倒。他從來不放門廊家具，而在我把爸爸的家具送給松雅之後，我們原本決定要存錢買自己的家具，可是很快就忘記了。古斯總算把鑰匙插入鎖孔，然後在轉開之前停下來，在黑暗中面對我。他伸出一隻手摸我的臉頰，溫暖的嘴唇貼在我的嘴上。當他退開，我的頭髮糾纏到他的後頸部。他輕聲說：「如果我跟妳在同一輛車上被隕石撞到，我的確會覺得那是最棒的結局。」

當他說這種話的時候，我的臉頰還是會發燙，肚子裡也會感覺好像有熔岩流過。他打開門，牽著我的手和我一起走進去。他把原稿放在門旁邊的鞋架上，然後伸手去開燈。這時一群人的聲音高喊：「恭喜！」

我困惑地停下來，看到皮特、瑪姬、媽媽（留著短捲髮的新髮型、穿著她去旅行時一定會穿的 Everlane 亞麻褲、沙蒂和她的新男友「性感的路易斯安那狼人」（由於已經很深入她的生活，因此我們現在通常用他的真名「阿曼德」稱呼他），還有凱拉・馬爾坎站在書房，每個人臉上都帶著牙齒矯正廣告般的露齒笑容，拿著香檳酒杯，而更令人費解的是，裝扮都隱約像是海盜。他們身後的門上掛著貼滿金箔紙的橫幅，用色彩繽紛的文字寫著「週年紀念日快樂」。以隆重慶祝方式而論，這是我見過最奇怪的。

「這是……」我開口卻不知道怎麼接下去。「這是……什麼……」古斯站在我旁邊，當我抬頭看他，他揚起一邊的嘴角。

「珍妮艾莉，我有個好主意。」他說完低下頭，然後跪在我面前，握起我的一隻手。我發覺自己在顫抖。或者也可能是他在顫抖，或者我們兩個都在顫抖。他抬起視線，在書房溫暖的燈光中看我。

我用又細又尖的聲音問：「又有新的一集《神鬼奇航》嗎？」

他開懷地笑了，嘴巴張大到如果我探頭看，搞不好可以直接從他的喉嚨看到他跳動的心臟。「珍妮艾莉，一年前我與妳重逢，並且改變了我的生命。只要能夠永遠和妳在一起，我不在意它如何結束。」

他從口袋掏出一小張白色方形、皺起來的筆記本紙，看起來就好像被摺起來又打開幾百次。他緩緩地再度打開它並遞給我，展示上面寫的黑色大字。

跟我結婚吧。

也許我應該花時間寫下答覆。然而我抱住並親吻他。我朝著他的嘴說「我願意」，然後又接連說了「我願意，我願意」。

皮特和瑪姬高聲歡呼，媽媽在拍手，莎蒂撲向前擁抱我。

在書中，我總是覺得「幸福快樂的結局」是新的開始，不過對我來說卻不一樣。我的「幸福快樂的結局」是一連串「幸福快樂的現在」，不只延伸到一年前，更延伸到三十年前。我的幸福快樂結局早已開始，所以今天既不是結束，也不是開始。

今天只是另一個好日子，完美的一天。這個幸福快樂的現在是如此巨大而深邃，因此我明白（或者相信），我不需要擔心明天。

致謝詞

每一本問世的作品背後，都有一整村的擁護者，而這本書在完成過程的每一階段，都有最棒的一整村人為它戰鬥。在此首先要隆重感謝我傑出的編輯，阿曼妲・博潔隆，妳的才能、熱情與體貼讓我寫作這本書的每一刻都感受到純粹的喜悅。沒有人能夠像妳那樣了解並昇華珍妮艾莉與古斯的心靈，而我永遠感謝妳對他們的支持。能夠和妳一起工作，至今仍舊感覺像是在做夢一般。

我也要感謝在柏克萊的其他無與倫比的團隊成員：潔西卡・麥克唐納、克萊兒・席昂、辛蒂・黃、葛蕾絲・豪斯、瑪莎・奇柏拉、還有其餘人。能夠與你們成為一家人，讓我感到難以置信地幸運。

感謝第一個以任何形式閱讀這本書的人，拉娜・波波維琪。感謝妳一直、一直相信我，並鼓勵這世界上最棒的小說經紀人安亞。

我也要感謝我完美的夢幻經紀人，泰勒・哈格提。在整段過程中，妳一直都是我的燈塔。我知道如果沒有妳、以及路特文學的其他傑出成員——荷莉・路特、梅蘭妮・卡斯提奧，以及茱莉・歐奈爾——《愛在字裡行間》絕對無法完成。我也要感謝我精明到神奇地步的海外版權經紀人海瑟・巴羅爾，以及巴羅爾國際公司的其他人，還有UTA的瑪莉・潘德，從這趟旅程的起始，就給予我無比的支持。

我也要感謝我的好友，莉絲・亭格。她是最早相信我和我的作品的人之一。說真的，如果沒有妳，這一切不會存在。我會永遠感謝妳和瑪莉莎・葛羅斯曼，從一開始就站在我這邊。

在我作為一個人與一名作家成長的過程中，還有許多我必須要感謝的人，其中我特別想要感謝布理特妮・卡瓦拉羅、帕克・皮維豪斯、傑夫・簡特納、萊利・瑞德蓋特、凱莉・克雷特、亞德利安納・瑪瑟、大衛・阿諾、珍妮・麥肯納利、坎地斯・蒙哥馬利、德勒・凱・麥吉雅，以及安娜・布雷斯諾，成為我極棒的友人，提供我美好而充滿活力的寫作社群。你們都是閃耀、熱情、歡鬧而充滿才華的人，更不用提，個個都是俊男美女。

當然，要不是有最棒的家人、朋友和伴侶，我無法寫出關於家庭、友誼與愛情的題材。

感謝總是陪伴著我並愛我的祖父母、父母親、兄弟姐妹和所有狗狗。感謝梅根與諾夏，與這兩名女性的友誼讓我學會描寫摯友。最後感謝我生命中最愛的人，喬伊。和你在一起的所有時刻，都帶給我夢想中最巨大、最深邃的「幸福快樂的現在」。有你在我的生命中，很難不成為一名浪漫主義者。

本書幕後

我有個朋友覺得《鬼店》這部片很好笑。她說她看這部片一定會笑。她最喜歡的部分是雪莉・杜瓦找到傑克・尼克遜整個冬天在寫的原稿，卻發現每一頁都用打字機打了同樣的句子。在電影中，這一幕是這個角色意識到自己先生精神狀態的恐怖時刻。

然而對我朋友來說，卻是最棒的梗。

「整部電影其實是在講作家遇到的瓶頸。」她告訴我。如果說最有趣的事總是有一些真實，那麼沒錯，這的確是好笑的一刻。因為在進行像寫書這麼漫長的工作時，常常會遇到無法看清整部作品、不知道自己在做什麼、確信自己在寫作前的偉大點子其實都是垃圾的時刻。

有時候，即使你低頭發現自己寫了一億次「只工作不玩耍……」也不會感到驚訝。有時候也會感覺自己住的公寓好像在鬧鬼，譬如走廊的塑膠壁紙似乎在呈現糾結在一起、無法理出頭緒的情節，而且彷彿得到生命，緩緩地緊緊纏住你。

想到這整部恐怖片或許只是在描述寫一本書是多麼寂寞、令人困惑與瘋狂的事，就會覺得有種扭曲的幽默感。

當朋友問我《愛在字裡行間》在講什麼，我會告訴他們，是關於一個幻想破滅的浪漫小說作家和一個文學小說作家，約定在夏季調換彼此的文類。當其他作家問我《愛在字裡行間》在講什麼，我告訴他們是在講作家的瓶頸。

在我寫《愛在字裡行間》的夏天，我感覺自己的精力與靈感完全枯竭。我覺得我已經沒什麼可說，沒有新的角色在我的腦海中遊盪，沒有任何急著想說出來的故事。即便如此，突然變得溫暖的天氣仍舊讓我渴望寫作。

每個季節都會發生這種事。大自然的氣味與色彩變化，空氣本身感覺有些不一樣，總是會激發我的創作欲望。

我試過狂看 Netflix。我試過埋頭閱讀歡樂、輕鬆的夏季讀物。我試過說服自己去做瑜伽或是蹓狗。我做了許多徒勞無功的健走，或是在地板上用各種姿勢躺下來。

但是我想做的其實只有工作。

如果我有寫書的靈感，就不會有任何問題。

不論我如何絞盡腦汁、腦力激盪、在 google 查「我該寫什麼」之類的愚蠢問題，我都找不到一丁點的靈感。

所以很明顯地，我唯一能寫的就是關於無法寫作。對我來說，這不像是個好點子。這的確不像是能夠真的寫出書的主題，不過這是我唯一能寫的。

於是我開始寫遇到寫作瓶頸的作家。我回想所有我停滯不前的情況，所有寫不出文字、無法把情節整理清楚的季節，並思索在創作或其他方面卡住的各種理由。

生命中發生的某些事件，讓我們很難去做自己想做的事，讓我們質疑自己是否真的喜歡這些事，或者當周遭的世界崩壞時，質問自己是否仍舊能夠繼續喜歡那些事。

我審視自己的寫作瓶頸。我詢問它和我生命中其他部分有什麼樣的連結，以及它是如何和我生命中的其餘部分顯得不協調。

我越感到好奇，得到的靈感越多。珍妮艾莉離我越來越遠，直到她成為完整、真實的角色。一名棘手、麻煩、心碎的女人，內心藏有豐富而有意義的故事。

她成為一名浪漫小說作家，而在當時，我並不覺得自己是個浪漫小說作家。我的問題變成：什麼事會讓她難以寫作？發生什麼事讓她懷疑自己永遠無法再寫作？她的寫作瓶頸和她人生中的其他部分有什麼樣的關連？要遇到什麼事，才會讓她再度為自己和自己想要的東西戰鬥？

有時我們失去創作的能力，單純是因為我們累了，必須休息並恢復。不過也有些時候，我們無法前進是因為我們必須先問一些困難的問題。在我們的路途上，有必須先跳過的障礙，或是必須先摧毀的牆壁——也就是必須進行的質問。

而當我們鼓起勇氣去做，就能創造出美好的東西。有時我們在開始之前，不知道自己能夠做到。

所以說，沒錯，有時藝術創作的確是恐怖故事。

不過也有時候，你會完全墜入愛河。

不論如何，你大概都會笑出來。

潮流文學

愛在字裡行間

（原名：BEACH READ）

作者／艾蜜莉．亨利　　譯者／甘鎮隴
發行人／黃鎮隆　　總經理／陳君平
經理／洪琇菁　　國際版權／黃令歡
執行編輯／呂尚燁　　美術主編／李政儀
企劃宣傳／邱小祐
發行／英屬蓋曼群島商家庭傳媒股份有限公司城邦分公司　尖端出版
台北市中山區民生東路二段一四一號十樓
電話：（〇二）二五〇〇－七六〇〇（代表號）
傳真：（〇二）二五〇〇－一九七九
中彰投以北經銷（含宜花東）／楨彥有限公司
電話：（〇二）八九一九－三三六九
傳真：（〇二）八九一四－五五二四
雲嘉經銷／威信圖書有限公司　嘉義公司
電話：（〇五）二三三－三八五二
傳真：（〇五）二三三－三八六三
客服專線：〇八〇〇－〇二八－〇二八
南部經銷／威信圖書有限公司　高雄公司
電話：（〇七）三七三－〇〇七九
傳真：（〇七）三七三－〇〇八七
香港總經銷／城邦（香港）出版集團有限公司
香港灣仔駱克道193號東超商業中心1樓
電話：（八五二）二五〇八－六二三一
傳真：（八五二）二五七八－九三三七
E-mail：hkcite@biznetvigator.com
馬新經銷／城邦（馬新）出版集團　Cite(M)Sdn.Bhd.
E-mail：Cite@cite.com.my
法律顧問／王子文律師　元禾法律事務所
台北市羅斯福路三段三十七號十五樓
二〇二一年六月一版一刷

郵購注意事項：
1. 填妥劃撥單資料：帳號：50003021戶名：英屬蓋曼群島商家庭傳媒(股)公司城邦分公司。2. 通信欄內註明訂購書名與冊數。3. 劃撥金額低於500元，請加附掛號郵資50元。如劃撥日起 10～14日，仍未收到書時，請洽劃撥組。劃撥專線TEL：(03) 312-4212 ・ FAX：(03) 322-4621。E-mail：marketing@spp.com.tw

國家圖書館出版品預行編目資料

愛在字裡行間 / 艾蜜莉.亨利作 ; 黃涓芳譯. . --初版.
--臺北市：尖端出版, 2021.06
面 ; 公分.--(潮流文學)
譯自: BEACH READ
ISBN 978-957-10-9992-7(平裝)

874.57　　110004602